社交動物

SOCIAL CREATURE

塔拉・伊莎貝拉・伯頓
力耘——譯

獻給從這趟冒險開始，便一路相挺相伴的布萊恩。

1

菈薇妮亞帶露依絲參加的第一場派對，她要露依絲穿她的禮服。

「我在路上撿到的，」菈薇妮亞說，「在二十幾街那邊。」

天曉得是真是假。

「有人就這樣把它扔在那裡。妳相信嗎？」

露依絲不信。

「其他人大概以為那是垃圾吧。」她抿唇、抹上唇彩。「這才是問題所在。沒半個人識貨。」

菈薇妮亞幫露依絲調整頸鍊。菈薇妮亞幫露依絲繫好手腕飾帶。

「總之，就在我看到它的那一刻——天哪！我想……唔，妳知道嗎？我只想跪下來親吻人行道，就像天主教徒親吻地面那樣……還是水手？反正，我就是想把我的嘴唇貼在黏了好多口香糖的人行道上，然後說：感謝祢，上帝，感謝祢今天讓這個世界變得好有意義這種話。」

菈薇妮亞拿起粉撲、往露依絲臉上輕拍。菈薇妮亞為她上腮紅。菈薇妮亞繼續講個不停。

「就好像——好像這一切真是他媽的太美好了，是不是？就好像某人的祖母或誰死在二十年無人造訪的東村磚造老宅，然後有人把她的家當全扔上街；結果到了傍晚，我本人剛好路過東九街，於是就讓我挖到寶啦。這位老太太和我素昧平生，卻在相隔九十年前後穿著同一件禮服、各自度過詩情畫意又美好的一晚——噢，露依絲！拜託妳聞一聞這味道！」

菈薇妮亞把蕾絲往露依絲臉上湊。

「光是穿上這身衣裳，」菈薇妮亞說，「搞不好妳就會戀愛了。」

露依絲嗅了嗅。

「所以，妳曉得我做了什麼嗎？」

菈薇妮亞用眉筆幫露依絲點了一顆美人痣。

「我當場脫到只剩內衣褲——不對，騙妳的，我連胸罩也脫了。我全身脫光光、套上這件洋裝，然後把原本的衣服留在那裡，就這樣走了整晚。我穿著這身衣裳，一路走回上東區。」

菈薇妮亞幫露依絲扣上扣子。

菈薇妮亞笑了起來。「如果妳跟在我身邊夠久的話，」她說，「我保證這種事一定也會發生在妳身上。就像發生在我身上每件事一樣。」

菈薇妮亞開始打理露依絲的頭髮。起初她想弄成跟她自己一樣，那種熱情狂野的大鬈髮；但露依絲的頭髮太扁又太直，所以菈薇妮亞把它緊緊編成一個簡單的小圓髻。

菈薇妮亞捧著露依絲的臉龐，輕吻她的額頭，低吼一聲。

「天哪！」菈薇妮亞驚呼，「妳好漂亮。我受不了！我好想掐死妳。來，我們來照相。」

她拿出手機，把螢幕當鏡子。

「我們貼著孔雀羽毛照。」菈薇妮亞指示。露依絲照辦。

「姿勢擺好。」

露依絲不知道怎麼擺姿勢。

「噢，拜託，大家都知道要怎麼擺姿勢好嗎？就這樣啊：上身微微往後傾，頭稍微偏一下。假裝妳是默片明星。對！就是這樣——不對不對，壓下巴。很好。」

菈薇妮亞挪挪露依絲的下巴。按下快門。

「最後一張不錯。」菈薇妮亞說。「我們挺美的。我要PO上網。」她把手機轉向露依絲。「妳喜歡哪種效果？」

露依絲認不出自己。

她的頭髮光滑如絲，唇色豔紅，顴骨分明；輕飄飄的洋裝配上貓眼妝和假睫毛，她看起來根本不像這個世紀的人。她看起來甚至不像是真的。

「我們選梅菲爾濾鏡好了，讓妳的顴骨閃閃發亮。天啊！瞧瞧妳！看哪，妳看！妳好漂亮。」

菈薇妮亞在照片底下加註：*美人成雙，同等尊貴*[1]。

露依絲覺得這個註解好風趣。

露依絲心想：*這不是我*。

謝天謝地，露依絲心想，*感謝老天爺*。

她們搭計程車到雀兒喜區。菈薇妮亞付清車資。

這天是跨年夜。露依絲認識菈薇妮亞十天了。這是她一生中最美好的十天。

露依絲的日常不是這樣的。

1 譯註：alike in dignity。改寫自莎士比亞《羅密歐與茱麗葉》開場白。

露依絲的一天大致如下：

她起床，但寧願自己不曾醒來。

可能的情況是：露依絲沒睡飽。她在一間白天是咖啡館、晚上變身酒吧的店裡擔任吧檯手，也為「媚眼網」這類販售仿製手提包的電子商務網站寫稿，另外還兼做學測家教。不論去哪兒上班，她一律把鬧鈴時間設定提前至少三小時響，因為她住在日落公園區最偏遠的那區，從地鐵R線走回家要二十分鐘。她在這個龍蛇雜處、蟑螂橫行的街區生活快八年了，而這條百老匯慢車半數時間都故障停駛。露依絲的爸媽每隔幾個月就會打給她，一成不變地問她為何這麼固執、不肯搬回新罕布夏，還說那個很不錯的維吉爾．布里斯現在是當地一家書店的經理了，而且他不斷向他們要她的新電話號碼。最後露依絲總是一再掛掉電話。

她站上體重計。生理期間，她的體重大概是五十一公斤。露依絲上妝非常仔細。她畫眉毛，檢查髮根顏色，確認帳戶餘額（六十四塊三十三分），遮掉臉上的雀斑。

她照照鏡子。

今天——她大聲說，因為曾有位治療師告訴她，這些話大聲說出來最好——是妳餘生的第一天。

她逼自己微笑。這也是治療師交代要做的。

露依絲走二十分鐘去地鐵站，無視那個每天早上都問她「妳的妹妹聞起來是什麼味道」的傢伙，即便他可能是全世界唯一固定與她交流的對象。搭車進曼哈頓的路上，她始終盯著地鐵黑漆漆車窗中的倒影。以前，露依絲確信自己會成為史上有名的大作家，那時她習慣隨身帶著筆記本，利用通勤時間寫作；但現在她太累、而且大概也不可能當成作家了，因此她改用手機看《仇男誌》這類垃圾文章，有時候就只是看人。（露依絲蠻喜歡看人的，她發現這種感覺很平靜。如果妳花很多時間注意別人哪些地方不對勁，就比較不會擔憂自己一團糟的狀態。）

露依絲站吧檯，替媚眼網寫文章，幫學生補學測。

她最喜歡家教這份工作。當她操著一口細心練就的「中大西洋口音」、再將仔細染成金色的頭髮盤成小髻、捏造自己出身新罕布夏州德文郡中學的學歷，她一個小時可以賺八十塊。假如她更明確表示自己曾經就讀寄宿制預科學校「德文學苑」、而不只是德文郡的普通高中，她就能拿到兩百五十塊；只不過，那些付得起一小時兩百五的家長會更認真查證這些資訊。

其實大多數人都不會確認或查證這些事。露依絲十六歲那年，她養成提早出門去德文學苑大餐堂吃早餐（和晚餐）的習慣。她整整瞞了三個月。趁著還沒被抓包，她盡情觀察那裡的人；就算後來她媽媽發現了、罰她禁足——後來又准她出門，這時候她才開始用軟體跟維吉爾・布里斯聊天。但她不管去哪裡都不要他陪，他很不開心——但她依然故我。

露依絲的工作告一段落。

她拿手機當鏡子，反覆檢查好幾次，確認沒有脫妝。她查看 Tinder[2] 有無配對成功的對象（但她幾乎不回對方訊息）。以前她在網路上認識一個男的，看似非常尊重女性，實際交往時才發現是隻超級大沙豬；另外一位則是相當熱衷於特殊性癖好，而她從來也沒辦法確定那到底算不算性虐待。還有

2 譯註：交友軟體。

一個傢伙其實很棒，但兩個月後卻人間蒸發。有時候，露依絲考慮要找新對象繼續約會，但這似乎又是另一樁極可能搞砸、沒有好下場的麻煩事。

有時候，如果是發薪水的那個禮拜，露依絲會在科林頓街、里文頓街或者上東區，找一家貨真價實的上等酒吧輕鬆一下。

她會點最好的飲料，不過要在她付得起的範圍內（其實露依絲根本沒有上酒吧喝酒的餘裕，然而就算是露依絲這種人，偶爾也值得享受點好東西）。她小口小口啜飲，慢慢喝。要是她沒吃晚餐（露依絲從來不吃晚餐），酒精會發作得更猛；不過這倒是一種解脫，因為只要喝醉，她就能忘掉「總有一天她會一敗塗地」這個不變的事實——假如現在的她還不夠糟的話：要嘛她會瞬間丟掉所有工作、被房東趕出去；又或者因為她累到懶得動，結果暴肥五公斤，就連每天對她開黃腔的那傢伙也不想搞她；再不就是她會因為成天催吐而罹患喉癌，或者因為她老是窩在沒有通風設備的廁所裡、不正常地頻繁染髮，導致得到某種更罕見、更難檢查出來的癌症；或者她會解除維吉爾．布里斯的封鎖狀態，給自己找麻煩；或者她會跟Tinder上某個看起來還不錯、願意拯救她（或者耍一堆怪癖逼她窒息）的男人交往，死心塌地順著他，因為如果不這樣做的話，她只能一個人孤伶伶地死去——終究還是一敗塗地。

露依絲等到酒醒（還有一種確保能一敗塗地的方式，就是酒醉女子隻身走在夜晚的紐約街頭），然後搭地鐵回家。儘管露依絲已不再用筆記本創作，但如果她微醺卻又清醒得足以察覺身旁沒有迫近的災難與危險，那麼她會告訴自己，等她比較不累了，她會再提筆寫作的。

他們說，在紐約，假如你到了三十歲還是沒搞頭，這輩子就別指望了。

露依絲二十九歲。

菈薇妮亞二十三歲。

她倆是這麼相遇的：

菈薇妮亞有個妹妹，珂蒂莉亞，十六歲，就讀新罕布夏州某寄宿學校（不是德文學苑，但也是同等級的），日前返家準備過耶誕假期。兩人的雙親定居巴黎。菈薇妮亞碰巧看見露依絲的廣告傳單「**想找學測家教？可即刻預約！**」，而放置傳單的地點就在九十三街與麥迪遜大道交叉口的「轉角書店」。這裡每年都會舉辦免費的香檳試飲會；即使住處離這裡超遠，露依絲仍舊為了免費飲料、以及欣賞有錢的幸福人家如何有錢又如何幸福，不辭千里，連闖三年。

「恐怕我這人是什麼都不會啦，」菈薇妮亞在電話上說，「但珂蒂莉亞很聰明。我知道我會帶壞她，除非有人在旁邊阻止我。妳知道我的意思。有人得給她好的影響。總之，在她去巴黎過耶誕節以前，她還會在這裡待一個禮拜；可是我們已經把家裡的柏格曼（Ingmar Bergman）電影ＤＶＤ全部看完了，然後我也想不出任何點子能繼續拖住她、不讓她上街去。我願意付錢。這種狀況的行情價大概多少？妳直接跟我說。」

「一小時一百五。」露依絲說。

「沒問題。」

「我今天晚上就過去。」露依絲說。

菈薇妮亞住在七十八街，那是一層一戶、外牆覆著赤褐砂石的高級公寓（位置介於萊辛頓大道和公園大道之間）。露依絲才踏上門階，一扇敞開的窗戶正好爆出刺耳的歌劇演唱——菈薇妮亞的走音清唱——因此露依絲無須確認門鈴按鈕的名字，馬上猜出菈薇妮亞住在二樓。

菈薇妮亞窗外的每一只花盆都有花。每一盆都枯死了。

菈薇妮亞穿著一襲整件由羽毛縫製的無袖黑色洋裝來應門。秀髮長至腰際，又亂又粗，看起來好幾天沒梳頭了；但那種金色調可是露依絲去藥妝店買染劑、花了好幾個鐘頭才試出來的顏色——差別只在眼前這頭是天生的。菈薇妮亞個子不高，很瘦（露依絲想目測她到底多瘦，但那些羽毛相當礙事）。菈薇妮亞定神看她，目光強烈得令露依絲本能地倒退一步，差點撞倒一只插滿枯百合的花瓶。

菈薇妮亞壓根沒注意到。

「感謝老天！妳來了！」她喊。

珂蒂莉亞坐在飯廳餐桌旁，頭髮編成一條粗辮子再捲起來以髮夾固定，她甚至沒從書頁中抬起頭。每一面牆都掛滿古董搖扇，其中一面還吊著一襲滾金線卡夫坦繡袍；一尊假人頭戴著一頂像法官帽的白色大捲假髮（假人臉上則用唇膏畫了五官），屋內所有桌面上幾乎都有一方生繡的新藝術風格相框，嵌著女祭司、高塔、愚人等手繪塔羅牌。除了壁飾壓條以外——菈薇妮亞把它漆成金色——每一面牆都是眩目的皇家藍。

菈薇妮亞親親露依絲的雙頰。

「她十點以前一定要上床睡覺。」說完她就出門了。

⁂

「她故意的。」

珂蒂莉亞終於抬頭。

「她其實沒那麼散漫。」她說。「那只是她表達幽默的方式。她覺得捉弄我很好玩，對妳也是。」

露依絲什麼都沒說。

「抱歉，」珂蒂莉亞說，「我已經先開始看了。」她微笑，但僅牽動嘴角。

她起身幫露依絲沏茶。

「妳可以選『香草巧克力』或『榛果肉桂梨香荳蔻』，」她說，「薇妮的茶都不太正常。」

她選了一只花樣繁複的茶壺（「烏茲別克的壺。」珂蒂莉亞說。露依絲無法判斷她是不是在開玩笑），放在茶盤上。

珂蒂莉亞忘了準備茶匙，不過糖罐裡已經有一支了；等露依絲倒了第二杯茶，這才發現：如果用那支小匙攪拌，匙子會濕掉、整罐糖也跟著遭殃；若要維持小匙乾燥，那麼糖就會沉在杯底化不開。露依絲小口輕啜沒加糖的茶。她短暫想過開口再要一支茶匙，但是光用想的就令她緊張，因此她決定什麼都不說。

兩人先做字彙練習：以下三個形容詞 lackluster、laconic、lachrymose[3] 有何不同？然後是數學：算出所有邊長為3、4、5，但形狀不同的三角形面積。珂蒂莉亞每一題都答對了。

「我要去耶魯，」珂蒂莉亞說，好像這種事說了就算。「然後我會去羅馬的宗教大學唸碩士。我打算當修女。」

3 譯註：三者分別是懶洋洋、言簡意賅、愛掉眼淚之意。

然後她又說，「對不起。」

「為什麼說對不起？」

「我在試探妳。我不該這麼做，我是說——我是真心想當修女，但即便是這樣也還是不應該。」

「沒關係。」露依絲回答。

她又喝了一杯沒加糖的榛果肉桂梨香荳蔻茶。

「把妳綁在這裡，」珂蒂莉亞說，「我很過意不去。其實我並不需要家教。妳別難過——我的意思是說，妳教得很好，抱歉，只是……只是這些我都已經會了。」她聳聳肩，「也許薇妮真正要妳做的是當我的褓姆吧。不過十點她大概還不會回來。」

「沒關係，」露伊莎說，「我相信妳知道自己幾點該上床睡覺。」

「這不成問題。」珂蒂莉亞再度揚起要笑不笑的詭異笑容。「反正薇妮有的是錢。」

珂蒂莉亞和露依絲無言窩在沙發上，直到隔天早上六點鐘。珂蒂莉亞換上沾滿貓毛的睡袍（但屋裡沒看見貓），讀著若望．亨利．紐曼的平裝書《為自己的生命辯護》。露依絲則捧著手機，掃讀《仇男誌》一篇篇標題聳動的文章。

她好累。可是她需要這四百五十塊的程度遠遠超過她需要睡眠的程度。

破曉時分，菈薇妮亞披著一身羽毛回來了。

「對不起，真的非常非常對不起！」她驚叫，同時被門檻絆倒了；「當然，我一定會照時間算給妳。幾小時就是幾小時，一毛都不會少。」

她扯扯被門勾住的裙子。裙子破了。

「天哪。」

羽毛劃過空中，徐徐落下。

「我所有漂亮的小雞們呀！」菈薇妮亞哭喊，撐起上身、跪在地上；「所有的什麼……我所有漂亮的小雞和母雞們哪！」

「我去拿杯水來。」珂蒂莉亞說。

「這不是好兆頭，」菈薇妮亞側身躺在地上，手裡抓著一根黑羽毛，突然大笑；「這代表死亡！」

露依絲動手收攏從門口一路延伸過來的羽毛。

「別忙！不用了！就這樣擱著吧！」

菈薇妮亞扣住露依絲的手腕，一把拉近。

「讓它有尊嚴地死去。」她打嗝。「這身衣裳，它——陣亡了。」她的長髮鋪散在地上，綿延直抵充作茶几的古董衣箱；「好一場戰役！噢——妳說妳叫什麼名字？」

「露依絲。」

「露依絲！」菈薇妮亞又硬拉她手腕，但很開心；「好像露·莎樂美[4]喔（露依絲不曉得她是誰。）露依絲！我剛度過一個全世界最美好最美好的夜晚！就是那種夜晚嘛，妳知道呀！」

露依絲禮貌地微笑。

「妳知道吧？」

露依絲不太確定。

4 譯註：Lou Salomé，俄國心理分析家與作家。

「我又能相信這個世界了！露依絲！」菈薇妮亞閉上眼睛。「相信神，相信榮耀。相信愛還有妖精粉！天啊，我愛這座城市。」

珂蒂莉亞把水杯放在古董衣箱上。

可是菈薇妮亞開始七手八腳爬向沙發。她開心得像天使，一身耀黑發亮、卻又輕盈地散發另一種光芒；露依絲不曉得該怎麼做、或者該說什麼才能讓菈薇妮亞喜歡她，但她擅長觀察，她知道如何投其所好，就像她一直以來不斷在做的一樣。於是她找到切入點。

「其實我可以把它補好。」

菈薇妮亞坐起來。「補什麼？」

「只不過是裙襬破了嘛。如果妳有針線的話，我可以把它縫回去。」

「針線？」菈薇妮亞望向珂蒂莉亞。

「我房間有。」珂蒂莉亞說。

「妳能補好？」

「可以——除非妳不要我縫。」

「不要妳縫？」菈薇妮亞收攏裙子。「拉撒路！起死回生！」她把裙襬堆在大腿上。「我已宣告眾人！」她垂下雙手。「噢，對不起，我真的真的覺得很抱歉。」

「別這樣想。」露依絲說。

「我知道——我知道……妳一定覺得我很可笑。」

「我沒有覺得妳可笑。」

「真的嗎？」

露依絲不曉得菈薇妮亞希望她怎麼回答。

「我的意思是——」

菈薇妮亞根本不等她解釋。

「妳沒有在心裡批評我？」

「我沒有在心裡批評妳。」

「真的？」

露依絲刻意放慢說話速度。「對，」她說，「真的。」

「其實……其實就我們幾個而已。我、羅米洛斯神父還有蓋文——蓋文是反社會自戀狂，有一次他自己告訴我的。他是這個世上心腸最好的人之一，不過嚴格說來仍是個反社會自戀狂。反正我們決定，看看我們有沒有膽量擅闖紐約植物園。顯然沒問題嘛！妳瞧！」

她給露依絲看照片：菈薇妮亞和一名東正教神父、以及一位穿高領衫的光頭男士癱掛在灌木牆上。

「穿長袍的是羅米洛斯神父。」她說。

「這個時節還有花？」珂蒂莉亞拿著針線盒回來，遞給露依絲。

「我最喜歡這種事了——偷偷闖進某個地方！出現在妳不該在的地方，這會讓妳有活著的感覺。我們被逮過一次，後來得去中央公園動物園付一大筆嚇死人的罰金，但不是只有這樣喔！噢——不要那樣看我嘛。」

「我怎麼了嗎？」

露依絲忙著縫裙襬，連頭都沒抬。

「妳好像覺得我很糟糕！」

「我沒有。」露依絲回答。

其實她心裡想的是：菈薇妮亞真是天不怕地不怕。

「我沒喝醉，妳曉得吧？」菈薇妮亞說。她搖頭晃腦，將她又長、又捲、又美麗的長髮甩過露依絲的肩膀，「我發誓我沒醉。妳知道波特萊爾怎麼說嗎？」

露依絲又縫好一針。

「波特萊爾說，是人都該沉醉。醉於詩，醉於酒，醉於美德——任君挑選，但求沉醉。」

「薇妮挑的是美德吧。」珂蒂莉亞說。

菈薇妮亞不滿地哼了哼。「我也只喝了白葡萄氣泡酒好嗎？」她反駁。「珂蒂妳也喝啊，媽逼我們喝的。」

「我討厭酒精。深惡痛絕。」珂蒂莉亞對露依絲眨眨眼，挑揀散落在沙發抱枕上的零星羽毛。「喝酒是一種罪。」

「老天，她很討厭對不對？」菈薇妮亞把腳擱上古董衣箱。「我敢說妳壓根不信上帝，是吧，珂蒂？她信神滿一年了——妳相信嗎？在那之前，她是那種最嚴格的純素主義者。還有——噢！天哪！妳超厲害的！」

她看見露依絲把裙襬縫好了。

「妳專門幫人做禮服嗎？我有一個朋友專做訂製禮服。她每年都幫威尼斯嘉年華縫製十八世紀禮服。」

「我不是做禮服的。」

「可是妳很會縫欸。」

露依絲聳聳肩。「很多人都會啊。」

「大家都不會。妳還會什麼？」

這個問題令露依絲措手不及。

「我會的不多。」

「少騙人了。」

「什麼？」

「妳很特別。妳的眉毛旁邊有顆聰明痣。我感覺得出來──我一見到妳就知道了；而且妳──妳整晚陪著珂蒂不是？一整晚欸！這就夠特別了。」

露依絲並不特別。她心裡明白。我們都知道，她只是需要那四百五十塊罷了。

「妳是演員嗎？妳漂亮得可以去演戲了。」

「我不是演員。」（而且露依絲並沒有漂亮到可以去演戲。）

「那，藝術家？」

「不是。」

「那妳一定是作家！」

露依絲猶豫了。

她之所以猶豫，是因為如果還沒寫出任何讓人喜歡到願意出版、或者還沒寫出任何自己喜歡到願意請別人出版的作品，那就不該自稱作家；更遑論這個城市還有一大堆遭人訕笑譏諷的失敗作家。

「我就知道！」她用力拍手。「我就知道。妳肯定是作家。妳喜歡舞文弄墨。」她隨口背起單字：

assuage、assert、assent[5]。「我不該懷疑妳的。」

「我——」

「妳都寫什麼？」

「喔，其實也沒什麼啦。就幾篇故事什麼的。」

「什麼樣的故事？」

這會兒露依絲真的招架不住了。「呃，妳知道啊，就紐約嘛。紐約的女孩，很普通的故事。沒什麼特別的啦。」

「開什麼玩笑！」菈薇妮亞用那雙明亮銳利的眼睛瞪著她。「紐約可是全世界最棒的城市耶！妳*當然會想寫她呀*！」

菈薇妮亞猛抓她手腕、扣得好緊，眼神熱烈盯著她；那雙天真的眼睛眨呀眨的，害露依絲不忍教她失望。

「妳說的沒錯，」露依絲說，「我是作家。」

「我*從來就沒說錯過*！」菈薇妮亞咯咯笑。「珂蒂說我看人很準——我總是有辦法憑感覺判斷，眼前這人相處起來有沒有意思。就像心電感應，只是再有想像力一點，可以*心*想事成那樣。」她像貓咪一樣在沙發上伸懶腰。「我也是作家唷，妳知道嗎？我寫小說，現在正在寫。不過目前是我的休假年。」

「休假年？」

「不去上學呀！所以我才會在這裡嘛。」她聳聳肩。「過得髒兮兮又亂糟糟，妳懂吧？為了完成這本書，我還特地休學，但問題是我毫無紀律可言。我不像珂蒂，她好聰明。」（珂蒂莉亞早就回頭埋首紐曼的平裝書，頭也不抬一下。）「我呢，我就只會到處參加派對。」她打呵欠，結結實實伸了個長長的大懶腰；「可憐的露依絲，」她說，聲音軟綿綿的，「我毀了妳一整晚。」

陽光徐徐滲過窗櫺。

「沒的事，」露依絲說，「我整晚好好的。」

「妳美麗的週五夜晚。美麗的週五寫作夜——而且還卡在連假中間。說不定妳原本有其他計畫。耶誕派對是吧？或者有約會。」

「沒有，我沒有約會。」

「那妳原本有什麼計畫？在我把妳的假期搞得支離破碎之前？」

露依絲聳聳肩。

「我也不曉得。也許就是回家吧，看看電視什麼的。」

實情是，露依絲原本打算補眠。蒙頭大睡是她能想到最誘人的一件事。

「可是今年就快過完了耶！」

「我不太出門。蠻少的。」

「但這是過新年耶！」菈薇妮亞眼睛瞪得好大。「而且我們才二十幾歲欸！」

出門太花錢，回家又太花時間，而且到哪兒都得給小費。外頭冷得要命。地鐵站到處都是小水塘。況且她也沒錢搭計程車。

「跟我來！」菈薇妮亞宣布。「我帶妳去瘋派對！」

「現在？」

5 譯註：三者分別是緩和、主張、贊成之意。

「當然不是現在，小傻瓜，難不成我瘋啦？我是說，麥金泰爾新年夜要開趴——到時候一定超讚的，肯定會是他們家辦過最棒的派對。更何況我欠妳啊！妳多待了好幾個鐘頭，而且我還欠妳利息。」

「妳欠她的是每小時一百五十塊錢，」珂蒂莉亞的聲音從扶手椅傳過來，「從七點到——」她瞧瞧手錶，確認時間；「七點。」

「要命！」菈薇妮亞大吼，激動得害露依絲嚇一跳。「我把身上的現金全都塞給街頭藝人了！他在貝殼劇場外演奏《紐約，紐約》——我們好累，我們好開心[6]……」

她突然坐直。

「這會兒妳非來不可了。」她說。「如果我不會再見到妳，我就沒辦法付妳今晚的費用啦！」

她笑得開心無比。

「我欠妳的不只是錢，」她說，「我還欠妳這輩子最棒最美妙的夜晚。」

⁂

這是菈薇妮亞帶露依絲參加的第一場派對、也是最棒的一場，將來露依絲肯定會忍不住一再回味。她穿著菈薇妮亞在街上挖寶挖到的一九二〇年代禮服赴會（其實那是在某家店裡買的八〇年代複製品，但露依絲不知情），因為這種事總會發生在菈薇妮亞．威廉絲這種人身上。一向如此。

位於雀兒喜區的麥金泰爾酒店現已不再是旅館，轉型成為某種介於倉庫、夜店和表演場地之間的地方；六層樓高的大宅計有上百間房，其中半數裝潢得像大蕭條時代的鬧鬼旅店，可是頂樓卻有整片森林和一間精神病院——歐菲莉亞就是在這兒瘋掉的（他們也會在這裡搬演《哈姆雷特》，不過是以默劇方式進行）；露依絲聽說，男演員有時會偷偷帶女生躲進隱蔽的房間或小禮拜堂，親吻她的臉頰、額頭或雙唇，無奈這裡一張票要價上百元（還沒加上寄放衣帽的費用或十塊錢購票手續費），因此露依絲從來沒有機會親身驗證這些事。

有幾天晚上，就是那種夜晚、其中的某一夜，他們會在麥金泰爾舉辦特定主題的化妝舞會：那種「整晚無限暢飲、隨意親吻陌生人」的派對。眾人盛裝赴會，酒酣耳熱、步履蹣跚穿梭於宛如迷宮卻彼此相連的房間；每一層樓都有獨立的音響系統，就連頂樓瘋人院的浴缸裡都擠滿瘋狂做愛的賓客。

露依絲不曾有過這樣的夜晚。一次也沒有。

但是別擔心，她會擁有的。

就露依絲能理解的順序而言，麥金泰爾大宅的世界大致如下：紅地毯，蠟燭，鴕鳥羽毛，香檳杯，戴著「新年快樂」造型眼鏡的人，自拍的人，穿著紅色鏤空晚禮服演唱佩姬・李《終究枉然》的女人，更多自拍的人。莅薇妮亞。穿燕尾服的女孩。法國王后瑪麗安東尼。穿著馴獸師制服的人。莅薇妮亞。

另外還有著正式晚禮服的人。真有人著黑色西裝、繫黑色領結。還有穿馬甲禮服的女人。只穿內衣的女人。莅薇妮亞。

一名著牧師袍的男子（「別說我沒告訴妳唷！其實他早就因為行為不檢點被免職了。」）一名足足一百八十公分高、全身上下除了胸貼和羽毛以外啥都沒穿、操著一口露依絲聽過最刺耳的紐約口音的

6 譯註：原文「we were very tired, we were very merry」引自艾德娜・聖文森・米萊（Edna St. Vincent Millay）詩作《Rrcuerdo》。

女人（「她在歌舞劇場界的藝名是『雅典娜大閨女』[7]，真名不詳」。）。一名穿緊身黑牛仔褲配高領衫的光頭男子大概是全場唯一未著奇裝異服的人，而他本人似乎也沒意識到這件事（「他叫蓋文。他會用Excel工作表記錄所有約會對象。」）。菈薇妮亞。

菈薇妮亞跳舞。菈薇妮亞喝酒。菈薇妮亞拍了好多好多照片，而且還拉著露依絲一起自拍，兩人近得連她的香水味都聞得到。而露依絲很快就會知道，那是菈薇妮亞的專屬香氣——東四街一家不起眼的中國小店特製的。這香氣聞起來有薰衣草、菸草、無花果、梨以及世界上所有美麗事物的味道。

佩姬・李唱到「火就是這樣嗎？」那句時，露依絲把整杯香檳當pickleback[8]一飲而盡，然後開始緊張；因為在喝酒的瞬間，她忘了專心要自己別出糗，但露依絲忘了專心的時候偏偏也是她最容易出糗的時候；這時菈薇妮亞一手按在她腰上，另一手微微傾斜龐貝藍鑽瓶身、直直往露依絲酒液潰堤的嘴裡倒；即使露依絲並不笨、很懂得觀察別人、自己也十分小心注意——她無時無刻都非常小心注意！——但菈薇妮亞按在她腰窩上的強勁力道害她以為這個世界是不是快要完蛋了；但話說回來，世界也不是不可能在今晚劃下句點嘛。

「敬朋友！敬羅馬人！敬農人村夫！再多拿點琴酒來！」

菈薇妮亞。菈薇妮亞。菈薇妮亞。

以前露依絲還住在新罕布夏的時候，她時常幻想：有朝一日到了紐約，她一定要來參加像這樣的派對。

後來她和維吉爾・布里斯站在火車鐵橋上，她求他摸她胸部、而他也大方應允，兩人遂討論起相偕私奔的事（他想搬去科羅拉多畫漫畫）；他提醒她世界非常殘酷，而她則努力向他解釋，紐約跟世上其他地方都不一樣。

就算妳不夠特別也沒關係，她解釋道，或者就算妳不漂亮、甚至達不到新罕布夏德文郡的學分標準也沒關係，只要意志夠堅定就行了。那座城市會把妳捧在手掌心，帶妳飛向所有遠大的野心與抱負；整座城市閃閃發亮、燦亮耀眼，在那裡的每一個夜晚、每一場派對都能讓妳覺得整個世界彷彿只有妳存在，妳是最特別、最受鍾愛的一個。

當然，我們都知道真相，也明白這是怎麼回事。我們心知肚明：要假裝這一切何其簡單？只消把燈光調暗、找幾名歌舞女郎（她們會用三秒膠把假羽毛黏在舞台裝上），再讓大夥兒不斷喝酒就行了。

但是像露依絲這樣的女孩兒並不明白。還不明白。

露依絲從來不曾如今晚這般快樂。

晚上九點。菈薇妮亞和露依絲和蓋文・穆拉尼和羅米洛斯神父和雅典娜大閨女還有其他好多好多不知道名字的人，全都站上舞台，在巨如長頸鹿的水晶吊燈下大跳查爾斯頓搖擺舞[9]。「這裡可以上來嗎？」露依絲小聲問，但音樂太吵，菈薇妮亞根本聽不見她說話。兩名空中雜耍表演者互相糾纏在

7　譯註：maidenhead為「童貞」之意。

8　譯註：以威士忌、醃黃瓜汁調製的雞尾酒。

9　譯註：一九二〇、三〇年代流行的舞步，以美國城市Charleston命名。

一起，腳踢吊燈上的水晶裝飾；而雅典娜不知何時已拋棄那一身羽毛，故此刻除了兩片胸貼和修剪成月彎狀的恥毛之外，她的肌膚與眾人的汗水緊密相貼，毫無間隙。

「新年新希望！」菈薇妮亞吼道，「決議如下：我們要暢飲人生，喝到只剩餘沫沉渣[10]。」

菈薇妮亞的禮服滑下肩膀，露出乳房。但她壓根不在意。

這時，有雙手遮住露依絲的眼睛。某人親吻她的頸背。

「猜猜我是誰？」她對著露依絲的頸間低語。

露依絲扭頭轉身。

女孩滿臉疑惑。「我以為……」

「咪咪？」菈薇妮亞停下舞步，臉上沒了笑容。

「這不是妳的衣服嗎？」女孩的聲音刺耳單調又矯揉做作，活像高中生唸話劇台詞似的。「我還以為……」她笑了，笑得虛偽、笑聲刺耳。「看吧？」笑容絕望地掛在嘴角，「她連妳衣服都搶！」

眾人不發一語。

「抱歉我遲到了。」她說。「治療好像永遠不會結束似的。而且我找不到漂亮內衣可穿。」

眾人依舊無動於衷。

「他說我神經質絕望症。」

音樂太大聲，於是女孩又湊近了些。她用力眨眼。

「我剛才說：他說我是神經質絕望症。」

眾人毫無反應。連點頭也沒有。

「妳知道嗎這個病甚至連精神病診斷與統計手冊都沒有記載。」

羅米洛斯神父懶洋洋地點頭，但露依絲覺得這比沒人理她更糟糕。

最糟的部分是：她還在笑。

就連她走向菈薇妮亞、而菈薇妮亞甚至反射地後退一步，她依然微笑。

「我想妳。」她說。

女孩迅速轉身，面對露依絲。

「我叫咪。」她說。「咪。」

「嗄？」

「咪咪啊，」她說，一副露依絲理當認得她似的。

「噢。」露依絲應道。

咪咪把手機遞給她，然後一手勾住菈薇妮亞的頸子。

「幫我們照相！」

菈薇妮亞沒有笑容。

咪咪一把搶回手機，手指滑過螢幕、一張張檢查。

「我們很上相。」她說。「我要把這些都PO上網。」

10 譯註：原文we shall drink life to the lees，改編自丁尼生詩作《尤里西斯》。

十點。月圓時分。

「答應我。」菈薇妮亞說。她們在屋頂抽菸，一處栽滿玫瑰花的樹籬或迷宮之類的；玫瑰不畏冰霜，依然綻放。露依絲完全搞不清楚她們是怎麼上來的。「我想好好迎接新年。我想讓每一件事都有它該有的樣子。我希望一年比一年好。」她徐徐吐煙；「非得這樣不可。」（但此刻沒有其他人在這裡。咪咪不在蓋文不在羅米洛斯神父雅典娜大閨女不在，而露依絲也不記得自己跟這些人說了掰掰。）

「那當然。」露依絲說。

「今天晚上，我想和妳一起吟賞詩句。」

起初露依絲以為菈薇妮亞在開玩笑。但菈薇妮亞抿緊雙唇、不苟言笑，露依絲不曾見她如此嚴肅。

「幫我記住這一晚。好嗎？」

「好。」露依絲說。

「妳保證？」

「對，」露依絲答，「我保證。」

但露依絲想不起半句詩。

菈薇妮亞從皮包撈出筆，往手臂上寫字：**詩！詩意人生!!!**字寫得歪歪扭扭。她也在露依絲手臂上依樣畫葫蘆。

「好啦，」菈薇妮亞很滿意，「現在我們不會忘記了。」

兩人並肩凝視紐約城。繁星如瀑。不過露依絲曉得其中有些大概只是街燈或城市裡的燈光。

「嘿，露依絲？」白煙從菈薇妮亞雙唇間裊裊昇起。

「嗯？」

「妳的新年願望是什麼？」

露依絲的願望可多了：少吃、減肥、賺更多錢、換更好的工作、寫作——把那玩意兒寫出來，把那該死的玩意兒寫出來然後寄出去！要是凌晨四點醒來睡不著就別再看《仇男誌》那堆垃圾好好看本像樣的書這樣妳他媽的哪一天說不定就能把那篇他媽的故事寫出來！

「我不知道。」（還有，別總是那麼乏味又無趣。）

「少來了！告訴我嘛！」

她說得一副好像真心想知道似的。一副露依絲可以信任她似的。

露依絲想相信她。

「可是很蠢。」露依絲說。

「我敢說一定不蠢！跟妳賭一百塊！」理論上來說，菈薇妮亞欠露依絲的費用介於四百五十到一千八百塊之間，端看露依絲要不要把陪伴珂蒂莉亞等門的幾個鐘頭算進去；不過露依絲已經不想再算下去了。

「我想把我的一篇故事寄出去。也許啦，寫得夠好的話。」

露依絲很怕把事情說出來，因為說到就得做到了。

「寄給雜誌社？」

「嗯。」

「妳以前沒寄過？」

「沒有——呃，我是說，有。可是好幾年沒投稿了。」

「我敢說他們都夠聰明，」菈薇妮亞說，「肯定都是天才。我打賭他們每個人都會愛死妳的。」

「才不是呢，事情才沒有——」

「不要反駁我。我有預感。我就是知道。」菈薇妮亞將她那頭彷彿無盡綿長的金髮往後一甩。

「那妳呢？」

菈薇妮亞抖掉菸頭最後一段菸灰。「跟去年一樣。我每年都許同樣的願望，應該到死為止都一樣吧。」她深深地、愉悅地大吸一口氣。「我想活著，」她說，「我是指真真正正、實實在在地活著。妳知道王爾德怎麼說嗎？」

露依絲不曉得，但她猜想，王爾德說的話應該都很詼諧風趣、字字珠璣吧。

「他說——我把天賦投入工作，天資投入生活。這也是我想做的。還是妳覺得這很老套？」她刻意吐出最後兩個字。

「不會——才不會！」

「搞不好就是。管他的！我才不在乎。我就要這樣。」

✻

十一點。這會兒她們又回到舞廳，而舞池中的每一個人都在親吻其他每一個人——菈薇妮亞除外。她站在舞池中央的聚光燈下，不受干擾地獨舞。

「好個狂野無比的夜晚。」

咪咪的唇膏抹得亂七八糟，眼線也暈開了。

「來嘛！」她扯扯菈薇妮亞的衣袖，繼續用那一口氣不斷句、鱉腳演員的方式說話。「大家都來喝香檳！」咪咪大叫，「一起自拍！」

這時露依絲明白了。咪咪這種像在演話劇的怪異說話方式，到底是哪裡令她覺得大惑不解了。因為她一直試著在學菈薇妮亞說話。

但菈薇妮亞面無表情。「我們已經拍過了。」

咪咪的笑容好絕望。「那我們再拍一次嘛！」

她貼上菈薇妮亞，舉起相機，然後在她臉上留下淡淡的、變形的口紅印。

「搞什麼啊，咪咪！」

「該死——這張我眼睛閉起來了！我們再拍一張好不好？」

但她沒辦法穩穩抓住相機。每張照片都模糊不清，朦朧一片。

「好了，拍夠了。」

「再一張！再一張就好！」

咪咪繼續纏著菈薇妮亞，一下子拿胸部抵著她、一下子靠過去親她。

「再一張！拜託嘛！」

她伸手拉菈薇妮亞的袖子，扯破了。

露依絲不敢相信，布料撕裂的聲音竟然這麼大聲。

「看在他媽的老天份上，咪咪，妳他媽的不曉得什麼時候該走嗎？」

菈薇妮亞的眼神好可怕。

咪咪雙眼噙淚，卻依然微笑。

「別這樣嘛，」咪咪繼續哀聲乞求，像小狗一樣；「這是很特別的一晚呀！對不對？是吧？」

「妳喝醉了，咪咪。妳回去吧。」

咪咪依言離去。

✲

一小時後，咪咪把那晚拍的每張照片都PO上網。而且所有照片都標註了「菈薇妮亞」。

我和親親寶貝，她寫道，再加上跳舞狐狸和呼拉圈女孩貼圖，又補上一隻滾來滾去翻筋斗的貓咪動畫，彷彿現在還有人會用「親親寶貝」這個詞。

音樂震耳欲聾，音量大到除非你貼近他人到足以接吻的地步，否則絕對聽不見任何人說話。這會兒大家都在跳舞。眼前有四人並排，站在一座突起的台柱上——比下方人群整整高出兩公尺——菈薇妮亞揚起下巴、挺起胸膛，像女神一樣。

倒數計時的大鐘緩緩降下。每個人都在尖聲高喊讚哪！讚哪！菈薇妮亞挺直背脊，掃視群眾，熾熱的目光足以燃燒眾人。

「怎麼了嗎？」

菈薇妮亞並未回應。

「妳在找咪咪？」

菈薇妮亞繼續掃視、搜尋。露依絲試圖追隨她的視線，但她啥也沒看到，只見一群穿黑西裝的男孩一口乾掉看不出是啥名堂的飲料——接著就像電擊一樣，菈薇妮亞突然用指甲緊摳露依絲手腕。露依絲問她怎麼了？但露依絲自己醉得厲害，所以當菈薇妮亞轉頭看她，她壓根想不起原本要問她什麼。

菈薇妮亞抓住露依絲的肩膀。

「我們應該跳下去。」菈薇妮亞說。

「什麼？」

「妳跟我。我們來跳。」

「妳想玩人體衝浪？」

沒人這麼玩吧？至少現實生活中沒有。

但此刻並非現實生活。

「最糟能糟到哪兒去？」

離新年只剩一分鐘。

「相信我，」菈薇妮亞說，「請妳相信我。」

※

十、九、——

現在露依絲想起她在擔心什麼了。

她想起自己沒有健保，萬一摔斷骨頭恐怕沒錢看病，而且她明天還得上班，就算可以請假（八）她也擔不起薪水損失；然後她跟菈薇妮亞還不夠熟、不曉得該不該信任她，因為剛認識的人通常都會辜負妳的期望而這還只是最好的狀況（七）即使菈薇妮亞此刻正全神貫注瞅著她，她仍是陌生人，然後肯定也絕對會把事情搞砸的做法就是敞開心胸對待別人（六）但她承擔不起愚蠢的後果——愚蠢跟快樂一樣，都是奢侈玩意兒，但她心臟跳得飛快，宛如使盡力氣在午夜之前呼出最後一口氣的蜂鳥（五）然而就露依絲記憶所及，這是她第一次感覺快樂，如果這就是感覺快樂的代價，就算得耗盡所有心跳她也義無反顧（四）因為說到底，她在這個世界上真心想要的就只有一件事，那就是被愛，還有——（三、二、一）。

眾人接住她倆。

好多好多人——有人托她的腰、她的腿和背，露依絲一點也不害怕。她曉得，她知道他們不會讓她掉下來的。她知道她可以信賴他們，因為他們一起經歷這一刻、醉得如此喧鬧放縱又光榮，他們都希望她興致高昂、越開心越好，因為能這麼嗨實在是很棒很美好的事，而他們全都希望自己是其中一份子。

菈薇妮亞越過群眾，伸手探向她；她在微笑。她原本離她好遠，然後接近了些，然後又再近一點點，最後貼近得足以捉住露依絲的手，緊握不放。

天快亮了。

大夥兒湧入街頭。女孩們脫掉高跟鞋，赤足走在結冰地面上。計程車索價高昂，只不過去個上東區，一人得付一百塊錢才到得了。

⁂

露依絲稍微清醒，感覺腳上起了水泡，但她心情大好、絲毫不以為意。她抓緊外套裹住身體（再抱怨外套很薄就太沒品了），縮起身子抵禦寒風。菈薇妮亞想都沒想就叫了Uber，在這種加成時段叫車，車資肯定貴得荒唐。

「我們要去哪兒？」

菈薇妮亞豎起指頭、抵在唇上。

「我要給妳一個驚喜。」

計程車載兩人穿過西村、下東區、越過布魯克林大橋。

「那是妳想要的嗎？」菈薇妮亞縮進厚實的皮草大衣，盯著她猛眨眼。

「什麼？」

「派對。那是妳夢想參加的派對嗎？」

「嗯！」露依絲說，「真的太棒了！」

「很好，這樣我很高興。我希望能讓妳開心。」

計程車還在過橋。

「妳只要想，」菈薇妮亞說，「這時候，妳原本可能還睡在床上。」

露依絲現在確實應該回家睡大覺。

「但是呢……」菈薇妮亞按下車窗，疾風掠過她倆的臉龐；「現在妳要去看日出。妳說這棒不棒？」

計程車駛近摩天輪底下的下客處，就在怪奇秀招牌和「颶風雲霄飛車」漆得閃亮的大門旁邊。遊樂園冬季不營業，但街燈依舊照亮旋轉木馬、鬼屋和後方的木板路，以及再過去的那片茫茫大海。

「我想靠近海邊一點。」菈薇妮亞說。

結冰的木板路十分滑溜，菈薇妮亞抓著露依絲穩住自己，結果兩人雙雙滑倒、失足跌跤，膝蓋微微擦破皮，但終於好不容易到了海邊。

「終於到了。」菈薇妮亞說。

地上冰得沒辦法坐，兩人設法蹲坐下來，縮在菈薇妮亞那件超大皮草底下。

菈薇妮亞遞給露依絲一只烈酒瓶。

「喝吧，」她說，「能讓妳暖和一點。」

瓶裡是威士忌——上等威士忌，滋味好到不該只是為了在手指凍僵到沒知覺的時候小啜取暖，但這是菈薇妮亞細心準備的。

「在鐵達尼號上，他們也是喝威士忌。」菈薇妮亞說。「他們隨著整艘船漸漸下沉，看著人生即將來到盡頭，心想該死的，我們搞不好也差不多了，於是就把最好的威士忌都拿出來，喝個酩酊大醉，結果船沉了之後這反倒救了他們一命：因為他們的身體非常暖和，絲毫不覺得冷，於是就這麼一路游向救生艇。我想——而且是常常在想——要是……噢！妳的衣服！」

菈薇妮亞的衣服——她非常慷慨好心大方託付給露依絲的洋裝，她在東村街上意外發現、象徵世間所有美好、真理、或甚至上帝存在的那件洋裝，綻線了。而且沾了酒漬。還被香菸燒破好幾個洞。

露依絲心想，妳他媽的又搞砸了。

她實在太不小心了。自私、粗心又喝太多，放鬆警戒——就連動物都曉得不該放鬆警戒——現在菈薇妮亞不會理她了。就像她對待可憐、可悲的咪咪一樣，咪咪也扯破了菈薇妮亞的袖子。但這回肯定比過去任何一次都慘，因為昨夜是如此美好，而她已然知曉自己會失去什麼了。

露依絲忍著不哭出來，但她又醉又無力，因此想當然爾憋不住，淚水就這麼嘩啦嘩啦掉下來。菈薇妮亞震驚地看著她。

「妳幹嘛？」

「對不起，天哪，真的對不起——妳的衣服……」

「衣服怎麼了?」

「被我弄壞了!」

「所以呢?」

菈薇妮亞甩動那一頭長髮。長髮如鞭,隨風飄揚。

「妳度過了開心的一晚,不是嗎?」

「當然啊,我——」

「所以問題出在哪裡?衣服再買就有了呀。」

她說得一派輕鬆。

「我跟妳說,」菈薇妮亞說,「好事總會發生在我身上。上帝會再送一件給我們的。」

露依絲的眼淚凍結在臉頰上。

「那是貢品!」菈薇妮亞說,「我們必須獻祭給古老神明——把衣服放進水裡,讓水帶走——噢!」

「怎麼了?」

菈薇妮亞舉起手臂、湊近露依絲的臉。

詩!詩意人生!!!幾個字糊成一片,看起來像「**1寺意人生!**」;但沒關係,露依絲有辦法挽救。

「妳差點就害我忘記了!妳怎麼可以這樣!」

「我——」

「我都已經下定決心了。」

菈薇妮亞身子一躍站起來。她讓皮草落在地上,那身使她看起來像天使的美麗白洋裝也落在地上。冰天雪地,她冷得咬緊牙根卻一絲不掛。不僅乳房發青,乳頭也凍成紫色。

「幹！幹！幹！」

她歇斯底里地大笑。

「幹他媽的超冷的啦！」

露依絲只能瞠目結舌。

「來啊！換妳了！」

「妳要我——」

這會兒露依絲已經開始發抖了——身上還罩著皮草。

「快呀！妳一定得脫！」

菈薇妮亞眼神狂野，太野了。而露依絲好冷。

「妳答應過我的！」

菈薇妮亞伸出她顫抖、青筋浮露的手。

「妳答應過的！」

露依絲確實答應過她。所以只好硬著頭皮上了。

❋

起初，她以為自己會冷死。她的眼睛喉頭鼻腔食道全部塞滿冷空氣，那一丁點威士忌根本幫不上忙。如果她當年也在鐵達尼號上，肯定溺死。菈薇妮亞從她腳邊拾起那皺成一團、沾了冰雪細砂和碎木屑的洋裝，收攏在胸前，說了聲「走吧」。

探索新世界，為時未晚。

丁尼生的《尤里西斯》無人不知，無人不曉，所以就算知道也沒啥了不起。假如你碰巧知道丁尼生的一首詩，很有可能就是這一首；假如你只知道一首詩，仍有超過五成機率是丁尼生的《尤里西斯》。所以菈薇妮亞背出這首詩（她只會一部分）沒啥了不起，而露依絲想起這首詩（她記得全部）亦無特殊意義——她想起以前在德文郡的時光，想起她曾在鐵橋上獨自低吟詩句，想起她曾費盡心思想讓維吉爾・布里斯理解「sail beyond the sunset」[11]（航向日落的彼岸）是英文最美的句子，想起她若無法乘船遠颺，至少也要游過去的衷心想望。世上大概沒有命運這種東西，有的大概只是巧合。這種事大概就像克林姆的繪報、穆夏的畫、《J阿爾佛瑞德・普魯弗洛克的情歌》[12]或者像巴黎一樣（但露依絲沒去過巴黎）庸俗平凡。

但這首詩，露依絲可是刻在心頭上的。得知菈薇妮亞和她同樣牢記詩句，令她深感欣慰。

啟航，各就各位，坐穩擊槳
破浪前行；我將全心全意
航向日落的彼岸，沐浴在
西方閃耀的星光下，至死方休[13]

---

11 譯註：丁尼生《尤里西斯》詩句。
12 譯註：《The love Song of J. Alfred Prufrock》，艾略特詩作。
13 譯註：本段詩句節自《尤里西斯》。

菈薇妮亞將洋裝拋進水裡。衣裳隨潮水退去，復又歸來，宛如溺水女子在浪花裡沉浮掙扎。

菈薇妮亞和露依絲彼此對望。

實在冷斃了，露依絲覺得她倆快凍成雕像，像聖經人物羅德（Lot）的妻子一樣變成冰柱（還是鹽柱？她忘了）然後永遠杵在這裡。就她們倆，手牽手，胸對胸，額頭碰額頭，雪花落在兩人鎖骨上；感謝上帝，感謝祢，露依絲心想，因為她倆若能就此石化，那麼昨夜即成永恆、自此不再有黎明，露依絲甘願放棄其他所有夢想，只願成就這一個。

兩人自拍留影，雙唇以下光溜溜的身軀全部入鏡。她們用手臂遮住乳頭，以免遭IG審查，而且如此一來，畫面正中央剛好橫過兩道**詩意人生**!!!的殘跡。

「以後我們再找機會刺在手臂上！」菈薇妮亞說。

兩人在皮草下瑟縮發抖。菈薇妮亞把衣服穿回去，露依絲沒得穿，只有一件連身內衣和沒多少用處的薄外套。

「直到死掉那一天，」菈薇妮亞宣布，止不住地笑；「我都要記住這一刻。」

每當有人說出到死都要記住這一刻這種話，意思通常是這人剛度過一段非常美好的時光，或只是我想上妳而已。露依絲交往過的某花心大蘿蔔（自稱尊重女性的那位）曾說「我永遠不會忘記妳」；那位熱衷特殊性癖好的傢伙也是（我永遠不會忘記妳讓我這樣對妳，妳在這方面跟其他女人都不一樣）；維吉爾．布里斯也說過。就連後來人間蒸發的那位也說過一次。他帶她去展望公園散步的那個夏日夜晚，他說：「以後我說不定會離開紐約，但要是我真離開了，我會想牢牢記住這樣的夜晚」（那晚她跟他上床）。

但菈薇妮亞和其他人都不一樣。

還有，從現在算起六個月後，菈薇妮亞喪命時，她會清清楚楚憶起這一晚，想起那些星辰和海洋。而露依絲肯定也知道。因為屆時她也會在現場。

她們朝高架地鐵的方向走。

菈薇妮亞招了計程車。

「上車吧。」她笑著說。昨晚喝了那麼多香檳，菈薇妮亞的唇彩卻依舊深豔動人，露依絲大為驚奇。「我的外套比妳的保暖。」

露依絲負擔不起車資。

「沒關係，」露依絲說，「我搭地鐵就好。」

菈薇妮亞大笑，彷彿她說了笑話。「老天。妳好美。」她歎道。菈薇妮亞親親露依絲的雙頰，「我已經開始想妳了。」

她一屁股坐上計程車。

兩分鐘後，露依絲的手機跳出一則通知：菈薇妮亞把她倆的照片上傳臉書了。

她走了十分鐘才到Q線康尼島站——因為其他路線的車都沒開，理由只有天知道。她小心翼翼，一路避開人行道的裂縫。

坐上地鐵，僅罩薄外套的她冷得雙唇直打哆嗦。這件口袋破了洞的外套是她四年前拿到媚眼網的百元耶誕禮金後，在H＆M買的。一位身著醫院病人服、手腕還掛著醫療識別帶的男子眼神滴溜溜地來回掃視車廂，露依絲盡可能避免對上他的視線（其實車廂裡的其他人也都一樣）。妳得把罩子放亮一點，尤其是身高僅一百六十五公分、體重不到五十三公斤、碰巧又遇上生理期的女子。她醉得好難受。後來有兩名年輕人在國王高速公路站上車，捧著漢堡王薯條一路大嚼大嚥；露依絲只能拚命忍著不吐出來，最後直到大西洋大道才擺脫他們。

露依絲得在大西洋大道換R線，但這幾乎等於原途折回，而且還碰上幾位看似剛結束婚前單身派對的女孩們，一邊尖叫一邊揮舞花炮，然後R線月台還有個男人站在塑膠貨箱上，預言世界末日即將到來。

我厭惡！我蔑視你們的節期，他高喊，但沒人理他。他直直盯著露依絲。（你們雖然向我獻燔祭和素祭，我卻不悅納，也不顧你們用肥畜獻的平安祭。）至少，露依絲認為他正盯著她瞧。（要使你們歌唱的聲音遠離我，因為我不聽你們彈琴的響聲。）

露依絲在R線的五十三街下車。

腳後跟滲血。腳趾間磨出水泡還夾著沙粒。她用手指緊扣鑰匙。

來到住處樓下轉角，她看見那個天天在地鐵開黃腔騷擾她的男人。他在哈草。他看著她。

「嘿，」他說。

她一逕低頭不看他。

「嘿，小妞。」他又喊。

露依絲同樣充耳不聞。

「妳不曉得外頭很冷喔？」

她在腦中反覆想著：繼續走，繼續走就是了。

「妳曉得我能讓妳熱起來喔！」

他笑起來——彷彿他是出於善意、彷彿她該深感榮幸，彷彿這是世人對她做過最善良的舉措似的。

「我可以讓妳熱起來，小妞。」

他舉步跟上——步伐不快，好整以暇，好似他正愉快地散步遛達，好似這種舉動壓根不會逼得她想放聲尖叫。

「妳不要我溫暖妳嗎？」

露依絲竭盡所能不聽他說話。

她動作飛快。儘管雙手抖個不停，她仍迅速將鑰匙插進鎖孔。她練習過許多次了。

「少臭美了，」他在她身後啐道，而她終於成功閃進大門；「我三十公分長的大老二拿來幹妳這條狗實在太可惜了。」

等她好不容易爬上床，已經九點了。

她設定鬧鐘十二點響。

一覺醒來，露依絲幾乎動不了，但她仍設法下床，因為咖啡店的班兩點開始——要是她敢遲到半分鐘，那個老愛偷摸她、嗑藥嗑昏頭的傢伙肯定扣她薪水。

2

菈薇妮亞自此沒了消息。

若不是她藏在袖子底下、捨不得洗掉的**詩意人生**!!!幾個字；若不是那星期她感冒嚴重到不得不取消保羅的一堂家教課（他爸媽比他本人更不爽），她常常在想：難道那只是美夢一場？如夢的夜晚，熟知《尤里西斯》的人兒輕撫髮梢——這不可能是真的。他們只會講妳愛聽的話、索求自己想要的，然後忘了自己究竟是真心或無意。

露依絲偶爾會這麼想：不知道是不是因為她把衣服弄壞了？

露依絲埋首工作。搭地鐵。她把布丁頭染好，一綹一綹細細染色。

那個禮拜，菈薇妮亞過得好不快活。臉書和IG動態讓露依絲全看在眼裡。菈薇妮亞參加一場俄國東正教聖誕派對，去大都會歌劇院欣賞《露莎卡》（Rulsalka）開季首演、並且為歌劇時尚部落格拍照留影（身著裙襬及地的銀緞晚禮服），和雅典娜大閨女、羅米洛斯神父在中央公園愛麗絲夢遊仙境的雕像旁來一場雪中茶宴，並且整晚搭乘史坦頓島渡輪反覆來回（她在IG照片底下加註*超級超級累，但是超超超開心。*）麥金泰爾官網的照片後來登上《城市奇狐》（Urban Foxes）和《混時間》（Fiddler）網站八卦版，後者一向只刊文學八卦，但現在不時會出現特例、登出一些「文學相關派對」

的照片，而圖輯裡的每張照片都有菈薇妮亞。

其中一張照片有她。

其實那也不算是她——不過是菈薇妮亞擺好姿勢、按下快門時，旅館大廳琴酒酒吧的一面鏡子碰巧映照她的身影；鏡中的她微微側頭，美得令她猛一看竟沒認出那是她自己。

她按右鍵儲存。她甚至還在酒吧輪班前，刻意繞到聯合廣場附近的史泰博辦公用品店，花了四點九九元用亮面紙把照片印出來，以免哪天網路因為核災或戰爭或什麼之類的原因整個掛了，害她永遠無緣再見它一面。

一星期後，菈薇妮亞發簡訊來了。

內文只有店名——白蒙酒吧——和時間。

露依絲原本安排那個時段要做媚眼網的案子。不過她還是上網搜尋了一下，發現那地方在卡萊爾酒店，一杯酒二十美金起跳，稅金小費另計。

菈薇妮亞先到。

她佔了吧檯前的兩個位子。她的裙子又寬又蓬鬆，鼠灰色的貂皮大衣和皮包扔在另一張高腳椅上，完全無視酒吧裡滿滿的飯店住客、觀光客和生意人，而大夥兒也只能壓下滿腔怒火，望著菈薇妮亞的包包大衣吹鬍子瞪眼睛。

「坐！我幫妳點好香檳了。我正要喝第二杯，我——妳遲到了！」

露依絲上氣不接下氣。「抱歉，地鐵——」

「妳來過這裡嗎？」

「印象中沒有。」

菈薇妮亞甩甩長髮——看來她早上考慮過要把頭髮夾起來，但成果似乎不如預期，髮夾棄守，而她也不太在意、沒想過要把頭髮重新夾好。

「我常來，」她說，「而且我是這地方唯一四十歲以下、又不是妓女的人。」

室內木色深沉。時間還不到傍晚、燈火未明，但整間酒吧卻猶似點燈般迷離朦朧，呈現獨特的美。牆上繪了壁畫。場地中央有架鋼琴，琴師正在演奏《紐約，紐約》，菈薇妮亞隨之輕哼。

「他們老愛彈這首曲子。」菈薇妮亞說。「大家都愛。我是不介意啦。這首歌聽來很撫慰人心。像耶誕歌曲。」

她把香檳杯往露依絲的方向推。

「乾一杯吧？」

露依絲的手仍冷得發抖。「敬什麼？」

「敬我們的新年希望呀！那還用說。」

「好啊。」

「還有，敬我們！」

「敬我們！」

兩支酒杯輕碰。

當然，露依絲不是沒去過漂亮地方。有時候，她會在家教之間的空檔走一趟大都會歌劇院，付一塊錢進大廳晃晃，像一縷幽魂，只為置身美麗的事物之間。但她在那裡總覺得格格不入。然而對菈薇妮亞而言，這地方就像自個兒家一樣。「稿子寄了沒？」菈薇妮亞綻放微笑，「妳寫的故事啊！寄了幾家雜誌社？」

「噢。」

露依絲半個字都沒寫。

「沒有。還沒——不過我快寫完了！」

「那妳會先讓我看嗎？我想看。我等不及想讀一讀了。」

「妳的小說呢？」露依絲反問。當別人問起妳不想回答的問題時，讓對方忘記正在問妳問題的最好方式就是鼓勵對方聊聊自己的事。「寫得怎麼樣了？」

「哦，老樣子。一直以來都是那樣，往後也都一樣。不過只要故事沒寫完，我是不會回學校去的——我答應過自己了。我發過毒誓。除非寫完最後一句、劃下最後的句點，否則我絕不踏進紐哈芬一步。橫豎又不是每個人都想去那裡嘛。」

菈薇妮亞認識酒保，因此她們不必開口就得到另一杯酒。吧檯另一頭似乎有菈薇妮亞認識的人。顴骨高，深V上衣，酒紅唇彩。她靠在一名年長男士的臂膀上，他的腕錶差點閃瞎露依絲。

「她總是到這兒來，」菈薇妮亞說，「跟某人一起來。」

她舉杯，女子眨眼。

「我媽肯定會嚇死。妳交的都是些什麼朋友啊？她會這樣說。妳知道吧，如果妳是跟妳查賓女校的朋友們一起參加派對，應該會比較容易交到男朋友。但我覺得一個人靠什麼過日子根本不重要。妳不覺得嗎？十九世紀巴黎有所謂的高級妓女，而且也沒有人批評波特萊爾呀。總而言之，拿掉那些羽毛，她看起來很正常嘛。」

這會兒露依絲終於懂了。她說的是雅典娜大閨女。

「反正，她又不是真的在做妓女。」菈薇妮亞說。她補了補唇蜜，「她就只是，妳知道，**交際花**而已，工作內容無非就是**你開價**、**我奉陪**之類的事。」她噘唇，「我看起來怎麼樣？」

「很漂亮。」

「很好。」菈薇妮亞說。「來拍照。」

兩人自拍。

「我把照片傳給妳。我要妳把它上傳、標記我，公開權限讓每個人都看得到。好嗎？」

「好。」

她們又喝了一杯。然後又一杯。接著再一杯。

一名大使請她倆喝一杯，酒保提米又送上一輪（菈薇妮亞忘了是不是她點的），然後她們點了一杯送給琴師，然後……然後，帳單來了。

菈薇妮亞抄起帳單，看也不看一眼。

「走吧，」她說，「去參加我的派對吧。」

菈薇妮亞帶露依絲參加的第二場派對，位在一間不是書店的書店裡。那是一幢租金管制公寓，在東八十四街；房客馬蒂．羅斯克蘭茲是個門牙有縫、笑口常開的男人。他以前是書店老闆，但因為經濟不景氣、大家不買書，書店就倒了。於是他清空公寓，扔掉洗碗槽、拆掉瓦斯爐，把空間全部拿來放書——有好書也有低俗色情書刊，還有老早就絕版的一九五〇年代科幻小說。熟門熟路的人會自備好酒或大麻，直接摁門鈴。如果來客是漂亮女生，那她們只會帶朋友來，然後大聲朗誦自己的作品，而馬蒂會逗她們開心。雖然最後大家一本書都沒買，但每個人離開時都會覺得自己好像是某場特別活動的一份子。

沒人見過馬蒂・羅斯克蘭茲走出這間祕密書店一步。

「蓋文說，他在哈林區的機動車輛管理局見過他一次。」她抵靠在門鈴上。「但是我才不信咧。」

「妳他媽的怎麼來了？」她倆一上樓，馬蒂・羅斯克蘭茲就這麼說。起初露依絲擔心他指的是她，但他大笑，一把扣住菈薇妮亞的纖腰將她舉高；「我還以為我們擺脫妳了呢！」

「我就像壞習慣，」菈薇妮亞說，「你甩不掉我的！」

這裡人好多。空氣凝滯，瀰漫啤酒氣味。眼見所及沒裝啤酒的全都是書架，不過倒是有一座書架轉作餐桌使用。馬蒂・羅斯克蘭茲坐鎮桌首，手邊是一瓶蒂朵思伏特加和一堆六個一疊的紅色塑膠杯，大夥兒一杯杯輪番取用，菈薇妮亞自然也拿了一杯。

「身分認同政治，已經被左派打得元氣大傷。」一名打著亮藍綠色混銘黃領結的男子厲聲說道。「事實基礎完完全全就在那句最基本的『X等於X』。不過這會兒妳可能會說，噢，我是男人，我也是女人。抱歉，就政治正確而言，我知道這並不正確。」

他說話的對象是一位十分纖瘦、弱不禁風的女士；兩眼生得很開，淡亞麻色頭髮，神情專注。

菈薇妮亞一步跨進兩人之間。

「哈囉，陌生人。」

她親吻他的臉頰，好似她不曾打斷他說話。

「菈薇妮亞！」他愣了一下才會意過來。「妳好嗎？我有多久沒——」

「我好得不得了！」菈薇妮亞猛地揚起雙臂，「我過得好極了——最近我都在忙，噢老天，我能把事情全部搞定真是太神奇了。我這陣子實在忙翻了，多謝老天有露依絲幫我。」她抓起露依絲的手，高高舉起。「她一直盯著我不讓我分心做別的事。她超有紀律，無時無刻都在寫。她給我好多靈感。」

「所以，妳也寫作？」

「噢！我真是的。你們還不認識吧？露依絲，這位是波沃夫・馬蒙。馬蒙，她是露依絲——」

「威爾森。」

「露依絲・威爾森。噢，你們倆一定有很多話可聊。露依絲肯定會是你見過最有意思的人了。噢，天哪，蓋文來了！」

她飄走了。

這是試驗。露依絲心想。

菈薇妮亞想測試她，看看她能不能和她其他的朋友們好好相處；因為這會兒他們還沒醉到得頻頻跑廁所的程度，彼此都能清楚理解彼此的話。

露依絲不怪菈薇妮亞。大夥兒都是這麼對待圈外人的。

「所以，」她一副興高采烈的模樣，「你跟菈薇妮亞是在——」

「耶魯。」

「噢，也是。那當然。」

「妳呢？」

「噢，」露依絲聳聳肩，「你也知道，派對嘛。」她繼續微笑。

波沃夫輕蔑一哼。「可不是。」他說。「妳唸哪間？」

「德文郡的學校。」她照例送上答案——現在她幾乎可以不假思索地回答——聲音稍嫌過於輕快。這或許也是圈外人才有的反應。

「那妳認識尼克·加勒孚囉。」

「唔，我不認識——我是說，他可能晚我幾屆。」

「妳哪一年畢業的？」

露依絲遲疑了一會兒。她迅速估量他的年紀，算算大概幾歲才不致露餡。

「二〇〇八。」

希望她看起來像二十五歲。

「那妳應該認得他。他是二〇一〇那一級的。那傢伙很不錯，現在在《紐約客》上班。」

「呃，抱歉——我是說，學校太大了。我可能——」

「妳該會會他。我上禮拜才跟他吃午餐，就在《紐約客》辦公室。去過嗎？」

「還沒呢！」她實在太了不起了，竟然能繼續假裝開心到現在。

「妳真該見見他，妳知道。如果妳想幫《紐約客》寫稿的話。」他聳聳肩。「我是說，滿多年輕女作家不太想寫他們家的稿子。妳知道，父權主義那一套。那群女人還滿投入的，那些新媒體什麼的，像是《新仇男主義》那一類的。」他嗤之以鼻。「所以，妳都幫誰寫稿？」

她大可扯謊。但她曉得他已經摸清她的斤兩了。沒有才華這種事任誰都聞得出來。

「對不起，」露依絲說，「我不是作家。」

「噢，好極了。」

露依絲很熟悉這種表情。他望向她肩後，搜尋其他可能的談話對象。「很好。很好。很好。」

「那麼您在哪——」

他已經快走到房間中央了。菈薇妮亞在角落和蓋文・穆拉尼說話，不時從書架抓下幾本書，坦然無畏地與陌生人交談，一個接一個，自始至終看起來都非常開心，神采飛揚。

她連看也沒看露依絲一眼。

露依絲竭力掩飾。她半僵著臉、擺出燦爛笑靨，不讓任何人注意到她有多驚慌。她持續給自己找事做，撫過架上的每一本書，假裝深感興趣。她偷聽旁人閒聊，聽某人提起他是線上版《混時間》編輯、並表示這個身分讓他在任何一群未滿三十五歲的社會人士中，大抵都稱得上是第二或第三把交椅。她觀察人群但保持距離。她希望、同時也不想要有人接近她。因為假使有人這麼做了，她也說不出半句令人印象深刻的話，而菈薇妮亞都會看在眼裡。

朗誦開始。

波沃夫・馬蒙朗讀他的作品，這篇故事即將發表於《新威霍肯評論報》，描述一名貪戀杯中物、偏好豐唇女子的男人。波沃夫信心滿滿，從他昂首闊步、朗聲清嗓、甚至出言制止菈薇妮亞低聲閒聊的舉止無不可見（她在跟蓋文・穆拉尼低聲聊艾德娜・聖文森米萊〔Edna St. Vincent Millay〕）。就邏輯而言，露依絲知道波沃夫不會看她——他壓根不可能在意她；但或許是因為別人傳給她的那根大麻，害她一逕胡思亂想。在波沃夫朗聲唸誦、而菈薇妮亞始終不曾看她的過程中，露依絲想起在派對上舉止格格不入的淒慘下場。別人不會正眼看妳，他們會忽視妳，妳前腳剛走、他們馬上就開始閒言閒語並決定不再邀請妳；露依絲曉得自己的表現很差。雖不至手足無措站著當壁花、跟陌生人講話也不會結巴（不過要是菈薇妮亞在她身邊的話，她心想，她跟陌生人閒聊的表現應該會更聰敏慧黠），但她越是意識到這一點，喉嚨就越乾；越想給人留下深刻印象，就越明白自己的不足與匱乏。

於是她跑了。

⁂

這幢快被黴菌吃光、宛如迷宮的公寓只開了一扇窗，位置在以前的廚房。露依絲逃跑時從書架抓了一本書，什麼書都好，這樣好歹看起來還算有個性——表示她是為了專心讀一本更有意思的書而離開朗誦會場，而不是因為害怕處在一屋子自認比她優秀的人群中、又沒有菈薇妮亞在身邊，指引她度過難關。

「妳也是出來躲的？」

露依絲嚇了一跳。

他半屈著身子，坐在一疊書上，衝著她微笑。

他有一頭鬆軟的棕髮，掛著一副老掉牙玳瑁粗框眼鏡，身上的粗花呢襯衫也早就沒人在穿了。這人有雙孩子般的棕色大眼睛，唇瓣極薄。

「是說，咱們不都想躲開這種場合？」他擠出一聲彆扭、沙啞的乾笑。「我想我們有些人就是體質比較弱一點。或者，妳知道的，不需要太多交流活動。」

「他們真幸運。」露依絲說。

「我們真幸運。」他說。

「也是。」露依絲說。「我們很幸運。」

接著她問，「所以……你不是作家？」

他嗤之以鼻。「哦，不是。我選擇的職業比這個明智多了。」

「比方說？」

「研究生。」他燦笑如花。「古典文學。」

「聽說那個領域很賺錢。」

「噢，可不是嘛，」他清出板凳上的部分空間給她坐（把書疊在更多書上），「利潤豐厚。」他點了一支大麻菸，邀她吸一口。

「我不確定該不該抽，」她說，「這玩意兒害我胡思亂想。」

「是說，有哪件事不是這樣？」

「除了交流活動以外。顯然如此。」

露依絲吸了一口。麻菸害她嗆咳起來、頻頻吐舌啐氣，於是他從上裝口袋掏出手帕，遞給她。

「真是的。」

「這麼明顯？」

他講話開始結巴。微微地。於是露依絲明白她害他很尷尬。

「我——謝謝你。抱歉，我很抱歉——我太沒禮貌了。我只是——」

他大笑。

「喝，妳知道，有人得加把勁跟上這裡的標準囉。」

「當然。」她不明白他為什麼要對她這麼好。「那當然。」

「所以妳也不是作家？」他把麻菸拿回去。

「對，不是，但也說不定喔。」

「世上已經沒有作家這種東西了。」露依絲此生見過最醜的男人踉蹌走進來。「亨利．厄普丘奇是這麼說的。」

他生了一張方方正正、像猴子一樣的臉。就整顆腦袋的比例而言，下巴太大，臉皮繃得非常緊，膚色蒼白卻也教人不舒服地微微發黃。他個子不高，有點胖。

「哈爾，你別——」

「美國曾經偉大。不是現在，而是過去。過去我們有的是文人墨客，有的是不會空口說白話的人。真的嗎？一個都不剩？」

「不好意思……」露依絲開口。

「老天。妳書都唸到哪裡去了。妳有沒有讀過書啊？」

「哈爾！」

「我並不想惹人厭！真的！我只是好奇。」他翻找書堆。「喏，拿去。好好讀一讀。」

他遞出一本《瀕死的秋天》，作者是亨利．厄普丘奇。

「美國文學最棒的開場白就在這裡。文學大師。了不起的傢伙。你不覺得他很偉大嗎，芮克斯？」

他的發音聽起來像芮克書。話說回來，他醉得不輕。「老天，芮克斯，振作一點。你太不像樣了。」

「我只是累了。」

哈爾用力拍他肩膀。非常用力。

「妳覺得我朋友很煩？」

「沒有。」

「那妳在煩我朋友嗎？」

「沒有！」芮克斯跳起來。「沒有──我們很好，哈爾。」

「少來。」他轉向她。「妳叫什麼名字？」

「露依絲。」

「那麼我要為妳做一件事，年輕的露依絲。」他把那本書按進她手裡。「我要讓妳見識什麼叫偉大良善，見識更多死白人以及更多還沒死的白人。妳說妳唸哪裡？」

「德文郡的學校。」

「德文郡。當然。聽好，這是法布爾一九九八年出的三十周年紀念版。」他拿走她手裡的書，翻開書頁；「妳仔細瞧，這裡還有簽名呢！」

露依絲聽見波沃夫．馬蒙的聲音在隔壁房間叨叨絮絮、沒完沒了。

哈爾瞇起眼睛。「親愛的馬克斯──多貼心，好個馬克斯，搞不好是個老玻璃。親愛的馬克斯，我讀了你三月三日的來信，得知你有多愛《愚人列車》，我非常開心。請搜（收）下這本書，同時獻上我最胖（棒）的祝福。希望你在哈佛的球鞋（求學）生活精彩萬分，餽貨（收穫）滿滿。」他咳了咳。「好個慷慨、仁慈的紳士。還有，妳瞧瞧，這兒還有獻辭呢。妳仔細看清楚：謹向奈爾．蒙哥馬利出版社的左右手、經紀人與戰友們，長相左右的編輯哈洛德・雷納致上最深的感激，還有我最愛的髮妻艾蓮娜以及犬子。看見沒？」他砰地闔上書本。「以及犬子。」他咧嘴齜笑，齒縫大開，一副露依絲應該理解他的笑話似的。

「對不起，」芮克斯盯著地板，「哈爾他醉了。」

「我沒醉。我只是在賞析文學，如此而已——不像另一間房裡那群戴綠帽的烏龜。老天啊！我是說真的。這世上再也沒有偉大作家了。太陽底下沒有新鮮事兒囉。」

「你也寫作嗎？」

「妳把全中國的好茶都送我我也不幹，小露依絲。我只是個卑微的保險經理。」

他朝露依絲的臉揮動那本書。

「我去把這本書買下來給妳。」他瞥見露依絲手裡的手帕，「那玩意兒不是他給妳的吧，嗯？」

露依絲沒答腔。

「你這臭玻璃，芮克斯。噁。愛你。」

露依絲下一秒才會意過來，原來哈爾剛才說的是火星文「**LOL**」。他有點大舌頭，喉音太重了。

哈爾抄起紅色塑膠杯。「我再去幫你們拿酒來。還有一件事。芮克斯？」他的咧嘴笑變成賊笑。「她來了。」

哈爾離開之後，他倆無言地杵在那裡好一會兒。後來芮克斯率先坐下來。他吁了口氣，拾起一本書又放下。他又點了一根麻菸，把打火機往旁邊一扔。

「你還好吧？」

「抱歉，」芮克斯說，「老天——哈爾他……我很抱歉。」

「沒事。」

「他真是個混帳。他——我是說，他平常沒那麼討人厭。他只是嘴巴壞。但他人很好，內心是個好人。」

「是嗎？」她試著擠出微笑，讓他明白這不是他的錯。

「只是藏得很深很深。」

兩人大笑。

「他只要一喝酒，妳也知道，人就會變得怪里怪氣。都是他老爸的關係。」

「他老爸？」

「那位偉大的美國大文豪。」

「不會吧。」

「我認識他一輩子了。」芮克斯說。「但是我還看不出來，他到底知不知道我們已經猜出他的意思了。」

「親愛的。」

菈薇妮亞站在廚房入口，整個人閃閃發亮。她的珍珠熠熠生輝，髮絲燦亮如瀑。

「親愛的。」她喊。露依絲愣了一秒才想通菈薇妮亞喊的是她。

「我到處在找妳欸！」

她目光堅定、直直看著露依絲，冷冷微笑。

「對不起！」露依絲甚至不太確定她幹嘛這麼快就彈起來。「我需要新鮮空氣，呼吸一下。」

「親愛的——我們會給妳所有妳需要的空氣。我好興奮喔。別忘了咱們的野餐唷。」

她的笑容虛偽，牙齒森亮。突然間，露依絲不明所以地覺得好害怕。

「我們的野餐？」

「難道妳忘了？一定會很好玩的。我來準備香檳。我一直在想要怎麼準備呢——從新年那天想到現在——我曉得妳一定會喜歡的。」

「呃——對，」露依絲緩緩應答，「當然。」

菈薇妮亞牽起露依絲的手，將她拉近；她親吻她的臉頰，留下唇印。

芮克斯默不作聲，臉頰紅通通的。他不敢動。

「呃，菈薇妮亞，我很抱歉，這——」

「我們要遲到了。」菈薇妮亞始終繃著臉。「咱們走吧。」

「他是誰？」兩人匆忙下樓，露依絲問。菈薇妮亞但笑不語。

她倆搭計程車到空中鐵道公園，菈薇妮亞付錢。兩人進了一間酒鋪，買了兩瓶酩悅香檳，也是菈薇妮亞付錢。她們找到菈薇妮亞早已知曉的祕密通道（這裡的柵門微彎。當然也只有她才曉得），然後露依絲跟著菈薇妮亞、縮肚屈身鑽進去。

露依絲心知她明天要站吧檯，也跟保羅調整過上課時間，而且她得早上六點起床把今天沒做的媚眼網工作做完；此外她也明白，遭警方逮捕、沒錢繳罰金所以得在牢裡蹲一晚無疑是搞砸人生的不二法門。但是離開那間祕密書店、離開那群看透她的人令露依絲大大鬆了口氣，而且能再度跟菈薇妮亞獨處也讓她輕鬆多了（雖然她可能已經、又或者還沒看穿她，總之就是只看見她想看見的她），所以露依絲把心一橫、跟著菈薇妮亞，開開心心沉浸在月光下。

「我看起來怎麼樣？」她倆獨自站在鐵道公園。雪花片片鑲在髮梢，在分叉處結成不成花的花樣。菈薇妮亞拿出唇彩補妝，調整天鵝絨和身上的珍珠。

「妳看起來好漂亮。」露依絲說。她真的很漂亮。

「幫我照相好嗎？」

菈薇妮亞遞出手機。

「當然好。」

露依絲幫菈薇妮亞拍下一張她躺在雪地上下擺動雙臂扮成雪天使的照片。又拍了一張她倚著灌木叢的照片。還有她坐在長凳上、散開裙襬的美照。

露依絲把成果秀給她看。

「這張好。這張可以。這張不要，刪掉。好。PO出去。」

她點菸，兩手抖個不停。

「這不是很棒嗎？」她說。「待在戶外，而且是這樣的夜晚。襯著月光還有星光。」

露依絲好想放鬆大笑。

「妳不喜歡這場派對？」

「老天！當然不喜歡。妳喜歡啊？」

「當然不喜歡！」

「那個波沃夫・馬蒙——」

「天哪，我很抱歉把妳扔給他！我一直想逃跑，結果把妳變成人肉祭品了——噢，露依絲，妳一定會原諒我吧？」

「我還以為妳喜歡他。」

「他繫了黃色領結欸！誰有辦法愛上繫黃色領結的傢伙？」她把香菸遞給露依絲。露依絲其實不太想抽，至少清醒的時候不想；可是她好愛煙氣襯著雪景的畫面。「以前在耶魯的時候，他跟我說割包皮就像強暴一樣令人憎恨。而且他還不是故意語出驚人喔。」

「這傢伙好差勁。」

「他開口釣妳上床了嗎？他只要看到女孩子，沒有一次輕易放過。」

「噢，沒有。」露依絲心裡微微刺痛。

「謝天謝地。我覺得他在和一個很不怎麼樣的女孩約會，她眼睛她媽的大——看起來好像動畫人物什麼的。而且他的文筆糟透了。」

「真恐怖！」露依絲輕喊，雖然她並未認真聽進多少。

「天哪。要是能活在……活在十九世紀的巴黎該有多好！或是其他有貨真價實的藝術家的地方也行。貨真價實的作家。實力遠遠在這群恐怖、自以為是又愛炫耀的傢伙之上的——」

「哈爾也這麼說。」

菈薇妮亞的笑臉變僵。

「我的老天——哈爾？」

「妳認識他？」

「妳跟他說過話？」

「呃，一下子。」

「妳覺得他怎麼樣？」

「我覺得他……有一點……」

「他是個道道地地的大傻瓜，妳是這個意思吧？」

「對！沒錯！」

露依絲終於可以徹底放鬆，感覺真好。

「他簡直有神經病，對吧？他就是個自以為貴族的瘋子。每隔五秒鐘就提起他老爸一次，一副好像他這輩子已經成就了什麼大事似的！」

「沒錯，他就是那樣！」

「他當然有成就！他就只做了那麼一件嘛！當然還有嗑藥這檔事。成天講一堆老掉牙的話，連我都替他不好意思了。還有芮克斯！」

「他怎麼了？」

菈薇妮亞又僵了。

「妳喜歡他？」

「什麼？」

「不是，你們倆不是聊得挺開心嘛？」

「噢，沒有。我是說，不是啦，不完全是。」

「妳不應該跟他說話。他是他們之中最糟糕的一個。」菈薇妮亞又點了一根菸，但這一回，她手抖得太厲害、連菸都掉在地上，還得勞煩露依絲伸手撿起來。「他是個懦夫。」

「發生什麼事了？」

「妳在說什麼？什麼事也沒發生啊！」菈薇妮亞大笑。

「但妳好像——」

「沒事，」菈薇妮亞說，「只是件蠢事。都過去了。他對我來說什麼也不是。我不在乎他。」

「等等，你們倆——」

菈薇妮亞沒說話，只是把長髮一甩，就像她一直以來會做的那樣。

「那不重要。我們來自拍。這裡光線不錯。妳的皮膚看起來好好喔！真希望我也能有妳這種好膚色。天哪，妳好討厭喔！」

「對不起嘛。」露依絲說。「我不知道嘛。要是我知道，我就不會跟他說話了。」

「妳可以跟他說話。我不在乎。我不在乎他。他——他很正常，也很無聊，他想過普通生活，跟普通女孩——妳知道——吃吃早午餐什麼的。那是他的權利。」

菈薇妮亞把菸頭往雪地上扔。菸頭滋滋作響，不一會兒就熄了。

「想不想知道一件好玩的事，露依絲？」

「什麼事？」

「他是我這輩子唯一真正愛過的人。」

菈薇妮亞靠著欄杆，側頭眺望下方的河水，因此露依絲看不見她的臉，無從分辨她說的是真是假。

「很蠢吧？」菈薇妮亞低語。

「我不覺得這有什麼蠢的。」

菈薇妮亞突然轉向她。「因為妳覺得他值得？」

「不，當然不是。我的意思是……」露依絲奮力思索正確的措辭，「人會為了各種理由墜入愛河。」

「因為他寫信。這就是理由。妳不覺得這理由很蠢嗎？」

「要看他信上寫什麼吧，我想。」

「我是說──那時我們都還小，大概……十六歲左右吧。我唸查賓，他讀柯雷芝學院，我們──妳知道，我們參加的派對場合幾乎全部重疊。反正就是那樣。」

「都是那樣。」

「總而言之，我們交換電話號碼之類的，然後他說可不可以寫信給我，偶爾一兩封這樣。就是有蓋郵戳的那種。我並不期望他會寫信給我，畢竟大家通常只是說說而已，不會真的做到──至少一般人是這樣。不像妳跟我──」月光下，她的臉龐洋溢光輝，彷彿會發光；「──我們這種人會信守承諾。如果我們說我們要去海邊吟詩──我們就會去海邊吟詩。如果我們說我們要私闖鐵道公園──我們也說到做到。反正，他寫信來了。那時候的芮克斯是個認真實在的人。」

她已經抽掉半包菸。

「以前他偶爾會親自把信送過來。用鵝毛筆，沾墨水寫信。還有封緘。他會把信交給學校門房。他是我認識最晚才用臉書的人──他完全搞不懂那玩意兒。他喜歡戴手錶。老天，他甚至還在用掀蓋式手機。我愛死那玩意兒了。」

她徐徐吐氣，慢條斯理。遠方燈光漸熄，一盞一盞慢慢擴及整座城市。

「我們倆結伴做壞事──*contra mundum*，對抗整個世界。我們會牽手走過大都會歌劇院，討論怎麼一起私奔逃跑。我們把路線都規劃好了，肯定會是一場一生難得的壯遊——妳知道，就是走遍所有美麗地方、看盡所有美麗事物，然後我們還會去維也納美景宮湊近細看克林姆的《吻》，再去威尼斯遊大運河。等我們終於可以自由作主的時候，就要這麼做。」

露依絲想起維吉爾．布里斯，想起兩人在鐵橋上。

「反正，」菈薇妮亞說，「最後我們沒去成。」

「發生什麼事了？」

「就什麼事都沒發生啊。他覺得煩了吧。就這樣。」

「什麼時候的事？」

菈薇妮亞哼了哼。「幾年前吧。總而言之那不重要。我告訴妳，他這人非常枯燥乏味。不過他現在竟然連臉書都有了。至少我認為他還在用啦。我不知道，他封鎖我了。」

她臉上的雪花晶瑩閃耀，嘴唇豔紅。

「天哪，我希望他討厭我。」菈薇妮亞突然說。

「為什麼？」

「這表示他至少還會想到我。」菈薇妮亞徐徐吐煙。

她倚掛在欄杆上。「妳談過戀愛嗎？」

露依絲得好好想想。

「我不知道。或許吧。」

「別鬧了。等妳知道的時候，妳就知道了。」

「之前我跟某個人一起搬來紐約，」露依絲說，「我想那時候我是愛他的。」

露依絲不曾提起維吉爾．布里斯的事。但話說回來，也沒人問過她。

「那他愛妳嗎？」

「嗯。」

「現在他人呢？」

「我不知道。我封鎖他了。」

「他傷了妳的心？」

「我不知道。我想是我傷了他的心吧。」

菈薇妮亞大聲拍手，「我就知道，我就知道！天哪，妳這蛇蠍美人！」

「我才不是。」

「沉靜、高傲又神祕——天哪，我就知道。見到妳的第一眼我就——」

「我真的不是，真的不是啦。」

「我在想，男人會為了這樣的女子割腕殉情。」

「他才沒有。」露依絲說。「不過他倒是威脅要這麼做過。一次。」

菈薇妮亞抓住露依絲的手腕。

有那麼一瞬間，露依絲覺得自己說太多、嚇到菈薇妮亞了——她就像其他人一樣，犯了過度分享的毛病，結果害氣氛一下子變冷，害大家得說點體貼話、讓大家不得不為妳難過惋惜，最後搞得每個人都討厭妳。

菈薇妮亞爆出笑聲。

「耶穌基督，我的老天爺啊！我愛妳。」

她笑得眼眶泛淚，花枝亂顫。她抓著露依絲的手，掐得好緊。

露依絲忍不住了。她也大笑起來。

這事從來不曾如此滑稽好笑。

但是跟菈薇妮亞在一起，在這座鐵橋上——這座橋比德文郡的任何一座橋都還要高、還要燦亮無數倍，橋下的每一個人看起來都渺小到不像是真的。所有關於「那個露依絲」的一切——那個髮色淡金、笑容彆扭、有點肥、除了心軟瘋癲的人以外絕不可能有其他人愛上的露依絲——純屬虛構。

「但他沒有真的割下去吧？」菈薇妮亞還在笑，笑到有點痛苦。

「沒有，當然沒有。」就露依絲所知是這樣沒錯。

「男人喔。」

「臭男人！」

「該死的永遠不守承諾。說話不算話。」

菈薇妮亞笑得太厲害，連眼淚都流下來了。

露依絲拿手帕給她。

菈薇妮亞倏地止住笑聲。

「這手帕哪來的？」

「哦，噢——芮克斯！」

「他給妳的？」

「剛剛我打噴嚏，忘記還他了。真糟糕。」

「我瞧瞧。」

菈薇妮亞接過去。

「他大概還在戴手錶吧。」

「抱歉，我沒注意到。」

菈薇妮亞沒說話。

然後她開口，「打火機給我。」

露依絲照辦。

菈薇妮亞的嘴角漾起一抹微笑。她點燃手帕一角。起初燒得很慢，不一會兒就變成一團火焰。

「可惡，該死的！」菈薇妮亞揮手甩掉。

有那麼幾秒鐘，兩人就只是站在那兒，瞪著小徑上那微弱卻持續燃燒的火光。

菈薇妮亞吮吮被火燙到的拇指。

「妳看，」她柔柔地說，「對我們來說，他們毫無意義，對吧？」

映著火光的她好美。

她真美，露依絲心想，美得妳心甘情願相信她。

菈薇妮亞朝火焰跨近一步。

「而且我們應該化身為狂女邁德納斯，」語聲依然輕柔，「我們應該宣布放棄男人。若他們膽敢靠近，我們就用利齒撕裂他們。去你的！芮克斯！去你的！哈爾．厄普丘奇！去你的！波沃夫．馬蒙！」

她優雅地一轉身，「妳的那位——叫什麼名字呀？」

「呃——維吉爾？」

「竟然取這種名字！」

「他媽媽是歷史老師。」

「姓什麼？」

「布里斯。」

「去你的！維吉爾・布里斯！」

菈薇妮亞轉向她。

「好啦，來吧！換妳了。如果妳不說出來，那又有什麼意義？」

「去你的！維吉爾・布里斯！」她怯怯地說。

「幹嘛那麼委屈！」菈薇妮亞抓住她手腕，「再說一次！」

「去你的！維吉爾・布里斯！」

「這哪夠看啊——**去你的！維吉爾・布里斯！**」

「**去你的！維吉爾・布里斯！**」

「**去你的！全天下的臭男人！**」

放聲嘶吼的感覺真好。

「**去你的！全天下的臭男人！**」

火焰熄滅。

菈薇妮亞說，「咱們來個不醉不歸！」

兩人說到做到。

她倆在鐵道公園，除了頭頂上的星光和朝雙向延伸、終而交會的鐵軌之外，啥都沒有，就這麼紮紮實實喝光兩瓶香檳。兩人一邊喝，菈薇妮亞一邊和露依絲說起她倆將來要結伴同行的每個地方——等她倆都把自己想寫的故事寫完、也都成為偉大的作家之後，她們會一起去巴黎、羅馬和特里斯特（詹姆斯．喬伊斯以前住過特里斯特），然後去維也納看畫，再去遊大運河。

菈薇妮亞永遠去不了這些地方。

她再過不久就要死了。你們知道的。

她們又拍了好多照片。雪中的露依絲。鐵軌上的菈薇妮亞。菈薇妮亞和露依絲靠在一起，狀似即將墜落。

她們把照片全部PO上網。

「妳應該加他臉書的。」菈薇妮亞說。

「誰？」

「芮克斯呀。他有臉書，不是嗎？」

露依絲搜尋了一下。

「有耶。」

「加他。把哈爾也加進來。」

露依絲照辦。

她倆喝到星星都移了位置。兩人靠在彼此肩上。她們又玩了幾次雪天使。

「嘿，露依絲？」

「嗯？」

「妳會想讀我的小說嗎？」

「那當然。」

菈薇妮亞坐直。「太棒了。咱們走吧！」

「等等，現在走？」

菈薇妮亞已經站起來了。「反正又不遠！」

「現在是凌晨點兩點耶！」

「所以妳沒道理不能一路殺到——到哪裡？到……到布魯克林嘛，是不是？妳說不定還可以住我家。」

她實在好可愛，說話像在撒嬌。

「哦，不准說不要，露依絲。拜託——拜託拜託拜託嘛，不要拒絕我！」

露依絲沒辦法拒絕她。

她們搭計程車回菈薇妮亞的住處。菈薇妮亞付了車資。下車時，菈薇妮亞的超級蓬蓬裙勾住車門，露依絲用力拉她一把。露依絲不曉得菈薇妮亞喝得這麼醉，醉到她必須設法協助她進家門。露依絲並不介意。這樣很好，她心想，菈薇妮亞沒她不行。

「終於到家了！」

菈薇妮亞跌跌撞撞走進屋裡。

「天哪，這裡好空！我討厭珂蒂不在這裡。」她撲向茶壺。「我們應該來喝茶。來自亞洲海邊的好茶！來自英國埃奇威爾路的好茶！妳想喝巧克力焦糖還是薰衣草薄荷？然後我們還要有音樂！舒心的音樂！有氣氛的音樂！」她一路飄向電腦，華格納歌劇《崔斯坦與伊索德》轟然響起，害露依絲好擔心鄰居會下樓抗議，敲門吵架。

「全給我認真聽！」菈薇妮亞聳聳肩，「管他們去死！如果有什麼東西是上東區一定要有的，那就是更多華格納！」

她把音量繼續往上調。

「我好愛這一段。」她讓自己落在沙發上。閉起眼睛。

露依絲動手沏茶。這裡除了她，沒有別人了。

「妳要放點牛——」

「噓！」

露依絲往茶杯裡倒了點牛奶。

「這是戀人重唱。此時此刻，他倆是世界上僅有的兩個人。全世界就只有他們倆。」

露依絲端茶給她。

「注意聽！」

露依絲認真聽。

「但是愛情難長久，不是嘛？到頭來總會勞燕分飛，是不是？」

「是的。」露依絲說。她放下茶杯。「確實如此。」

「天哪，妳真神祕——我愛！該死！我的睡袍！」她朝空中伸出纖長白皙的手臂，「在我房間。」

露依絲起身替她拿睡袍。那是一件粉藍色碎花、中看不中用的絲袍。她為菈薇妮亞套上袍子。

露依絲坐上沙發，陪在菈薇妮亞身邊。菈薇妮亞搔搔長髮。「三點了。」

「我知道。我知道。不過，就一章嘛，好不好？拜託嘛。然後——然後妳可以睡珂蒂的床，然後——然後明天我會早點起來，在妳上班前做煎餅來吃，妳說好不好？」

「一章……什麼？」

「因為我太想知道妳的心情了啦！妳應該要覺得榮幸喔！」她眨眨眼，不很明顯，然後把腳擱上古董衣箱。「妳知道嗎，要是妳也讓我看，我就算熬夜也會看完喔！」

她掏出手機。

「在這裡。」她說。「我都存在這裡。」

螢幕亮得刺眼。字體小到不行。

露依絲滑動頁面。「這篇多長？」

「才剛開始。如果妳不喜歡就不用讀下去。我答應妳。」

「這樣我幾乎沒辦法讀啊。」

「可是我想看妳的反應嘛。這法子最好，直接看妳的表情。如果妳不喜歡……妳知道嘛。說真的，如果妳太喜歡的話——我會鄙視妳唷。所以妳大概會有點不喜歡吧。一點點不喜歡。」

「才不呢——我才不會不喜歡呢！」

但重點是：露依絲還當真不喜歡。

這篇故事不只差，而是很差——詞藻太華麗，句子太長，用典太刻意，不時穿插引言或人物獨白，歌頌生活與藝術的本質；再不然就是賦予某個角色強烈的象徵意義，但效果拙劣。然而不只如此。更糟的是，它過度自我耽溺：裡頭有個角色叫「萊瑞莎」，長得非常漂亮，金髮碧眼，宛如聖女，而她的情感表現遠遠超過其他人，她的意志也比其他人的意志更為重要、更有意義。

就連露依絲都知道，寫出好作品的第一守則是絕不能只因為你這麼認為，就假定你的人生比其他任何人更有意義。萊瑞莎想要藝術般的人生，只可惜她得不到，因為她身邊沒有一個人能像她一樣理解什麼是美、什麼是真愛。所以她企圖與愛人殉情，但後者當然配不上她，自然也就無法貫徹始終，於是她毅然決然獨自縱身躍下大橋，原因不明。

還有，她用太多破折號了。

露依絲感觸良多，但她什麼也沒表現出來。她覺得困窘，好像突然逮到某人在看黃色書刊，好像目睹某種原始、未經掩飾、激動、暴露、令人不快的事件。

她也生氣，因為字裡行間流露百分之百的自信：菈薇妮亞的想法、菈薇妮亞的情感、菈薇妮亞的人生哲學和菈薇妮亞的心碎故事，都值得其他人拿數小時的時間來換；露依絲不曾有過這樣的自信。

還有，她也鬆了口氣。

她擁有菈薇妮亞沒有的東西。

⁂

露依絲眼神呆滯。她累了，她好想睡——她好想好想睡——可是菈薇妮亞巴巴地望著她，跪在沙發上彈跳，點頭微笑；如果她不慎洩露一點暗示——就算只有一點點——洩漏她的感受，可能就再也沒有挽回的餘地了。

「妳覺得怎麼樣？」菈薇妮亞屏息以待。

露依絲並未馬上回答。

「妳覺得很糟。」

「沒有！沒有——我並不覺得差啊！」

菈薇妮亞終於笑了。「我不知道耶。」

「蠻好的，這篇——我是說，很不錯！」

「可是？」

露依絲深呼吸。

菈薇妮亞也深呼吸。

「沒有可是啊。」

「噢！少來！」菈薇妮亞拍拍露依絲的手，「通常都會有個什麼吧？」

「頂多只是——」

「只是……？」

「我在想——萊瑞莎是妳，這是一定的。」

「什麼叫這是一定的？」

菈薇妮亞頻頻眨眼，表情認真。

「我是說那個名字。」

「那個名字有什麼不對？」

「我是說——我在想……」現在露依絲得小心應對了。「我的意思是說，我在想，重疊的部分會不會太多了？」

「太多？沒關係，妳直說。我可以接受。我能承受。告訴我。」

「沒有，不是啦——也不是太多，就只是……在敘事距離上，主角的鋪陳似乎不太夠，是吧？」

「妳這話是什麼意思？」

露依絲見過這種表情。新年夜那晚，咪咪扯破她衣袖的時候，菈薇妮亞就是這副表情。

「沒有啦。」

「妳覺得我太簡單帶過之類的？」

「我沒有！」

「對不起。」菈薇妮亞吸了口氣。「對不起。」她拉過薄毯，覆住膝蓋。「我很抱歉。妳說的對。我應該——我只是累了，只是這樣。我累了，所以心情不好。我應該讓妳回家了。」

她把毯子拉到下巴。

露依絲心想她應該不是故意這樣對她吧。

妳瘋了，怎麼可以這樣想人家，露依絲在心裡說。妳怎麼這麼壞，這樣誤會人家。她只是忘了。如此而已。開口問就是了——委婉提醒她，只要這樣就好了。妳不能老把別人想得很糟糕，只想別人最壞的一面。

菈薇妮亞已經把眼睛閉上。

至於露依絲，她很明白，其實她只要說一句反正我待下來也不錯呀，對吧？就好了，可是她好怕菈薇妮亞會口是心非回她一句「是嗎」，因為她把事情搞砸了。當然，那還用說，她確實搞砸了。是說有誰想聽真話呀？只是客套好嗎？而她，露依絲，應該比任何人都了解這一點才是。開口要就好了，她想。這應該不難。

「我喜歡。」露依絲說。

莅薇妮亞倏地睜開眼。「真的？」

「剛剛我就一直想說出來。妳的文字情感好……好強烈，非常——率真。」

「真的？妳真的這麼覺得？」

「妳一定會成為大作家，莅薇妮亞。這點我絕不懷疑。這個世界上我他媽的最不懷疑的就是這件事。」

那天晚上，露依絲頭一回意識到莅薇妮亞有多麼年輕，多麼不涉世事。

她實在很好騙。

這是露依絲意識到的另一件事。

莅薇妮亞一把摟住露依絲，用力抱緊她，緊得露依絲幾乎沒辦法呼吸。

「天哪！我好愛妳。」她說。「妳肯定不會知道這對我來說有多重要。」她掀起毯子蓋住露依絲的腳；「我不放心拿給別人看，就連珂蒂我也信不過。除了妳，只有妳。」

露依絲把頭靠在莅薇妮亞肩上。莅薇妮亞捏捏她的手。

露依絲想：我們不可能認清一個人、又同時愛著她。

騙人真的很簡單，露依絲心想。這世界上有兩種人：能被妳愚弄並喜歡妳的人，以及聰明不掉進陷阱的人。

露依絲搬進日落公園區的那個月，她初次把頭髮染成金色、買了一本真言之書、換掉手機號碼、並且在社群媒體封鎖維吉爾·布里斯。她望著鏡子，這輩子頭一次覺得自己人模人樣。

好像她犯了什麼錯，卻沒被識破。

她花了一兩個月才懂得拿捏箇中技巧。起初是那些言語騷擾她的人，再來是酒吧裡的老男人，然後是酒吧那些年紀與她稍近的男人以及透過社交軟體認識的人。舉凡花心大蘿蔔、特殊性癖男還有後來人間蒸發的那位，全都是交友軟體時期認識的。男人總以為她很特別，覺得她與眾不同。

都是這樣的，妳瞭。因為他們都很笨。

他們注意的並不是露依絲這個人。

純粹只是因為露依絲看起來是纖細美麗的金髮尤物，所以他們呆到以為她是真貨，看不清那只是她披戴的偽裝，也蠢到以為她的其他特質（冷若冰霜、冰雪聰明、在床上很放得開）都是真的。

當然，這些都只是一時的，露依絲明白得很。沒有人會永遠被騙，就連最蠢的傢伙也一樣；他們總有一天會醒悟，發現妳所有的美好都只是騙局一場。

她成功騙過菈薇妮亞，露依絲心想，所以菈薇妮亞比她想像的還要笨。她討厭自己這樣評斷菈薇妮亞，她不僅未曾辜負她、還對她很好；但露依絲認為結果都一樣。

除非，菈薇妮亞叫她回家是因為她曉得露依絲有困難——在這種時刻、天氣又這麼冷。

露依絲也很討厭自己萌生這種念頭。

「嘿，露依絲？」

菈薇妮亞快睡著了。

「嗯？」

「妳不會覺得我，嗯——太超過吧，會嗎？」

「太超過？」

「嗯。就是，太超過了。一頭熱。」

「不會啊，」露依絲說。「當然不會。那我呢？我很超過嗎？」

「妳當然不會。」菈薇妮亞呢喃，「妳啊，嗯，妳正好相反。」

露依絲沒接腔。

「我愛妳。」

菈薇妮亞在她肩上打起呼來。

露依絲嘗試睡在沙發上，因為她一動、勢必會吵醒菈薇妮亞。她低頭玩手機，有一搭沒一搭讀著《仇男誌》的蠢文章。

她好想哭。

她討厭自己想哭，因為她度過了非常美好的一晚——或許之前在書店的一團爛帳不算，但之後很棒。她們玩得很盡興，擅闖鐵道公園、把芮克斯的手帕當作全天下所有曾經傷害她們的男人的代表，點火燒掉，而且她們還搭了好多趟計程車、但菈薇妮亞都沒開口要她付錢；現在，露依絲睡在這麼漂亮的公寓裡，有這麼多美麗事物環繞著她，還有人緊握她的手、說我愛妳，而且她倆今晚所做的一切都是露依絲——德文郡的露依絲——會非常開心、非常驕傲、非常肯定紐約的露依絲能做到的。

妳總是這麼蠢，她對自己說。沒第二句話了。

她反覆端詳菈薇妮亞上傳的照片。菈薇妮亞把她倆的合照PO上網了。

她倆在鐵道公園。她倆在雪中，在長凳上，在星空下；濾鏡效果讓城市的背景光變得撲朔迷離，一片朦朧。

我們看起來好開心，露依絲心想。或許她倆是真的開心。

每個人都按了讚。羅米洛斯神父、蓋文·穆拉尼、就連波沃夫·馬蒙也按讚，還有一大堆現在看來稍微熟悉一點的名字也來按讚。

以及咪咪·凱耶。

嘿，小妞。

咪咪加露依絲為臉書好友。

妳那幾張照片看起來都超可愛的

眨眼貓咪（貼圖）

謝謝（露依絲回覆）

（咪咪回她「眼冒愛心狐狸」貼圖）

那邊超好玩吧？

跳舞的大眼蛙（貼圖）

是啊很好玩，謝啦

菈薇妮亞跟我以前常常常常常常這樣喔哈哈哈

有一次我們還睡在那裡

後來被警察抓到，幸好菈薇妮亞把我們弄出去了

是不是很好玩？

濃妝豔抹的皇冠雞（貼圖）

妳不覺得超有趣嗎？

戴帽子、著學士袍、戴眼鏡，看起來不可一世的貓頭鷹（貼圖）

露依絲沒回答。

但她也睡不著。

3

菈薇妮亞帶露依絲參加的第三場派對是閣樓派對，地點在L線傑佛遜街那站附近的展演空間。菈薇妮亞認識展場主人，他把頂樓夾層改造成詩集圖書館。菈薇妮亞帶露依絲參加的第四場派對是卡芭萊慈善餐會，地點在地獄廚房附近的勞利畢奇曼劇院，與會人士除了菈薇妮亞和露依絲以外全是九十歲以上的老太太，眼線清一色是刺上去的，每個人都披著亮片披肩。第五場派對是硬皮精裝大開本《歐洲性事祕辛》新書開賣派對。地點在葛萊姆西公園，主辦人是澳洲旅遊作家李德蓋特——這傢伙應該只有五十五歲，看起來卻像八十歲。那天露依絲頭一回嘗試古柯鹼，然後跟菈薇妮亞賽跑，一路奔向第五大道。

她倆還跑了好幾場兩人根本未受邀請的派對。

「有什麼難的？」菈薇妮亞說。「直接走進去就是了。」

兩人弄了一模一樣的刺青。菈薇妮亞的主意。

「我不想忘記我們一起去海邊的回憶。」她說。「我希望能永遠記得那一晚。我想留下紀念。」

她倆站在聖馬可廣場街，這兒是紐約市最貴也最不衛生的刺青大本營。兩人喝得醉醺醺，因為她們才剛從某間只能經由電話亭出入、而且必須提前兩小時預約的非法酒鋪出來。稍早，她們走了一趟東四街的香氛鋪，因為菈薇妮亞得去訂製她的專屬香水「Sehnsycht」（德文的「渴望」之意），菈薇妮亞的每一件衣服都聞得到這個味道；而那晚露依絲也初次獲得專屬於她的香氣（仍是菈薇妮亞付錢），由蒲公英、蕨類、菸草和石南花調製而成，但此刻她卻覺得味道整個不對，因為聞起來根本就是菈薇妮亞「渴望」的翻版。

「走吧！」菈薇妮亞喊道。她已一腳跨進某間低檔刺青鋪——就連露依絲都曉得，只有紐約大學新鮮人才會光顧這種地方。「老天，露依絲，難道妳不想體驗人生嗎？」

兩小時後，露依絲在華盛頓廣場公園赫然清醒，意識到她倆前臂上多了一排小字「**詩意人生!!!**」，不過她也沒表現出應有的驚駭莫名就是了。

「就算再怎麼糟，」菈薇妮亞聳聳肩，「頂多雷射除掉就是了嘛。也沒多貴啊。」

她把手臂貼上露依絲的手臂。

她倆照了張相，手牽著手。

網路上有好多好多她倆的照片，每一張都妙不可言。有一張在林肯中心（那時她們剛看完歌劇、接著要去麥金泰爾參加化妝派對），兩人一身晚禮服，但刻意露出底下的緊身胸衣。另外還有一張是她倆著男裝，在布萊恩特公園一場名為「雜色野餐」毛呢的快閃派對上拍的。

每一個人、所有的人都來按讚。

「妳真是容光煥發，看起來把自己照顧得比較好啦。」某天，露依絲的母親在電話上說。「頭髮好漂亮。」

露依絲把頭髮染金、同時隱約帶點莓紅色。因為菈薇妮亞染這種顏色很美，露依絲心想，而且她們膚色也差不多。

德文郡的舊識也來按讚。那些人幾乎沒跟她說過幾句話。波沃夫．馬蒙也按了讚。人間蒸發的那傢伙也出現了。

而且不只按了一個讚。

※

露依絲著手把故事寫完。寫了好幾篇。甚至全寄出去了。

她和菈薇妮亞坐在菈薇妮亞家那座聞起來像香包的長沙發上，肩並肩，把筆電放腿上，設定鬧鈴一起寫作一小時；不過菈薇妮亞撐不到半小時就覺得無聊，離開沙發去泡了一壺肉桂葡萄乾椰棗茶，但後來又忘了那壺茶，而露依絲從頭到尾不曾移動半步，專心打字。菈薇妮亞上外賣網站「天羅地網」替兩人叫晚餐。享用一頓由專人料理、吃完又不用清垃圾的晚餐，著實舒心愉快。

「這是我最起碼能做的。」菈薇妮亞說。「妳敦促我專注、不分心。妳啟發我的靈感。」

露依絲在《混時間》情人節派對後不久，把一篇描寫德文郡的小品文寄給蓋文．穆拉尼。其實這並非她真心想寫的故事，但因為她不喜歡拿自己當主角（她原本想寫自己假扮德文學苑學生、還撐了一個禮拜的往事），所以她以報導文學的角度寫她大二那年，有幾個學生突然發神經惡作劇然後逃跑、結果搞得一大票警察狂追圍捕的瘋狂事蹟。蓋文喜歡。

我其實沒有非常喜歡敘事體，蓋文說，而且因為我對別人的感受沒有太多共鳴，所以我個人也不太在意人物塑造這類的事。不過這篇故事超好讀，而且讀者似乎也非常喜歡這類深受原始情感牽動的故事。

有機會的話發表在推特上吧。

幾天後，他建議她主動聯繫他至今約過第二喜歡的女人（他有一份約會名單），一位名叫米雪安的女子。米雪安離開《仇男誌》，辦了一份概念更新穎、性別意識更多元交錯的《新仇男主義》。露依絲依言毛遂自薦。

露依絲放縱自己裝傻。

她不再精打細算（某種程度來說是這樣。雖然幾乎都是菈薇妮亞埋單付錢，露依絲也還是入不敷出。她不明白怎麼會這樣）。她偶爾會忘記媚眼網的工作。她開始吃麵包（菈薇妮亞好愛「阿嘉塔與瓦倫提娜烘焙餐坊」的可頌，堅持買一打，但她卻只吃一個）。她開始像菈薇妮亞一樣信任別人，安於「這個世界有秩序、負責任、沒有任何無法挽回的錯誤」的價值觀。

露依絲不再等待世界終結的那一天。

直到那晚——她差點就玩完了。

那天晚上，露依絲實在太開心。她倆去了一場辦在下東區同志文化博物館、名為「俄派芭蕾」的情色插畫藝術派對。後來又在一間以法國王后瑪麗安東尼為主題的雞尾酒吧徹夜狂飲，開心到放縱自己喝了最後這杯根本不該喝的香檳。她搭地鐵回家，車程緩慢又漫長；下車時，她竟唱起歌兒來。

露依絲不唱歌的。

以往她總是弓背低頭走回家。雙手插口袋。兩眼直視前方。她總是把鑰匙備好、夾在手指間。

她一向如此。

但今晚，露依絲醉了。菈薇妮亞邀她過幾個禮拜一起去聽歌劇，還答應替她縫製新衣。當然，針線活兒肯定是露依絲的工作，不過菈薇妮亞答應幫她買材料和上等古著；此外她們還有好多大計畫，因此露依絲邊走邊哼《流金歲月》（As Time Goes By），因為他們在俄派芭蕾派對上不斷重播這首歌，於是她忘了把鑰匙從皮包裡拿出來。

「妳的歌聲真美呀，小妞。」

這種人總是陰魂不散。

今晚露依絲不怕他。她一甩莓紅色金髮，對他揚起足以毀滅世界的甜笑——每次菈薇妮亞想賴帳的時候，她都這麼笑。

「妳很想教我怎麼唱歌對吧。」

「並沒有喔，謝謝！」

她輕快地想跳起來。

「妳叫什麼名字呀？」

「那你又叫什麼呢？」

老天在上，露依絲用她勉強還能思考的部分大腦想著，世界安好。

「我說——妳叫什麼名字？」

「阿爾泰米西亞·珍提蕾斯奇[14]！」她展開雙臂。

「妳呼嚨我？」

他離她很近。她還未理解他何以離她這麼近。

「嘿！我在問妳問題！」

他一把抓住她手臂。

這麼說吧：妳最多也只能呼嚨自己到某個程度。妳大可裝傻、不理會直覺，如果這真是妳想要的——妳可以喝過頭、可以大笑微笑補妝上唇彩然後說就讓我們沉醉在詩與美德之中吧！妳可以暫時假裝自己代表全人類——但是到頭來，妳終究仍是妳自己，假不了的。

某人離妳太近，妳只能逃。

他跟上妳，妳得逃快一點。

他的步伐和妳一致。於是妳停步。

妳轉身。

他裝蒜。

妳拿出對策。

假如妳懶得可以、笨得可以、自大到忘了把鑰匙夾在手指間——就一次，就這麼一次，妳懶得可以、笨得可以、自大到忘記把鑰匙備好——那麼妳只得用上所有能用的武器。

妳的手肘。妳的指甲。妳的牙齒。

妳在陌生人還來不及表達他到底是想強暴妳、還是只想告訴妳他喜歡妳的笑容之前，就一拳打中他的眼睛。

---

14 譯註：Artemisia Gentileschi，義大利巴洛克畫家。

妳揍他揍不停，妳抓他，妳拔他頭髮，踢他，甚至直踹他胯下——直到妳確定他倒地為止。妳又補了一腳，以免他還想繼續跟著妳。

然後妳拔腿就跑。

露依絲直到衝上樓梯才不再發抖。

她進了家門才讓自己哭出來。

她不敢讓自己放聲嘶吼。現在不行。永遠都不可以。她只能把手——被他抓得瘀青的手腕、刺有**詩意人生**!!!的前臂——緊緊抵在胸口，然後非常緩慢、非常慎重、深深地吸氣、吐氣，痛苦壓抑但不發出任何聲音。

妳這小傻瓜，她心想，如果發生任何壞事那都是妳活該。

此刻或許月兒正圓。星子正亮。或許香菸聞起來像焚香。

但全都與她無關，她想，美好的事物永遠都不是為了她這種人而存在——她這種不住在上東區，沒唸耶魯，甚至不是天生金髮的傢伙。

以前有好些人跟她提過這番道理，他們全是對的。

「太掃興了啦！」菈薇妮亞說，因為隔天露依絲決定把歌劇票退還給她。「這可是開季首演欸！」

露依絲給了幾句模糊、不太具說服力的說詞，像是「保羅呼麻呼過頭，所以學測補習要加課」這類藉口。

「可是票都已經買了。」菈薇妮亞說，一副她說了算、別人不能有意見的模樣。

她瞥見露依絲的瘀青。

「我的老天爺。」

露依絲連忙說她沒事，只是有個傢伙想搭訕、而她態度不好，對方手勁大了些；而且這種事天天都有，見怪不怪。

「天天都有？」

菈薇妮亞伸展雙腿、擱上古董衣箱，拿起孔雀羽毛搧風，順手放音樂。

「那妳就搬進珂蒂房間住吧，」她說。「反正她這個夏天都會待在巴黎。」

答應很蠢。露依絲心裡明白。

但是免費搬進七十八街、萊辛頓大道轉角的高級公寓欸。拒絕更蠢。

一星期後，菈薇妮亞弄來一輛搬家貨卡。她以頭綁絲巾搭配闊腳褲的造型現身日落公園，猶如一九三〇年代的探險家，一副冒險挺進潛龍之境的模樣——只不過，這裡也就只是南布魯克林區（其實還不到南布魯克林。橫豎這裡又不是格拉夫森德或班森赫斯特，根本還在日落公園區內）。她萬分驚愕地看著小雜貨店、白色塑膠椅以及在大廳公然灑尿的希臘人。

「我愛這裡。」菈薇妮亞說，朝大廳牆壁撢菸灰。「妳該寫他。希臘瘋子——他搞不好是個先知什麼的。我敢說《混時間》一定很愛這種故事。」

露依絲打心裡不願再想希臘瘋子的事。

兩人跳上車——菈薇妮亞顯然似乎知道怎麼開卡車（某年暑假我在新港學的。結果還撞壞某戶人家的信箱）。露依絲只有一箱無用廢物，反正她也沒打算留下多少東西。

那人站在街角。

眼睛瘀青，嘴唇暴腫。

他看見她。抬眼看她。

「怎麼了？」

「沒事。」露依絲說。「繼續開吧。」

「妳看起來好像見到了——」

「我們走吧！」

一抹詭異的微笑緩緩漫過菈薇妮亞臉龐。「那該不會是——」

「拜託妳，菈薇妮亞。」

她一心只想離開。她只希望再也不要看見這條街、這棟公寓、或是這些掛著玫瑰珠、販售一陳不變微波食品的小爛雜貨店。

菈薇妮亞停車。

她的駕駛技術很爛，因此露依絲整個人猛地往前撲，膽汁湧上喉頭。

「他好大的膽子，」菈薇妮亞說，「他該死的竟敢招惹妳？」

「我只想離——」

菈薇妮亞已不在車上。

「喂！」

她直接往他面前一站。

「嘿！你這傢伙！」

「妳想幹什——」

「你——你——你這個觸人霉頭的爛東西！」

露依絲不敢呼吸。

她呆坐在車上，被安全帶困在副駕駛座，她心知自己應該下車做點什麼或說點什麼或設法阻止菈薇妮亞，但她心臟跳得飛快、慢不下來，而菈薇妮亞看起來又是如此荒唐可笑——那身已然變灰的奶油色闊腳褲（老天，現在也才四月而已）還有包頭絲巾——對著一隻眼睛瘀青、上唇瘀血的男人大吼大叫。

好笑的是：他一臉莫名其妙。

露依絲幾乎要同情他了。

「小姐，我不知道妳在——」

「你這種人應該被——被五馬分屍、大卸八塊！你應該被吊死！」

他抬眼看她。

當然，菈薇妮亞肯定是有口無心。菈薇妮亞並不活在真實世界裡。真實世界的白人女性如果對一名黑人男性大喊他應該被吊死，其意義與菈薇妮亞所在的世界完全不同：在菈薇妮亞的世界裡，男人仍會在清晨以手槍或劍刀或弓箭決鬥——露依絲很清楚這一點。菈薇妮亞壓根沒意識到她在做什麼——即使是現在這一刻、即使這名男子看她的模樣好像她動手打了他——她也渾然未覺，而露依絲滿腦子都是幹！完蛋了！於是她衝出卡車，用力抓住菈薇妮亞的手臂（害她痛得大叫）並尖叫我們快走！然後幾乎用甩的把菈薇妮亞扔上副駕駛座。她扭動鑰匙、踩油門——天曉得菈薇妮亞根本不會開這玩意兒——輪胎奮力擦過地面、直奔公園坡一路上誰也沒開口。

「妳剛剛是什麼意思？」

菈薇妮亞揉著被露依絲抓痛的手臂。

「妳不該那樣做。」露依絲說。

她兩眼緊盯馬路。

「做什麼？替妳討回公道？」

「說那些話。」

「我說了什麼？他——他侮辱妳欸！」

「但妳也不能——」露依絲的心跳逐漸恢復正常。「妳不——該死——妳不可以不經考慮就說出那種話。」

她不曉得她為什麼要幫那個人說話。這幾年來，其實他除了跟蹤她，其他什麼事也沒做過。除了問她名字、說他想上她，他啥也沒做。又或者要不是因為他可能小命不保，他才不敢冒然出手。而她卻送他一記黑眼圈。

也許他只是想表達善意？（但她怎麼會這麼想？）

或許我早該問他叫什麼名字。

露依絲好氣自己，氣菈薇妮亞這麼蠢、氣菈薇妮亞對她這麼好、氣菈薇妮亞不懂她為何這麼生氣卻一句話也不回答。

她們一路沉默開往上東區。

「妳知道嗎，」露依絲停車時，菈薇妮亞說，「我還以為妳會感激我。」

床好軟。床墊覆著緹花絨床罩。牆壁上緣鑲著飾條。房裡有中世紀風格的現代吊燈，波斯地毯，菈薇妮亞在熨斗區跳蚤市場買的新藝術風格五斗櫃，以及菈薇妮亞和珂蒂莉亞從小到大去過所有地方的古董明信片。床頭櫃上有張鑲框的姊妹合照。

衣櫥沒有多餘的空間可容納露依絲的衣物——裡頭塞滿菈薇妮亞的正式晚宴服：舞會服，塔夫綢晚禮服，絲、緞、羽毛禮服以及天鵝絨長褲（菈薇妮亞想走瑪琳．黛德麗[15]風格的時候就會穿這種褲子）。

「抱歉啦。」菈薇妮亞換上粉藍睡袍（上頭沾了污漬），長髮自然垂下，尚不及腰。「我沒想到會這樣。不過，反正妳看起來也沒有很多衣服嘛。妳可以穿我的呀！」她萬分開朗。「我們倆身材差不多真是太好了，對吧？」她給露依絲端來一杯香檳，而現在是早上十點。「說到這個……」她一屁股坐上床——直接坐在露依絲的棉衫上；「我在想，妳乾脆也申請ClassPass健身會員吧？因為我想去。這樣我們早上就可以一起去運動了。老天我知道，我知道妳怎麼想——但我想改過自新，我要早起。我們都要早起。我們的代謝率在二十五歲以前就會明顯下降了，而我決定要更注意、多注意一點。」

露依絲愣了一秒才意識到：菈薇妮亞根本不曉得她幾歲。

「嘿，給我妳的手機號碼，我來幫妳申請。」菈薇妮亞抓過露依絲的皮包。「妳信用卡咧？」

「會費多少？」

15　譯註：Marlene Dietrich，德國演員暨歌手。

「不貴啦，大概兩百吧？還是一百九十塊？差不多那個數字。」

莅薇妮亞抽出信用卡。

「有點貴欸。」

「噢，別擔心啦！」莅薇妮亞亮出笑容，「健身課程吃到飽。妳愛上幾堂課就上幾堂——我們甚至還可以一天去兩次！」

「可是我……」

「一定很好玩的啦！妳也知道我嘛，露依絲——除非妳逼我，否則我什麼事也做不成。我百分之百超沒用的，連文章都寫不出來——然後整段休假寫作時間也全都浪費掉了，妳說是不是？要不是因為有妳，否則我大概會成天躺在家裡喝酒吧。所以妳看，妳對我有道德義務，我的人生掌握在妳手裡欸！」她倒向枕頭。「更何況，妳不是才省下一大筆房租？」

「呃，也不多啦。」

莅薇妮亞再度坐正。「妳付多少？那地方房租多少？」

露依絲猶豫要不要說。

「八百。」

「就這麼一點點？」

「那是租金管制公寓。」

有好幾個月，她甚至連八百塊也付不出來。

「所以那不是很完美嗎？省八百，花兩百——妳每個月還比之前多存六百塊不是嗎？」她放鬆地把玩信用卡，「而且我們倆都會變瘦喔——噢！我的天，我們會瘦得跟空氣精靈一樣！」

她巴巴地抬頭望著露依絲，像隻小狗。

「好嘛——說好，拜託妳嘛。」

露依絲真的非常、非常感激她。

她是吧？

她抽走信用卡，取出手機。

「現在就刷——快點！」

露依絲刷了。一個月兩百塊。

「謝謝妳！謝謝妳謝謝妳謝謝妳！」她大親露依絲額頭。

然後說：「來吧！」

她遞出手機。

「照相！」她說。「等等——等一下！」她補補唇蜜，抓起另一件睡袍。「妳穿這個。」

她們躺在客廳的卡拉巴赫地毯[16]上自拍。

菈薇妮亞在底下加註en famille（法文「一家人」）。大家都按讚。

就連咪咪・凱耶也按讚。

「妳今天晚上要穿什麼？」

露依絲好累。今天除了幫保羅補課，之後還有一個男生（邁爾斯）和一個女生（芙蘿菈）的課，

16 譯註：Karabakh，俄羅斯高加索地區的地毯花樣或編法。

女生家在公園坡那邊。然後她還欠媚眼網至少三小時的工作時數。早上有吧檯班。

「什麼今天晚上？」

「妳說什麼今天晚上是什麼意思？」菈薇妮亞笑起來，「老天，妳是怎麼啦？」

「我沒……」

「今天是首演啊，《羅密歐與茱麗葉》。」

「可惡，我忘了歌劇。」

露依絲完全忘記了。

「天哪——菈薇妮亞……可是我好累喔！」

「但妳不覺得這很棒嗎？妳現在已經不用擔心回家問題了。看完之後我們可以搭計程車回來，車錢我出。」她說得一派天真，彷彿露依絲不曾花過那兩百塊申請健身會員、一切只為了讓她開心。

「別這樣嘛，我們應該好好慶祝呀！現在我們是室友了耶——這才是最重要的吧？」

她的笑容變冷。

「當然。」露依絲說。「我下了課就回來。」

「好。」菈薇妮亞說。「還有一件小事。這棟大樓有管理人。他們對於打鑰匙這事還挺嚴格的。」

「打鑰匙？」

「珂蒂有一副，我有一副，不能再多了，所以就連打掃女傭都沒有。我要說的是，如果妳要上樓的話得摁門鈴，我幫妳開門。」她聳聳肩。「不過這應該沒問題吧？」

「當然沒問題。」露依絲說。

她給保羅上課。給邁爾斯上課。然後直奔公園坡給芙蘿菈上課。然後一路衝回家。

她摁門鈴。

「怎麼這麼慢？」菈薇妮亞一身紅色絲質長禮服，布料隨著她的步伐閃閃發亮。她用髮膠和髮針把長髮弄成復古的指推波紋髮型。

她大概從露依絲出門之後就開始準備了吧。

「地鐵……」

「好吧。快點。」

這會兒才四點。露依絲想花一兩個鐘頭做媚眼網的稿子。

「但是我有事得先處理一下。」

「妳不能明天再做嗎？」

明天還有明天的工作。

「今晚是*首演之夜欸*。」菈薇妮亞說。「聽我說——聽好，我幫妳準備了一件*超美*的晚禮服。我要妳穿白色，好嗎？這件禮服是我在Etsy[17]向認識的巴黎賣家買的。五〇年代的古著喔！花了我好一筆錢，但是它真的好漂亮，以前我也超常穿的，穿到我都膩了。我已經先把它拿出來，放在妳床上給妳了。」

那是一件塔夫絲綢禮服，裙襬超蓬、公主味十足。露依絲不曾穿過這種衣裳。

「妳確定？」

17　譯註：知名手工藝品電商平台。

「妳穿起來一定超美的！我會幫妳做頭髮——可能得花點時間，不過我覺得應該稍微上個幾捲，弄得立體蓬鬆一點。天哪我好興奮！而且今晚蘿絲也會去，她要幫《大都會焦點》拍照。」

她把露依絲剝光，著衣，拉上拉鏈。禮服非常合身。

「我不會再穿這件禮服了。」她說。

「為什麼？」

「悲慘的回憶。」露依絲在鏡中看見菈薇妮亞露出微笑。「喪失童貞那晚，我身上就是這件禮服。」

「老天！」

「我有送去乾洗啦。而且是脫了以後才做的。那還用說。」

菈薇妮亞押著露依絲在梳妝檯前坐下。菈薇妮亞拿出電捲棒，插上插頭。

「不要動喔。」

菈薇妮亞用力把露依絲的臉往左邊扳，一把抬高她的下巴。

「妳的第一次是怎麼做的？」

「唔……就一般姿勢吧？」

菈薇妮亞抓起一把露依絲精心染就的金髮，繞在電捲棒上。她失手燙著她的耳朵。

「感覺好嗎？」

「還可以。」

才怪。露依絲得求人家要她。

話說回來，那時的她並不漂亮。

「是那個——叫什麼名字來著？維克托？」

「維吉爾。」

露依絲好累。露依絲不想聊這件事。但此刻菈薇妮亞對她好溫柔。她漫不經心地撫摸她的頭髮。

「真是白癡。」菈薇妮亞說。「我是指——我假設啦，他根本不懂得跟妳在一起的意義。我無法想像世上有哪個男人配得上妳——瞧瞧妳！」她抬起露依絲的下巴。「妳好美。」

儘管她好累，露依絲還是笑了。

「他應該帶妳去……去——新罕布夏最浪漫的地方在哪兒？嗯……去接近大自然！他應該帶妳去小木屋那種地方，壁爐燒著熊熊烈火、地上鋪著動物毛毯之類的。」

巧的是，露依絲確實是在「大自然」裡失去童貞的。在德文學苑網球場後面的樹林裡。

「我是在聽完歌劇後失去第一次的。」菈薇妮亞說，神情飄渺；「那年我十七歲。」她望著鏡子，眼神迷濛，露依絲只能透過鏡子回望她。「我跟妳提過嗎？」

「沒有。」

「那時候我們差不多在一起一年了。現在回想起來，一年算很久了。但當時我們都還……妳知道，還非常甜蜜。他非常紳士。我跟妳說過，他是那種很老派的人。我們拿到大都會歌劇院的學生即時優惠票。那是我第一次去那裡。我們從頭到尾都緊牽著手——我們倆真的很沒用，兩個人都是，第一次來這種地方而且怕得要命，只好牽著對方的手。但那可是《卡門》哪！而且我才十七歲……他用那把刀殺了她……然後還有鬥牛，那頭巨大又骨瘦嶙峋的牛出現在舞台一角……另一幕的他用雙手掐住她喉嚨——天哪，我們倆手心都是汗。太精彩了。我還記得，那時我心裡在想——我清楚記得當時我在想什麼——我要他記得我。要不是因為他也沒做過……唔，我那時候是有點小題大作啦，但我只是不想成為別人採花名錄上的一個名字而已嘛。」

她緩緩吐氣。

「不用說，我們不能去我家——因為當時我爸媽住在這裡。那時他們還沒鬧翻、才剛買下這裡——但也不能去他家。去飯店的話，也不會有人給我們房間，因為我們都未成年。我們去過凱雷、去過阿爾岡昆，還有其他好幾家飯店，我們向櫃檯發誓我們身上真的有錢，但他們不信，所以最後我們大老遠跑去——天哪，真是糟透了——跑去熨斗區附近一家很糟糕的廉價旅店，櫃檯甚至還裝防彈玻璃。我們兩個都尷尬死了。可是我們還是拉上窗簾，關燈點蠟燭，還放了李斯特的《愛之夢》，然後——總之，那是我這輩子最美的一晚。

「妳知道嗎？我到現在只跟他一個人做過。這很蠢，我知道。只是——只是如果這件事無法像那晚那般美好，那我寧可不要。我不想要凡夫俗子的人生。然後——該死！」

火災警報器響了。

露依絲的頭髮冒煙了。

但重點是：露依絲自己也沒留意。

當時她在想：那是什麼感覺——在凱雷飯店或阿爾岡昆飯店做這件事。又或者在哪裡做根本不重要，就算是裝了防彈玻璃、以鐘點計費的地方也沒關係。如果那人深愛著妳，在哪裡做根本不重要。

她們把燒焦的頭髮塞在底下。

「我覺得妳的頭髮不管怎麼弄都很漂亮。」菈薇妮亞說。「但這正好就是我需要妳的理由：如果沒有妳，我會只顧著說故事然後把房子燒掉。」

「我需要妳。」菈薇妮亞用力捏她的手。這一切感覺太美好了。

只有一件事除外。菈薇妮亞才幫她畫好妝，她就收到咪咪的簡訊。

OMG！妳搬去跟菈薇妮亞住？

露出驚訝表情的口紅豬（貼圖）

對，露依絲回覆，**今天剛搬**

該死的老天爺！那公寓超讚

我好愛以前住在那裡的日子

薑餅人在扁扁的薑餅屋裡（貼圖）

妳們倆今晚要去哪兒玩？

「嘿，菈薇妮亞？」兩人在計程車上。

「什麼事？」

「以前咪咪跟妳一起住啊？」

「當然沒有。為什麼這麼問？」

「沒什麼啦，只是她剛剛傳了一條奇怪的訊息給——」

「她搬家的時候，我讓她借住一兩個禮拜。」菈薇妮亞拿手機螢幕當鏡子，重補唇蜜。「只有這樣。」

她先下車。

她讓露依絲付錢。

今晚，滿月高掛在林肯中心上空，月色迷人。

她倆拍了好多照片。

莅薇妮亞幫露依絲拍了幾張在噴泉旁邊踮腳、以趾尖旋轉的照片。

露依絲幫莅薇妮亞拍了好多張俏姿立於拱廊下的照片。

莅薇妮亞把照片PO上網，下頭加了一串法文「ah, je veux vivre![18]」

開演前，她倆在化妝間各吸了一排古柯鹼。

莅薇妮亞往化妝間的清潔人員小費罐裡扔了一張二十元紙鈔。

她們點了一杯要價十五美金的香檳，再一杯、又一杯，大多都是莅薇妮亞埋單，不過露依絲也付了幾杯的錢，因為她喝醉了、無法一一記住自己花了多少錢；但她曉得自己每個月多了以前沒有的六百塊零花錢，況且那香檳的滋味實在太棒，而她們倆今晚又這麼漂亮。

她們真的、真的非常漂亮。

就連不認識的人也稱讚她倆。老太太和觀光客攔住她們，頻頻讚美，莅薇妮亞落落大方綻放笑顏，回答謝謝您，謝謝。

⁂

露依絲在旋梯上看見雅典娜大閨女。她把頭髮仔仔細細盤在頭上，戴珍珠首飾，一身玫瑰紅禮服，手挽著一名光頭男士。

安娜・溫圖[19]也來了。

菈薇妮亞帶露依絲去記者招待室。招待室半隱藏在化妝間後面，除了媒體記者（當然還包括不是記者但無所不知的菈薇妮亞），沒人知道有這地方。

波沃夫・馬蒙先到了。他極努力想插入兩位年長男士的談話，言詞鏗鏘卻只能斷斷續續發表意見，評論華格納稱其歌劇為「戲劇表演」另有特殊含義。

「那正是古諾[20]的毛病。」波沃夫說。「情感表現太直接了，任誰一眼都看得出來，您說是不是？雖然極具情緒渲染力，卻也可能因此太過複雜。」

蓋文・穆拉尼往露依絲肩膀捶了一記。

「我得說啊，」他說，「妳真是令我刮目相看。我很少這麼說喔，妳該覺得驕傲。」他轉向波沃夫，「你一定認識露依絲・威爾森吧？她現在也幫我們寫稿。」

波沃夫滿臉震驚。

「當……當然，」他說，「深感榮幸。」

---

18 譯註：出自《羅密歐與茱麗葉》，台詞為「啊！我願活在夢中。」

19 譯註：Anna Wintour，時尚名人，美國版《時尚》雜誌主編。

20 譯註：Gounod，法國作曲家，代表作為歌劇《浮士德》。

他的焦點仍鎖定露依絲身後（就是那兩位上了年紀、已正式結婚的男士。兩人分別在《紐約客》和《紐約時報》工作），但這回他非常安靜，一句話也沒說。

「噢哈囉各位好呀！」

有人擠進來。

「你是波沃夫・馬蒙吧？」

咪咪猛地伸出手。

她身著亮片禮服，頸鏈一路垂至腰際，裙襬摺邊向上延伸至臀部。

「我是。」波沃夫答，但他天殺的不曉得她是哪位。

「你是菈薇妮亞的朋友。」

「是啊。」

「你在《混時間》和《白鷺鷥》寫文章，在哥大唸博士。」

「嗯。」

「我讀了你在《混時間》講瓊安・蒂蒂安[21]的那篇然後我覺得你說得完全正確耶！她確實透過她的敘事紀實文學讓女權運動遍地開花所以你可以再多跟我說說這類的事嗎？」

這時候，也唯有在這一刻，波沃夫・馬蒙才露出笑容。

他伸手按住她的腰背。

「容我替您拿杯飲料。」他說。

「我們走。」菈薇妮亞一把抓住露依絲的胳膊。看也沒看咪咪一眼。

「她想幹嘛？」露依絲又問了一次，兩人走上樓梯、朝包廂席位移動。

菈薇妮亞沒回答。她倚著樓梯頂端的雕像，掃視人群。

「妳在找誰？」

「沒有。」菈薇妮亞說。「這個世界上我唯一在乎、唯一想看見的人只有妳。而妳就在這裡。」但她仍盯著樓梯。

「我們來自拍。」菈薇妮亞說。兩人擺姿勢拍照。

「天啊，我愛歌劇。」菈薇妮亞說。兩人抖抖肩膀脫下皮草，優雅就座。菈薇妮亞再次左右張望，掃視觀眾席。「能在這裡閉上眼睛整整三小時、純粹感受歌劇，真是太美妙了。」

「而且——妳看！」

她竟然自己帶了烈酒瓶來。而她們倆已經很醉了。

「喏，喝吧。」

她將瓶口湊向露依絲唇畔、傾斜壺身，倒了露依絲滿口；露依絲嗆了一下。

菈薇妮亞大笑。「別擔心。」她突然蹦出這句話。

「擔心什麼？」

「妳跟咪咪完全不像。」

露依絲好恨自己竟然樂得心花朵朵開。

---

21 譯註：Joan Didion，美國隨筆作家、小說家。

「妳聰明，而且很堅強，妳不會他媽的一天到晚覺得絕望。妳像我，妳他媽的夠篤定，能把事情搞定。」

她捏捏露依絲的手。

「很抱歉今晚我逼妳來——我不該這樣。我知道妳有多累。」

「別這麼想。」露依絲說。

「但是今晚來這裡，此時此刻，妳很開心吧？」

「開心。」露依絲說。

「妳沒有生我的氣？」

「沒有。」

「我好高興妳搬來跟我住。」菈薇妮亞說。「我討厭孤單！」她又仰頭喝了一口。「妳和我，我們要*contra mundum*，對抗全世界！」她牽起露依絲的手，緩緩舉高、湊向唇畔。她親吻她的指節。她拉起露依絲的手臂，吻吻「詩意人生!!!」的刺青。

「今晚一定會是最美妙的一晚。」她低語。舞台布幕朝兩旁退開。

音樂是如此精彩又哀傷，女高音好美，維多里歐[22]英俊又熱情，讓妳打從心裡相信羅密歐深愛茱麗葉。茱麗葉唱著「啊，我願活在夢中」，華爾滋教人興奮輕顫，露依絲心跳飛快。她在心中吶喊：對！我要！我也想活在夢中！於是她想，或許今天花那兩百塊會員費也不是壞事（如果再算上香檳錢和計程車資就是三百），或許妳偶爾可以稍稍拖延媚眼網的工作，有時候（假如妳跟菈薇妮亞來聽歌劇）妳也不用太擔心以前那些在日落公園區會跟蹤妳的男人；或許沒拿到菈薇妮亞家的鑰匙也沒那麼糟；或許她偶爾必須一再重讀菈薇妮亞的小說、沒時間睡覺，但也沒啥大不了；或許那間公寓沒有多餘空間收納她的衣服倒也還好……只要有菈薇妮亞在身邊，沒有一件事真的那麼糟糕。

尤其是菈薇妮亞緊緊將她摟在身邊的這一刻。

尤其是當兩人渾身威士忌混香檳味兒、排隊上了好幾次廁所，而露依絲依舊聞得到菈薇妮亞那身比她好聞的香味——混合無花果、西洋梨和薰衣草的香水氣味。

尤其是當音樂感動得教人內心洶湧澎湃。

尤其是菈薇妮亞俯身輕吻她頸項的那個瞬間。

露依絲僵住了。

這應該只是菈薇妮亞一時的情緒，露依絲心想。就像吻她的手、或她的指節、或她的刺青，或者就像靠在她肩上睡著，窩在她身邊和她睡同一張床一樣。菈薇妮亞熱情洋溢，總是大刺刺示愛；除了芮克斯，菈薇妮亞不曾跟其他人有過性關係（或者是其他男性？那是暗示嗎？）這只不過是菈薇妮亞想讓妳知道「妳很重要」的表達方式。

只不過是親親妳的頸子。還伸舌頭。

只不過是帶點輕咬，很輕很輕。

只不過是把手放在妳的膝蓋上。

---

22 譯註：Vittorio Grigolo，當代義大利男高音。

露依絲低頭看她，但菈薇妮亞笑得一副沒事人的模樣，彷彿她的動作沒什麼不對或奇怪或不尋常，彷彿這種舉動與同性情誼完全無關，彷彿菈薇妮亞不曾拂過露依絲的大腿、不曾輕捏她指尖的肌膚、不曾倚向她——再一次——親吻她耳後。

露依絲大感困惑。因為兩人相處至今，這段時間裡，她們看過彼此胸部、比較過罩杯大小，也曾在同一間房換過衣服，或共用一間廁所小解，但是菈薇妮亞從來不曾刻意凝視她（倒是她曾經望著菈薇妮亞出神，但她心裡想的是她看起來真是太完美了，以及她好瘦喔這類念頭，完全不曾摻雜過一絲性幻想；但現在她不敢確定了）。然而此刻菈薇妮亞一心一意、嫻熟地吻著她，感覺完完全全是另一回事——好像她非常清楚自己在做什麼似的。

問題是：露依絲不曉得自己想不想要這些。

當年她懇求維吉爾．布里斯奪走她的童貞，她很清楚自己確實想要；因為那時的她很胖又不漂亮，但他仍約她出來，那麼這必定代表他在某種程度上也是渴望她的。他常說，雖然她有一堆不可愛的特質（安靜、不好看、焦慮、無盡需索）使她不得人愛，但他還是愛她。但即使在那個時候，她心想，她仍不確定她是否真心想跟他做，又或者只是想逼他想要她。

當時如此，現在亦然。

說實話，露依絲不曾有過一刻懷疑她是不是……然後確定她就是。她也不曾認定她是。但菈薇妮亞此刻卻按著她的膝蓋，然後爬上大腿。菈薇妮亞的手指探進她底褲。菈薇妮亞的手指進入她。

另一方面，這感覺真好。當某人輕咬妳的頸子、把手伸進這件有好多層內襯（謝天謝地，幸好她穿了這件有一大堆內襯的誇張禮服）的玫瑰色塔夫絲綢禮服底下撫弄妳（難不成這正是菈薇妮亞要她穿這件繁複禮服的原因？），這不僅涉及性取向，也和生物學有關：不論參與者是誰，只要雙方理解彼此的行為，那麼客觀來說這感覺是好的，也有點奇怪（還有點冷？）。

露依絲在心裡自問：她怎麼可能想要這樣？

露依絲在心裡回答：因為我不能說不。

她剛花掉一半的房租錢。她在東七十八街有免費公寓可住，又有菈薇妮亞出計程車資，票錢也是菈薇妮亞付的。菈薇妮亞還付了大部分的香檳酒錢（那又怎樣？怎樣嘛？很重要嗎？很重要）。露依絲不禁懷疑，難道咪咪不曾這麼做？但她無法想像咪咪會不讓菈薇妮亞愛撫她（她倒是能想像得到，咪咪會哀求菈薇妮亞愛撫她）。

但話說回來，難不成這表示菈薇妮亞認為露依絲夠騷夠性感，所以才想上她？

不過另一方面，這當然不是做愛，可是露依絲也不確定要怎樣才算女生跟女生做愛。也許菈薇妮亞就只是醉了。或者菈薇妮亞打從一開始就愛上她了（我愛妳。妳好美。我需要妳。這些話菈薇妮亞說過多少次？露依絲當真這麼遲鈍？）。露依絲無法說不，這令她非常生氣，但是也……也真的不太想生氣。

再加上這裡的音樂。音樂，美妙的音樂。還有天鵝絨。燈光。還有香檳。

菈薇妮亞坐正，兩眼發亮。

「我告訴過妳了，」她低語，「我說過了——這會是超棒的一晚。」

她的手指仍在露依絲體內，她吻上露依絲的唇、探入舌頭，而露依絲至今經歷所有虛幻不真實的一切，在這一刻，對她來說只代表一件事。這一件事令露依絲在心底尖喊天哪！噢，天哪！而這件事說不定、說不定就是被渴望的感覺，說不定就是被愛的感覺。

露依絲心想：或許，能不能說「不」也沒有那麼重要。

「我愛妳。」菈薇妮亞持續低語，送進她口中：「我愛妳。我愛妳。我該死的好愛好愛妳。」

最蠢的是：露依絲竟然相信了。

整整一分鐘（整首詠嘆調唱完，莫庫修認為瑪布仙后曾進入每個人的夢；或許她真是如此[23]），露依絲覺得過去的一切全都導向這一刻（今晚，抑或這一整年；今年，抑或她整個人生）；過去她做過、說過、活過的所有蠢事，還有她搞砸的每一刻，都是為了讓她明白——譬如此時此刻——以及被愛。

直到她看見芮克斯。

他坐在走道對面的包廂裡。

身邊坐著哈爾。

他看著她們倆。

露依絲飛快退開，差點翻下椅子。

「我想上廁所。」

她逃了。

體重可以減，髮色可以染，就連十分迷人的中大西洋口音也同樣學得來；妳可以熬夜到早上四點，拖稿拖過期限，只為閱讀某人寫的小說並告訴對方她寫得真好。

但妳做的永遠不夠。不夠。

就算某人愛妳（或者他或她自以為愛妳、他或她說愛妳），那也只是因為妳讓他或她想起某個人，又或者妳讓他或她覺得失去某人的感覺沒有那麼糟，又或者某人正在看著妳們——隔著劇院觀眾席、在另一個包廂裡——他或她只是想讓那人嫉妒，而妳只是共犯，只是幫兇。

我都快三十了，露依絲心想，怎麼到現在才明白這個道理？

她往外跑，衝上露臺。外頭好冷。即使已是四月天，她仍冷得發抖。但她寧可站在這裡發抖，俯瞰林肯中心和盛滿月光的噴泉還有空蕩蕩的幾何廣場，也不想在劇院裡、或在任何聞得到菈薇妮亞香水味的地方多待一秒鐘。

她甚至連菸都點不著。

「需要幫忙嗎？」

她轉身，對上他。

「給我，」芮克斯說，「我幫妳。」

她仍說不出話。

她花了好一段時間才鎮靜下來，也勉強為他點了一根菸。

23　譯註：Mercutio、Queen Mab皆為《羅密歐與茱麗葉》中的人物。

「我很樂意借妳手帕，」他說，「但上次那條好像被妳拿走了。」

「噢，」她說，「抱歉。」

「沒關係，」他說，「妳留著吧。」

「菈薇妮亞燒掉了。」

她吸了一口菸。不看他。

「喔。」他也吸了一口。「這樣啊。」

「欸。」

「好吧。」他徐徐吐煙。「大概是我活該。」他說。

然後又說：「對不起。」

「幹嘛道歉？你又沒做錯事。」

「我不曉得……我是說，上次在書店遇到妳的時候，我不曉得妳們倆……」

「我們不是。」她忿忿地大吸一口。「她不是同志。」

「喔。」又來了。「真的啊。」

她聳肩。

「我們都不是。」但她也不在乎了。「但你知道嗎，聽說，男人還蠻喜歡兩個直女搞在一起。」

「我也聽說過。」他瞇了瞇。「妳們處得還好吧？」

她對他好粗魯、好沒禮貌，他卻如此仁慈溫和地對待她。但她停不下來。

「我們一起玩得很開心啊。」她往下方屋頂撢了撢煙灰。「我們到處跑趴。你沒看到那些照片嗎？」

「很難不看到。」

「當然不可能不讓你看到。目的就在這裡。」

「什麼意思？」

「沒事。抱歉。」

終於。終於，露依絲深深吸了一口氣。「對不起——我心情不太好。」

「怎麼了嗎？」

她轉向他。「她為什麼這麼恨你？」

他倚向欄杆，探出上半身，嘆了口氣：「我不是那個人。」他終於開口。「她，她應該開開心心過日子。天知道……但我不想搞砸。」

「你背著她亂來？」

「沒有——沒有！」

「你傷害她？」

「沒有——我的意思是……不是那樣。」

「那是怎樣？」

「這不該由我來說。」

「所以你的意思是，她說了算？」

「不總是這樣嗎？」他笑了，淡淡地笑。

「我不會跟她說你告訴我了，」露依絲說，「如果這就是你擔心的。我不必每件事都照她的話做。」

「這實在很蠢，」他說，「即使現在也一樣。但我覺得我對她有責任。」

「哼，你沒有。她不是你的問題，是我的。而我要知道。」

「其實，」他遲了一會兒才開口，「我愛過她──是真心的，愛了她好長一段時間。而現在我依然關心她。非常關心。」他嘆氣。「聽我說。她這個人很熱情。」

太熱情了，露依絲想。

「我們倆……妳知道，我們一塊兒長大的那段時間，那時候就好像……妳知道嗎？就好像只有我們倆。當然也有哈爾，有時候他也在，但他幾乎都窩在學校，而我……我不曉得……我們找到彼此。跟她在一起的時候──老天，就像嗑了藥一樣──妳肯定懂的。」

「是啊，」露依絲說，「我懂。」

「我們會──我不曉得──也許偷偷闖進哪個地方、寫信給對方……是說，這大概是全世界最美妙的事了。但當時我們即將上大學，而我想……妳知道，我想做一般大學生會做的事。」

「投杯球[24]？」

「呵，當然啊。」

「加入男大聯誼會？」

「唔，聯誼不太像耶魯的作風啦，不過……」

「踢足球？」

他縱聲大笑。

「對。完全正確。」

夜風更形冷冽。

「我們不該唸同一所學校。我是說，我跟她說過，這不是好主意──或者，我不曉得，或許她說服我了。總之，大一那年，或甚至大二，我們都照她的意思過。然後──妳知道，一心想長大成人也不見得是壞事。」

「但是要小心，」露依絲說，「你可能會後悔。」

「我一直等到耶誕放假那天。我們談了一下。她看起來——我是說，我覺得她還算能接受，沒有大哭大叫什麼的。她很冷靜。然後過了兩天，她在凌晨兩點打電話給我，告訴我她在中央公園、嗑了一堆藥、還偷了一艘划艇，要我去找她。」

「她偷船？真的假的？」

「我只是照實說。」他說。「或許現在聽起來很好玩，但當時可不是這樣。當時她爛醉如泥，吞了一大把她母親服用的鎮靜劑和一瓶琴酒，而且她還不斷試圖說服我應該照做。」

「她是認真的？」

他並未立刻回答。

「嗯。」最後他終於點頭。「她是認真的。她對我說，我曾經發誓會永遠愛她，而她不想活在一個大家都不信守諾言的世界裡，就連我也不該這麼活著。這樣子的世界。老天，我不知道怎麼形容。」

「一個有足球的世界。」

「一個有足球的世界。」他複誦，然後兩人都笑了，因為這個比喻相當貼切。「總而言之，後來她就開始請病假——到現在還是。大概會請到她爸媽不再幫她付學費為止吧。或者，妳曉得，她也可能復學，結束休假年。不過直到那一天為止，我大概……妳也知道，我不管去哪裡都會跟她不期而遇吧。」他嘆氣。「都是我的錯。我早該知道她今晚會來這裡。我原本不打算來的，但哈爾很堅持。他

24 譯註：酒客玩的桌上遊戲。

說不該浪費亨利．厄普丘奇的季票。」

「真希望不要發生這種事。」

林肯中心噴泉旁杵著一位街頭藝人。露依絲認得他。每晚歌劇結束後，他都會在這裡表演，每次都演奏一些劇中曲目，讓大家一聽就知道。他靠這個賺小費。現在他正在練習《啊，我願活在夢中》那一段。

「妳知道最好笑的是什麼嗎？」芮克斯說。

「是什麼？」

「有時候，我覺得她是對的。」他笑起來。「像是——顯然我並不想跟她分手之類的。我這人並不瘋狂。」

「當然。」

「我喜歡我的人生。只不過——」他深呼吸，「我能說什麼呢？她的論點他媽的太有說服力了。」

「她這人他媽的太會說服人了。」

他大笑。「我想，我們確實應該信守諾言，大概吧。在完美的世界裡，大家都做得到。」

「但這個世界並不完美。」露依絲說。

「她的世界是完美的，」芮克斯說，「問題就在這裡。」

「不是的，」露依絲語聲太輕柔，他沒聽見；「相信我。」

芮克斯靠上欄杆。「能跟懂得這些的人聊一聊，感覺真好。也許我太自私了。」

「你並不自私。」露依絲說。芮克斯聳聳肩。

「妳應該告訴她。」

「告訴她什麼？」

「跟她說我告訴妳了。我是說，我不想害妳們之間有任何祕密。」他再度深深地、沉重地嘆息。

「我造成的傷害夠多了。我不想毀掉她在妳心裡的模樣。」

你不明白，露依絲心想，已經太遲了。

「我來爆雷啦！」哈爾在他倆身後。「最後兩個人都死了。」

「老天——哈爾！」

「你們跑出來多久了？竟然錯過整個下半場！」

芮克斯沒答腔。

「庸俗之人。上次妳跑掉了，小露依絲！害我沒辦法把書給妳！」

「對不起，」露依絲說，「上回走得太匆忙了。」

「女人喔。」哈爾翻翻眼珠子。「偶爾學點規矩吧。」

人群湧出林肯中心。身著黑西裝、絲緞禮服，足蹬天鵝絨靴與高跟鞋的人們。

咪咪跌倒了。

她踉蹌前進，同時吻著波沃夫・馬蒙。

他揚手攔車，把她塞進車裡。

「有人今晚恐遭狼吻！」哈爾說。

「老天，哈爾！」

「真是的，芮克斯，我又不是拿強姦開玩笑。」

他伸出胳膊，攬住兩人肩膀。

「我看待強姦這事兒可是很嚴肅的。」他說。「我是心地善良、非常支持女性的女性主義人士。」

無人接腔。

「好，如果我說他要帶她回家，非常溫柔、篤定地對她做愛，而且是兩廂情願，」哈爾又說，「這才算是拿強姦開玩笑好嗎。」

露依絲和芮克斯心照不宣地交換眼神。

「更何況，男人都是強姦犯。我剛好看了《滾石雜誌》。」哈爾拉整身上的晚宴服外套，「蜜雪兒真可憐。呵。」

「蜜雪兒？」

露依絲從沒想過咪咪竟不是真名。

「這人很有意思。」哈爾說。「我挺懷念她在派對上的那些誇張舉止。還記得二〇一四的新年派對吧？很厲害是吧？我們撞見菈薇妮亞和咪咪在麥金泰爾客房浴缸裡做愛，是吧，芮克斯？」

「別再說了，哈爾！」

「那不正是那場派對的主題嗎，芮克斯？你還記得吧？就是大亨小傳哪。該死的大亨蓋茨比一向很偉大。不過那場派對真不錯——跟今年完全不一樣，你不覺得嗎，芮克斯？新年派對真是一年比一年糟糕。」

露依絲心想，原來這也是為他們設計的；這些，那些，全部都是。

「我要走了。」

芮克斯推開兩人往回走。

「糟糕。」哈爾看著手錶喊了一聲。

「順帶一提。小露依絲啊，」哈爾說，「菈薇妮亞在找妳唷。而且她不是很高興的樣子。」

「該死。」

「我跟她說妳和芮克斯跑出來了。」

「該死——該死！」

廣場擠滿了人。派對結束。街頭藝人開始演奏完整版的《啊，我願活在夢中》。現場穿絲緞禮服的人還真不少，但沒有一個是菈薇妮亞。

「十二點囉，灰姑娘！」哈爾說。

露依絲拔腿狂奔。

香檳、威士忌、古柯鹼造成的暈眩輪番襲來，成天盤據露依絲腦中的種種念頭再度湧現，只是這一回聲音更大、更清晰也更真實。

這就是了。她就是這樣搞砸的。現在菈薇妮亞討厭她了——菈薇妮亞肯定非常生氣。現在她沒錢租房子，也沒有公寓鑰匙，轉租的對象也已經搬進去了（在這個城市，租金管制公寓絕不可能閒置超過五分鐘），因此露依絲滿腦子都在吶喊天哪！天哪！滿腦子都在想只要設法讓她不生氣就好，她還想我甚至願意讓她操我，只求老天爺別讓她生氣就好。

她竟然連他媽的鑰匙都沒有。

她到處找不著菈薇妮亞。她不在樓梯過道，不在觀眾席，不在露臺不在包廂不在樂團席；露依絲試著打了四、五通電話，但菈薇妮亞關機了，不過這反倒讓露依絲想繼續嘗試下去（儘管每通都進語音信箱）。理由是：如果「瘋狂」有其定義的話，那麼應該就是一再嘗試重複做同一件事、同時期盼事情會有不一樣的結果。

露依絲非常努力逼自己不能驚慌或哭泣或喊叫，試著專心思考下一步能怎麼辦：她可以直接回公寓，站在門鈴旁等她（但要是菈薇妮亞從此不再回來怎麼辦？要是菈薇妮亞已經到家、卻不讓她進門怎麼辦？要是鄰居進進出出，看她一直待在那裡、認為她意圖不軌想做壞事然後報警怎麼辦？）。她也可以打電話找朋友（但她沒有朋友）。她可以上交友軟體釣網友，但這樣她就得向酒吧主管解釋（噢！老天！她有班！），她為何這身模樣來上早午餐的班（她身上的塔夫絲綢禮服使她像極了影星雪莉．鄧波兒），而她所有的家當都在菈薇妮亞家裡——她的衣服、乾淨內衣褲、幫媚眼網寫稿的筆電——該死、該死！媚眼網稿子！但現在菈薇妮亞超氣她。氣炸了。

然後她看見她了。

菈薇妮亞倒在噴泉旁邊。

「天啊，**菈薇妮亞**——」

露依絲跑得飛快，結果掉了鞋子還得回頭去撿，她跛著腳穿過廣場。

「我的老天！」

她睜開眼睛。

她彎腰伸手想幫她。

菈薇妮亞卻一把抓住她、使勁往下拽。

「妳跑去哪裡了？」

她低聲咆哮。

「對不起。」

「哪裡？該死的！妳在哪裡？」

「對不起——我……我想上廁所。」

「妳把我一個人扔在那裡。」

「我知道，我很抱歉。」

「我需要妳啊。」

「對不起。」

「我為妳做了這麼多——他媽的我什麼都為了妳——妳卻拋下我一個人！」

她奮力啜泣，嗆咳起來。

「妳是不是跟他在一起？」

「沒有！唔——我去抽菸，然後我給他——」

「妳跟他睡了？」

「沒有！當然沒有！」

「妳睡了！妳跟他睡了然後妳還笑，你們兩個！你們兩個在背後笑我！」

「我絕對不會這樣對妳！」

雖然她嘴上這麼說，但她心裡卻想著差一點，我差一點就這麼做了。就算她說她不會，但心裡想的是她或許會這麼做。

「妳這人真是天殺的不知感激！」

菈薇妮亞倏地坐直。

「在我為妳做了這一切之後，妳還想從我這裡撈到什麼？」

「妳累了。」露依絲聲調平靜。「妳醉了，也累了。只是這樣。妳想回家嗎？」

「我還讓妳住進我家。」

「菈薇妮亞！」

「我還借妳——把他媽的美到不行的禮服借給妳穿，買酒給妳，他媽的免費讓妳住，而妳竟然沒辦法好好坐著陪我聽完天殺的整齣歌劇？」

「不是這樣的。」

她不曉得菈薇妮亞是否已經忘記她操她的事，或者她只是想忘記，假裝什麼也沒發生過。

「妳到底想從我身上得到什麼？」

「菈薇妮亞，我——」

「什麼——妳連錢都想要？」

菈薇妮亞扔出錢包。

錢包打中露依絲胸口。

她連想都沒想過要接住它。

她任它噹啷落在地上。

露依絲不發一語，跪地拾起錢包。

菈薇妮亞兀自啜泣，她屈膝坐在腳踝上，用力咬住手掌，不讓自己尖叫。

露依絲只能看著她。

露依絲不能生氣。露依絲不能發怒。

露依絲沒有鑰匙。

「沒事的，」露依絲說，「妳會沒事的。妳會好好的，沒事沒事。我在這裡，沒事了。」

但她說謊。

人心隔肚皮。露依絲人真好。她拿起菈薇妮亞的小外套，裹住她的肩，然後順順菈薇妮亞露在領口外的頭髮，低喃菈薇妮亞的名字。她很能幹。菈薇妮亞嘔吐的時候、用美麗純潔的塔夫絲綢抹嘴巴的時候，她悉心照料菈薇妮亞。彷彿菈薇妮亞不曾為了讓芮克斯嫉妒、故意在劇院包廂替她手淫似的。彷彿菈薇妮亞不曾罵她娼妓。

街頭藝人開始用小提琴拉奏《紐約，紐約》。

菈薇妮亞想跟著唱，無奈她醉得太厲害，語音破碎，最後只能勉強擠出一句，而且還錯唱成我想分離[25]。

我想分離。

「我們應該給他打賞。」菈薇妮亞咕噥。她躺回地上。「妳身上有錢嗎？」

25 譯註：正確歌詞為「我想成為紐約的一份子」，I want to be a part of it，但主角唱成I want be apart。

「沒有。」露依絲說。這也是謊話。

「可是我們應該給他一點錢啊！他拉得這麼好！」

「我們應該帶妳回家。」

「不要！」她的皮包又掉了。她撿起信用卡，手一鬆也掉了。

「妳先別站起來。」

「拜託，露——拜託妳。幫我領些錢出來好嗎？」現在她笑得好無助。「密碼是一六一九。妳就給他——給他一百塊好了。好嗎？」

露依絲又說我們該送妳回家了，於是菈薇妮亞放聲尖叫；這時露依絲明白她完全沒得選擇。

於是她看了街頭藝人一眼，意味深長、哀求、屈辱的一眼，然後她希望老天能向他傳達我這就去替你領那一百塊錢，好嗎？所以拜託你看著她，別讓她被自己的嘔吐物嗆死，等我回來。然後她邁步過街，走向對面的連鎖商店。

她不是故意要按「餘額查詢」的。但她也不完全不是故意的。

菈薇妮亞戶頭裡有十萬三千四百六十二塊四十六美分。

菈薇妮亞住爸媽的公寓，然後還有十萬三千四百六十二塊四十六美分存款。

菈薇妮亞住爸媽的公寓，擁有十萬三千四百六十二塊四十六美分存款，然後還在劇院包廂侵犯她，就只因為她為所妄為。

而且，她還讓露依絲付計程車錢。

露依絲從菈薇妮亞的戶頭裡提了兩百塊出來。

菈薇妮亞跳上噴泉。她平展雙臂，髮梢滴水；小提琴手一邊盯著她、一邊繼續拉奏《紐約，紐約》。一遍又一遍。露依絲把六張二十元紙鈔放進錢箱。

有一張是她給的。

「妳看！」菈薇妮亞大叫，「我是安妮塔・艾格寶[26]！」

「妳當然是。」露依絲說。

「幫我錄影！」菈薇妮亞用力拍灑水花。「要拍黑白的喔！」

露依絲依言照辦。

「我好糟糕。」菈薇妮亞嘀咕。露依絲終於把她給送上床。過去一個兩個甚至三個鐘頭以來，露依絲始終耐心看顧菈薇妮亞（菈薇妮亞因為古柯鹼的作用而興奮焦躁），不是第一次也不是最後一次向住在隔壁的溫特斯太太道歉（她是菈薇妮亞爸媽的朋友，早已受夠她無時無刻震耳欲聾的音樂及各種噪音，很想親自寫信給威廉斯夫婦、請他們回來，好好處理一下這些問題）。「我好糟糕。我最差勁了。我很抱歉。」

「沒有的事，別想了。」

「我不應該——我知道，我知道妳是真心喜歡我。」

「是啊。」露依絲說。

26　譯註：Anita Eknerg，瑞典模特兒、演員。

「然後很抱歉我們——妳知道……」

「沒關係，有時候就是會這樣。」

「我真的沒有任何意思，妳知道的。只是……妳知道，都是因為歌劇。」

「當然。」

「還有——我是直女喔。」

「我知道。」

「對不起。對不起。我太過份了。我知道我知道我真的太過份了。」

「妳沒有。」

「我有。」

「妳沒有。」

「不要離開我，露露。」菈薇妮亞說。「求求妳——求求妳。」

「我不會離開妳。」

「我愛妳，露露。」

「我也愛妳，菈薇妮亞。」

這也是最令她心痛的部分：她依然愛她。

露依絲等到菈薇妮亞睡著才移動。她極為小心、輕手輕腳地脫身，以免驚醒菈薇妮亞，然後走進這間公寓——她沒簽下任何租約、甚至沒有鑰匙——的另一間房：那個衣櫥名義上是她的，卻擺著塞滿菈薇妮亞的禮服和珠寶首飾（多到滿出來）、還有擺著菈薇妮亞化妝用品的梳妝檯。

她走向餐桌。

她打開皮包。

她數數裡頭有多少錢：四張簇新、已和她密不可分的二十元紙鈔。

這甚至抵不過健身會員費的一半數目。

她打開筆電。螢幕光線太刺眼，逼得她不得不閉上眼睛等待數秒，但這個動作反倒讓她意識到自己有多累。

她今晚得花兩小時處理媚眼網的工作。明天中午她有班。之後得去給保羅上家教。

露依絲走向菈薇妮亞的酒櫃，裡頭擺滿各式好酒。以前露依絲不曾留意這些酒有多好，但現在她注意到了——泰斯卡、拉弗格、亨利爵士、人頭馬——纖纖手指逐一劃過酒標，於是她想這個，這就是妳現在的世界。

她給自己倒了杯威士忌。

她開始工作。

4

「**瑪布仙后來找過我喔**。」

關於那晚，菈薇妮亞只說了這麼一句話。

而且只說過一次。那是在隔天早上，她看著一張張露依絲幫她拍的照片時說的。她把個人檔案照換成《大都會焦點》那張。她坐在餐桌旁，兩腳往她大老遠從烏茲別克運回來的青綠瓷盤兩旁一放——她正在替瓷盤上已經不新鮮的可頌拍照。

「露露，妳知道嗎？」

露依絲清理餐桌。露依絲沏茶。露依絲把剛煎好的蛋端上桌。

「知道什麼，菈薇妮亞？」

「我覺得，昨晚我看見仙女了。」

菈薇妮亞的話就停在這裡。

於是露依絲也沒繼續追問。

「影片拍得不錯。」菈薇妮亞指的是在噴泉拍的某一段。「我要把它寄給珂蒂——只是想鬧她啦。她每次都說我太愛往外跑了。」

露依絲默默換衣著裝。

「妳這是要上哪兒去？」

「上班。」

「上班？」菈薇妮亞輕笑一聲，「老天，妳到底在想什麼啊？」

「現在已經十一點了。」

「我就是這個意思！打電話去請病假啊！」

「不行。」

「妳不該出門。妳看起來糟透了。」她伸直擱在餐桌上的兩條腿，「好啦，妳就裝病請假嘛。這樣超棒的啊，我們可以把《慾望莊園》（Brideshead Revisited）一集接一集全部看完，泡茶配司康，而且我們還可以──我記得我好像有一隻大泰迪熊──我們可以抱著它看電視。」

「抱歉，我沒辦法。」

「可是我不想一個人看。」

「對不起，」露依絲說，「當然，就像妳說的──我一直很自私。我是自私。妳說的沒錯。所以別讓我礙著妳，妳好好享受。」

露依絲扣好上衣最後一顆鈕扣。紮好頭髮。

「嘿，露露？」

「嗯？」

「那妳回家的時候可不可以順便帶晚餐回來？我不想煮飯。反正就──妳也知道──阿嘉塔那邊有什麼就買什麼吧。然後──要不要再買隻烤雞？然後再買，嗯，買一些──哎唷煩死了。我再傳訊息給妳。回頭我再把錢給妳。」

結果菈薇妮亞的晚餐帳單總共是六十一塊八十美分。

露依絲用前晚從菈薇妮亞帳戶領出的現金支付。但後來菈薇妮亞也沒把錢還給她。

露依絲在扮演「菈薇妮亞最好的朋友」這方面，表現無懈可擊。

她幫菈薇妮亞補禮服、修裙襬，因為菈薇妮亞老是勾破或扯破衣服。她打掃整理，採買日用品。她洗衣燙衣，清理古董衣箱上的麵包屑。

每次在大廳或走廊巧遇溫特斯太太，露依絲必定向她致歉。

她十分謹慎且不斷向菈薇妮亞強調──而且菈薇妮亞本人也說得很明白──她當然不是住在這裡（管理人很嚴格，菈薇妮亞總是一而再、再而三強調）。她只是來拜訪而已。

她細讀菈薇妮亞的小說（讀來讀去都是同一篇，約莫只有兩萬字。而且菈薇妮亞不曾再多寫一字），一再重讀，並且每次都大力誇讚這本書有多好多棒；然後當菈薇妮亞哭著表示她沒這麼好，而且這本書超級迂腐老套、沒有人會喜歡她這麼糟糕的人所寫的陳腔濫調，露依絲會說「才不是這樣，妳很美麗。」並握住她的手。

不過她倆也不曾再找時間一起寫作。菈薇妮亞沒再提過這件事。

橫豎這樣也好。露依絲根本沒這麼多時間。

扮演菈薇妮亞最好的朋友，露依絲每月可攢下三千塊。

這是她某次隨手拿餐巾紙算出來的。

菈薇妮亞每晚至少請她喝兩杯飲料：一杯二十塊，含稅含小費，所以四十塊乘上三十天就等於一個月一千兩百塊的娛樂費用。

露依絲自己每個月存八百（含水電瓦斯的話是九百）；如果再算上「地點」——想想這公寓地段——鐵定省更多。不過露依絲決定保守一點。

所以房租算九百就好。

此外，她們叫Uber的錢也都是菈薇妮亞付的。（交通費一個月九百塊。）

這還不包括治裝費。其實她都穿菈薇妮亞的舊衣，所以不花錢，但這些衣服再怎麼樣——即使菈薇妮亞關車門時總是不小心夾住裙襬、總是不慎打翻飲料或湯汁弄髒禮服、即使菈薇妮亞老是堅持要在正式社交晚宴後擅闖中央公園，搞得衣裙上都是草漬，害露依絲再也沒辦法穿出去——不管怎麼樣都好過露依絲自己的衣裳。此外她也沒算外賣網站的餐費（菈薇妮亞幾乎不下廚，所以她叫露依絲買回來的食材幾乎都被露依絲扔了）。然後也不包括菈薇妮亞某天在熨斗區逛跳蚤市場的時候，一時興起買下的油畫（某交際花的裸體肖像）。她沒先問過露依絲就掛在她床頭、當禮物送她。

並且這也不包含「聰明丸」的費用。

不過，露依絲還有幾筆開銷待解決。

ClassPass的健身課程。菈薇妮亞總是嚴重宿醉、早上爬不起來，露依絲則通常是累得動不了。不過菈薇妮亞仍堅持她們再繳一個月會費。只是這一次，她說，露依絲有責任逼她上健身房運動。

另外還有某個大雨滂沱的深夜，菈薇妮亞差她去東哈林區某治安不太好的街角買一種據稱會引發幻覺的裸蓋菇（但根本沒效）。還有菈薇妮亞和露依絲在幾處化妝間（譬如大都會歌劇院、藝術餐館、順利中餐等等）吸古柯鹼或吐得一場糊塗之後，賞給清潔人員的豐厚小費。

還有露依絲缺班曠職而短少的收入，因為有時候就連聰明丸也沒效：菈薇妮亞某天突然臨時宣布她拿到空中雜技表演的入場券——表演者是雅典娜大閨女的朋友，地點在某個鑲滿鏡子的多功能展演空間「喜之屋」——她只得奉陪。此外還有媚眼網拖延的稿件（「晚點再做」這藉口實在太好用。不過有時她宿醉實在太嚴重、以致連晚點也爬不起來），再來她偶爾就連保羅的家教課（即使他家就在兩條街外）也給忘了。

所以當露依絲第二次擅自從菈薇妮亞的戶頭領錢出來，她甚至不認為這是偷竊——那時菈薇妮亞爛醉如泥，倒在沙發上（因為她在摩根圖書館的春宴上看見芮克斯與哈爾，但他倆瞧都沒瞧她一眼，所以她哭得很傷心。不過芮克斯倒是舉杯向露依絲微笑致意。她很氣他這麼做，但也很開心）。她認為她只是在平衡收支，這裡補一百、那裡補一百，然後再一次五十，然後再一次一百。

但不知為何，她還是入不敷出。

另外還有一件事既詭異又誇張：露依絲從來不曾如此容光煥發，體重也掉了快三公斤。主要是因為聰明丸和古柯鹼的關係，不過她和菈薇妮亞也確實去了健身房（兩次）；後來菈薇妮亞沒了興趣，宣稱她要對抗憎惡縱慾的喀爾文主義。她為露依絲化妝，請專業美髮師來給她做頭髮。這些都是菈薇妮亞堅持要做的。

有天晚上，菈薇妮亞敲她房門。起初露依絲沒應門，因為現在她學到：要避開菈薇妮亞、不跟她打交道的唯一辦法只有裝睡。但菈薇妮亞繼續敲，不放棄。

「浴室的磁磚縫被染色了。」她說。

她倏地坐直。

「什麼？」

「浴缸的磁磚縫。染黃了。」

露依絲一向非常小心。她刷了好幾個小時欸。

「對不起。」她說，然後翻身躺下，假裝又睡著了。

「整間浴室都是漂白水的味道。」

「我很抱歉。」露依絲又說。

「聽著——我是不在乎啦，」菈薇妮亞說，「就算妳把整間屋子染成紫色我也不在乎。但我爸媽，妳知道，照理說我其實不該有訪客的。而且妳也曉得，他們尤其小心維護這屋子，說不定哪天決定退休搬回來住。或者賣掉。嗯，還有我剛說的磁磚縫灰泥。那不是普通灰泥，」她收緊肩上的印花睡袍，「是義大利還是哪兒來的，我不知道。其實就連弄濕都不應該。」

她開門爬上床，躺在露依絲身邊。

「對了，我覺得妳應該去莉卡麗髮廊。我都去那裡染。」

露依絲非常、非常擅長分辨人工髮色和天然髮色，以前她常在火車上研究這些；但她始終以為菈薇妮亞的髮色百分之百天然，不是假的。

「我已經先幫我們兩個都預約好時段了。」菈薇妮亞說。「而且還可以打折。因為我幫他們介紹新客人。」

她蜷起身子，抵著露依絲，把臉頰貼在露依絲背上。

「真希望我的頭髮跟妳一樣直。」她說。「妳的頭髮好亮。天哪，妳好討厭喔。」

菈薇妮亞靠在她身邊睡著了。一隻手臂橫過露依絲胸前。那樣的金色要價四百塊。

隔天她立刻從提款機領了一半數目出來。

⁂

其他人也注意到露依絲的改變。她母親肯定是其中之一，因為這是她五年來首次沒提起維吉爾・布里斯的名字，反而說要是在他們那個年代（一九三〇初期），紐約那些英俊瀟灑年輕單身漢肯定排隊排到街角。保羅則是在上課期間直盯著她瞧；要不是因為他開始結巴、臉紅、並且對自己的反應感到震驚與羞愧（搞得露依絲幾乎要同情他了），否則她可能會覺得受到冒犯。波沃夫・馬蒙在凌晨三點傳臉書訊息給她，表示他真心喜歡她登在《混時間》網站的那篇文章，然後說他倆或許可以找一天一起喝咖啡，聊聊那篇文章。

另外還有一個人：從交友網站人間蒸發的那位。

五月某天，他發訊息到她的臉書信箱。

妳看起來混得不錯喔！

眨眼（貼圖）

或許我們應該找一天再一起去展望公園散步。

後來都沒機會一起散步，我覺得很可惜。

這傢伙連個道歉都沒有。橫豎他也不必道歉。

好啊，露依絲回他。

臉紅（貼圖）

她整天都在想這件事，不論是幫菈薇妮亞刷流理台的時候、拿菈薇妮亞的地毯去撢灰塵的時候、或者幫菈薇妮亞把皮草衣領縫回復古斗篷上的時候，而且她整天吃吃傻笑。

她沒跟菈薇妮亞說這件事。

後來直到某天早上，露依絲才終於鬆口。菈薇妮亞找她一起去聖瑞吉斯飯店的「金克爾酒吧」——那可能是全紐約最貴的酒吧。金克爾的壁畫十分有名，當然也因為「血腥瑪麗」這款雞尾酒是他們發明的（一杯要價約二十塊，不含稅、不含小費）。雖然露依絲不喜歡血腥瑪麗，但菈薇妮亞喜歡，所以她們來了，佔了一張桌子。

「妳知道嗎，露露，」菈薇妮亞說，「我們要去pèlerinage了。」

「去什麼？」

「朝聖。pèlerinage是法文。」

「不是，我知道——」露依絲已經三天沒闔眼了，「但是——」

「去海邊！妳這傻瓜！明天咱們要起個大早，去修道院博物館看日出，然後再一路走到康尼島。」

「為什麼？」

「證明我們的勇氣，證明我們辦得到呀！就像——就像中世紀的朝聖者，妳知道的嘛。難道妳沒聽過李斯特的《巡禮之年》（Années de Pèlerinage）？我們還可以再朗誦一遍《尤里西斯》，妳說對不對？」她指指手臂上的刺青，「**詩意人生!!!**」她朗聲唸出來。

可是，露依絲明天要和人間蒸發去展望公園散步。她提議下午碰面，而且還特地挑星期天下午，因為她曉得菈薇妮亞的禮拜天是不到黃昏不起床。

「抱歉，」露依絲說，「我要上班。」

「什麼班？」

「我排好班了。」

「那要不然我去找妳？我去酒吧等妳。我會坐在旁邊等，像老鼠一樣非常非常安靜，然後等妳忙完……」

「不是啦。」露依絲答得太快了。「不是排班，是家教。唔，芙蘿菈的課。在公園坡那邊。」

「我還以為芙蘿菈的課是禮拜二跟禮拜四？」

「明天是補課。她——她下禮拜要去度假。」

「去哪兒度假？」菈薇妮亞朝侍者比比手勢。她沒問過露依絲就點了一瓶夏布利白酒。

「我不知道。問這幹嘛？」

「她沒說喔？我還在想——」菈薇妮亞大笑，「現在是學期中欸？珂蒂就一直在叨唸她的期中考，呱拉呱拉講個沒完，我沒騙妳，電話線都快燒掉了！是說有誰會在這時候放學生去度假啊？」她聳聳肩。「好吧，算了。那我就去公園坡跟妳會合吧。」

「可是，」露依絲決定再試一次。她非常努力想打消她的念頭。「我有安排了。」

「其實也沒多遠啦。不過從公園坡過去的話還是要走個幾公里。我們可以穿過密伍德區，順便欣賞一下哈西德猶太男人；妳知道，就是他們的頭髮嘛，超特別的。」

「我有安排了。」露依絲又說一遍。

「什麼安排？」

「約會。」

「約會？」菈薇妮亞笑聲尖銳。「跟誰？」

「某個——某個以前一起出去過的男人。不是什麼重要人物。」

「那妳幹嘛不說？」

「也是。」露依絲承認。「對不起，我應該跟妳說的。只是我覺得很尷尬嘛。」

「有什麼好尷尬？那很棒啊！」菈薇妮亞給自己倒了一杯酒。

「我知道我應該先問過妳的。我很抱歉。」

「先問過我？少誇張了露露——妳又不是我的囚犯！妳想去哪兒就去哪兒啊！」她放下酒杯。「這樣說不定對我倆也好。妳知道，就是稍微分開一下。我是說，我知道我自己有時候太黏人了。」

「不是這樣啦！」露依絲欲言又止，然後再次設法說出來；「沒什麼大不了的，就只是約會。如此而已。」

「等等，」菈薇妮亞抬眼看她，眼神燦亮，「是那個『人間蒸發』對不對！」

「不是啦……」露依絲直覺否認。

「他想幹嘛？」

「沒有啦，我們就只是——妳也知道，就重新連絡上了嘛。」

「他有解釋之前為什麼人間蒸發嗎？」

「我相信他會解釋的。」露依絲試著緩頰。「面對面好好談。明天我們會聊這件事。」

「妳很容易原諒別人欸，露依絲。」菈薇妮亞說。「要是有人這樣對我，我絕對不會再跟他說話。」她幫露依絲倒酒。「妳實在不該讓別人這樣對妳。」她露出憂傷而同情的微笑，「他大概只是想找人上床。」

「我們要去公園欸！」

「哪裡的公園？」

「布魯克林區。」

「他叫妳跑這麼遠去找他？」

「不是啦，只是我們想去展望公園散步而已啦。」

「那我只能說，小心點。那種男人妳也知道。他們就愛看妳願意配合到什麼程度。假如到頭來他純粹想找妳上床，妳也別太驚訝，只不過……」

「只不過什麼？」

「妳大概只能跟他過夜了。」

「為什麼？」

「我的意思是，嗯，妳別晚歸什麼的，因為我想早點上床睡覺。我可不想被妳的門鈴聲吵醒。所以妳應該曉得吧？假如妳一路從布魯克林趕回來，大概也得耗上一整晚。」說完，菈薇妮亞低頭編輯手機裡的照片。

帳單送來，她瞧也沒瞧一眼。

兩百二十塊。四杯血腥瑪麗，還有一瓶露依絲幾乎連碰都沒碰的白酒。

菈薇妮亞繼續玩手機。

露依絲在腦中反覆吶喊：妳說話呀，妳說話呀，快說點什麼呀！

露依絲沉默無語。她交出信用卡。她在簽單上簽名。

「我覺得妳應該跟他上床。」莅薇妮亞始終低頭看手機。「妳滿需要找人搞一下的。」

露依絲並不需要。不真的需要。

以前她需要（以前她無時無刻不需要）。她會找維吉爾（他願意的時候），還有後來她終於把電話號碼換掉之後（一次，她只換過一次號碼），她有過無數次一夜情的經驗，還跟某個支持女權的傢伙搞過。他倆是在王冠高地區的酒吧廁所裡看對眼的。以前她渴望這種關係——渴望觸碰（主要是觸碰），但也渴望歡聲笑語、親暱啃咬以及那句「老天，妳真美」。

露依絲已經四年沒做了。

除非把歌劇院那晚算進去。不過，在兩個異性戀女孩酩酊大醉且誰也沒達到高潮的情況下，若要明確定義這兩人之間到底是怎麼回事，恐怕不容易。

說到底，露依絲心想，性愛，大概也只是浪費時間而已。

露依絲告訴莅薇妮亞，約會吹了。

「男人。」莅薇妮亞聳聳肩。「早跟妳說了。叫他們全都去死好了。」

露依絲又翹掉媚眼網的輪值工作。結果人在威斯康辛、負責經營這個網站的女士寫信給她：我有點**擔心**，妳是不是根本沒把這份工作當回事？咱們得**按步就班**照規矩做事，好嗎？

「妳對大家都太好了，」莅薇妮亞說，「這個世界沒有人配得上妳。」

那天晚上，露依絲從菈薇妮亞的戶頭領了三百塊出來。此刻她人在七十六街和雷克斯街口的小酒鋪，但她本來應該在七十九街和第一大道轉角的「阿嘉塔與瓦倫提娜」採買菈薇妮亞永遠不會吃進肚子裡的昂貴起司。

她決定散步。

她知道時間很晚了，而且她也應該早點上床睡覺（有太多工作待補，還有好多雜事得趕上進度），但她擔心萬一現在就回去，可能會吵醒菈薇妮亞。菈薇妮亞一旦醒來就會想找她說話，或者幫她弄頭髮，或者拉她自拍，但露依絲實在沒辦法再應付這些事，至少現在辦不到。

她走進公園（花兒都開了，處處粉紅）——這裡不是展望公園而是卡爾舒茨公園。這片小綠地緊鄰格雷西大廈，可眺望東河，而且公園裡還有一座小飛俠彼得潘的雕像。由於百花齊放，奼紫嫣紅，大夥兒都跑出來看夕陽；愛侶們相依相偎，十指緊扣。紐約市的所有單身男女（露依絲除外）全都在這兒親吻示愛，沉醉愛河；至於菈薇妮亞，她應該還在睡，要不然就是窩在床上沒完沒了地看《財富戰爭》（Fortunes of War）吧。突然間，露依絲覺得好孤單，簡直孤單得要命；即使她不該有這種感覺，即使她的孤單是自找的、甚至不知感激——因為菈薇妮亞給了她這麼多東西：住的地方、買酒請她喝、買藥給她醒神、帶她玩派對，噢，那些派對實在太棒；而且她還偷她的錢（不對，那不是偷，只是保險，或者賠償。反正她還是窮得一毛錢也沒有）。或許這就是她。或許她剛好是全世界最不知感激的人，即使擁有這麼多，卻仍希望此刻能置身展望公園，挽著某個不夠在乎她、最後只會傳簡訊跟她分手的男人的手。

露依絲沒有生氣。她不能生氣。

她傳臉書訊息給芮克斯。

那天很高興在摩根春宴見到你。

不帶誘惑、沒有危險，四平八穩的客套話。

哈哈，我也是。

希望沒給妳惹麻煩？

針對這一句，露依絲回覆：就，一般般囉。

好險。

妳呢？在幹嘛？

一切都順利吧？

露依絲對這一句的回應是：老樣子。

意思是好還是不好？

我也不知道，她回覆，漫長的一天。

我看見了。

他當然得看。菈薇妮亞放上網的每張照片都是要給他看的。

妳們倆似乎玩得很開心啊，也非常迷人。

她倆今天穿了兩件式復古泳裝，外加畫了精緻完美的一九二〇年代復古妝。

化妝的關係啦。露依絲回覆。

我才不信。

真的啦。

那妳證明給我看，芮克斯說。

怎麼證明？

拍一張妳自認最醜的照片傳過來。

她照辦。

雖然有點擔心，但她還是皺臉吐舌瞪大眼睛，自拍傳給他。

嗯，芮克斯回覆。

對話框顯示他的輸入狀態：打字，暫停，又開始打字，又暫停。

真的不是化妝的關係，他說。

然後又追加一句：**抱歉……我可以這樣說嗎？**

你想做什麼都可以，露依絲回覆，至少我們其中有一個人可以為所欲為。

笑臉（貼圖）

露依絲進門時，屋裡是暗的。

她把買回來的東西放上餐桌。

「妳跑去幹嘛了，為什麼耽擱這麼久？」

菈薇妮亞坐在黑暗中，直視前方。

「沒幹嘛呀。」露依絲說。

然後又說，「我買了花給妳喔。」

菈薇妮亞立刻眉開眼笑。

「我一路走到潔蓉花鋪——想說妳應該會喜歡。」

「花好漂亮！」菈薇妮亞說。她伸手環抱露依絲。

露依絲真是越來越得心應手了。

只要當成遊戲就好。露依絲覺得輕鬆簡單。

她每隔幾天就從她的戶頭領幾百塊出來。

她每天吃十毫克聰明丸。

她拍了好多照片。

她跟菈薇妮亞同床共寢。

她睡得越來越少，終至不眠。

她試著保持專注。

六月，露依絲被炒魷魚了。

不是媚眼網炒她魷魚（雖然那邊的工作也做得亂七八糟、經常遲交），也不是酒吧，雖然她成天遲到或甚至根本沒到。

開除她的是保羅。

那天是每週的例行家教課。每堂三小時（一小時八十塊）、每週三堂（因為保羅真的很想進達特茅斯大學），而保羅的家教是她目前收入最好的一份工作。她遲到了，不過只遲到一下下。她幫保羅復習字彙（辨別assent和assuage[27]），一切毫無異狀。

這時保羅突然抬頭看她。

「嗯……」他說，「我在想，我已經不用再上家教課了。」

原來是達特茅斯的某個人私下向他保證，他應該能以壁球員的身分、透過校隊徵選入學。

「我是說，其實家教課能教我的，我大概也學得差不多了。」

他還多給她五十塊。

露依絲後腳還沒踏出他房間，他就已經在打電話了。

露依絲沒事。露依絲能度過這一關。

露依絲只需要從菈薇妮亞的戶頭再多領一些錢（反正菈薇妮亞也不痛不癢）。露依絲只得確保她不會再丟掉其他工作。

此外，她每個星期仍得在同樣的日子、同一時間出門，如此才不會被菈薇妮亞發現（每週九小時。她每個禮拜只有這九個小時能離開那棟房子、且不會被菈薇妮亞盤問行蹤）。

她可以去散步。

可以在咖啡店寫稿。

還可以跟芮克斯見面。

倒也不是露依絲會固定跟芮克斯碰面。事情完全不是這樣。

只是兩人先前在臉書互傳訊息聊天，後來又聊了一次，然後他問起她正在寫的那篇故事、並表示那篇德文學苑學生逃跑的故事，讀來蠻有感觸的；而她則問他研二生活是否順利，他回答作業很多，尤其是古典文學得另外修很多語文課，不過回報是你能做一些真心喜歡的事。露依絲說那當然，然後又說了些想去大都會美術館看希臘羅馬雕像的事，結果他說**真可惜，其實我也想找個時間跟妳一起去，我已經好久沒去了**，然後她回**哈哈**，那會引發第三次世界大戰吧，他也回了**哈哈**，於是她接著說**我打算星期三去……大概下午四點吧。假如我們在那邊「巧遇」不是很好玩嗎，哈哈**，他附和說**好呀，就當是巧合吧**，然後就這麼說定了。

「真好。」兩人走過一間又一間展廳，欣賞一尊又一尊雕像；「在博物館裡，我的心情總是很平靜。」

露依絲有整整三小時感受這份平靜。

「小時候，我一天到晚往這兒跑。」柯雷芝學院就在公園對面。「每當我覺得……覺得我需要逃離什麼的時候，就會來這裡。」

「這裡跟德文郡的購物中心完全不一樣。」她喃喃道。

「妳呢？」他問她。

「什麼？」

「從小在大學城長大會不會很怪？」

露依絲心底一震。因為她突然意識到，菈薇妮亞不曾問過這類問題。

她聳聳肩，「我猜有點像從小就住博物館旁邊吧。」她說。「博物館就在旁邊，其實挺好，但你也

27 譯註：分別為「贊成」與「緩和」之意。

知道那感覺又有點……不太真實。」

她提起自己十六歲那年混進德文學苑大餐堂、整整一禮拜都沒被抓包的往事；他越聽表情越狐疑，害露依絲擔心這聽起來是不是太瘋狂了；結果他仰頭大笑。

「妳有溜進去旁聽嗎？」

「當然沒有！」

「為什麼不去？妳應該去的！」

「這樣他們就會發現啦！」

這回換他聳聳肩。「這我就不知道囉。」他說。「其實大家不太注意身邊的事。」

兩人盯著少了胳膊的愛神阿芙蘿黛蒂，凝視良久。

「但即便如此，」芮克斯說，「那仍是一篇好故事。」

「沒有，才不是，」露依絲說，「如果那故事真要有那麼好，我應該在那裡待上一整年才是。」

芮克斯嘆氣。「我在想，大家似乎太高估『沉浸在好故事裡』這種事了。」他說。

兩人格外專注凝視阿芙蘿黛蒂。

「我只想安安靜靜過日子。」芮克斯說。

兩人在八十六街與雷克斯街口揮手道別，因為芮克斯要搭地鐵返回東村住處。兩人杵在地鐵站樓梯上（時間稍微久了點）。

「今天很開心。」芮克斯說。露依絲說是呀，我也是。

「我希望——妳知道的。」他深呼吸。「她還好吧？」

他依舊關心她。不知為何，這令她心底一陣刺痛。

「她很好。」露依絲說。

「別為了我而——」

「當然不會。」露依絲說。

兩人彆扭地握了手，接著他走進地下入口，消失不見。

「露露！」

露依絲猛地抬頭。

「露露！」

菈薇妮亞在人行道對面。

這是露依絲唯一一次看見菈薇妮亞獨自走出那間公寓。

那個瞬間，露依絲心想一切都被她看見了。她胃裡一沉。她不知道這件事真有可能這麼可怕。她甚至能嚐到自己的心跳。

「我還以為妳在上家教！」

菈薇妮亞的手臂上掛滿購物袋。

「天哪，我好無聊，整個下午都不知道要幹嘛！」

她在笑，露依絲心想，謝天謝地，她在微笑。她不知道。

「妳怎麼會在這裡？家教課呢？」

「提早結束了。」

露依絲心想，妳他媽的只差一點點就全部搞砸了！

「我買了禮物給妳！」菈薇妮亞說。「我實在太無聊了，所以就跑去邁克高仕（Michael Kors）逛了一下——妳穿這件一定超好看！」

她在大馬路中央把禮物交給露依絲。

露依絲這輩子沒見過這麼美的衣裳。經典的斜紋剪裁，露背、頸部有繫帶，亮片一路延伸至裙襬。

「妳跟咪咪一起去？」

「我跟咪咪說，露露穿這件禮服一定超好看！所以我一定得替妳買下來。妳是不是也很喜歡？」

菈薇妮亞聳聳肩，「因為妳不在啊！然後她剛好有空。好啦，露露，不要生氣嘛。」

「我還以為妳討厭她。」

「反正——我們先回家穿穿看嘛！今天晚上我希望妳穿這套出門。」

「今天晚上？」

「《混時間》的春季舞會啊！我沒跟妳說嗎？」

菈薇妮亞在她前面，人已經走過半條街。

「妳最好現在就吃點聰明丸吧？」菈薇妮亞拔高音量，「舞會應該會鬧到很晚——呃，而且可能會玩很瘋。波沃夫．馬蒙為了下一期的主題找亨利．厄普丘奇來訪問，然後厄普丘奇跟所有願意聽他說話的人宣布，他會是『三十新銳作家大賞』的五名得主之一。老天，我恨死這些人了。」

兩人前往舞會現場。

她倆跟蓋文・穆拉尼某位勉強算是女性主義者的女性朋友共享了幾排白粉。兩人跟蓋文拚烈酒。蓋文告訴露依絲，她應該再投一篇稿子給《混時間》，或許剛好可以登在這一期；露依絲回他是啊，當然好，等我有時間吧。

她倆跳舞跳到清晨，因為鑰匙在莅薇妮亞手上。即使露依絲整晚蹬著高跟鞋。

隔天早上，露依絲睡過頭，導致酒吧值班遲到。於是酒吧也把她炒掉了。

「這不正好？」露依絲告訴莅薇妮亞她丟工作的事，莅薇妮亞這麼回答。她正在擦指甲油，連頭也沒抬；「那份工作對妳來說太大材小用。妳是要成為大作家的人欸。況且，妳又不用擔心付不出房租什麼的。」

從那天起，露依絲就不再跟芮克斯傳訊息了。

深思之後，她認為或許這樣最好。

反正他也只是想打探莅薇妮亞的消息。

露依絲沒事的。她很好。天下太平。

露依絲在「裝沒事」這方面真是他媽的高手一枚。

即使少了一半的家教收入，即使少了酒吧工作，即使少了芮克斯。

反正她也只不過得再多領一點錢，如此而已。或是領錢的次數再頻繁一些些而已。

反正她又不用付房租。

反正她又不用存錢買屋。

我可以的，露依絲告訴自己。我做得到。

直到某天她結束芙蘿菈的家教課、從公園坡回到公寓為止。沒人開門放她進去。她又呆又蠢地站在大門口好一會兒，以為菈薇妮亞可能在沖澡什麼的。菈薇妮亞手機也沒接。

即使外頭正在下雨，露依絲還是罰站了大概一小時。因為她的包包重得要死（裡頭塞了幾本考試用書、她的筆電和充電器），而她不曉得該怎麼辦：因為她竟然在這個時候、隔著大門鑲嵌玻璃看見溫特斯太太下樓（而且她還當著她的面落下門閂），而她又不能表明自己住在這裡。

我受得了，她告訴自己，沒問題的。

於是露依絲走向凱雷飯店。

她刻意放慢步伐，抬頭挺胸。她走進飯店的姿態彷彿她天生屬於這裡。或許真是如此。

她的衣裳——其實是菈薇妮亞的洋裝——美極了。她的髮型無懈可擊。她的皮包裡還有菈薇妮亞贊助的現金。

她坐上吧檯高腳椅。雙手擱腿上。

她點了一杯飲料——就像菈薇妮亞一樣——未曾洩露她的世界正在崩解的絲毫跡象。

她得非常、非常緩慢地啜飲香檳。

「我的老天鵝！小可愛！」

雅典娜大閨女。

這是露依絲頭一回看見大閨女獨自現身酒吧。

「我竟然被人放鴿子！妳相信嗎？」

她操著一口誇張的紐約腔，活像在嚼口香糖似的。

「這是我這輩子最後一次在『不ＯＫ邱比特』上面約人了。我都叫它『不*ＯＫ*』，妳瞭吧？『ＯＫ邱比特』一點也不ＯＫ！」她發出像男人一樣低沉沙啞的笑聲，大拍露依絲的臂膀。[28]

露依絲微笑，彷彿菈薇妮亞仍在她身邊、她的世界也還未瀕臨末日。

「從現在開始，」大閨女宣布，「我決定死心塌地跟著『你開價我包養』這個網站。」

她也為自己點了一杯香檳。

「前幾天妳看起來挺美的。在歌劇院。妳們倆去看啥？」

「《羅密歐與茱麗葉》。」

「噢！那一齣！我的老天鵝，我超想看的！」

她靠向她，靠得非常、非常近；「妳瞭的，其實我超愛也超想去聽歌劇。改天妳應該說服菈薇妮亞也給我弄張票。」

然後她笑起來，一副這是笑話而且非常好笑似的。

「妳覺得呀，妳們哪天會不會有可能可以多帶一個人進去？」她的牙齒沾了唇膏。

「也許吧。」露依絲說。

28　譯註：OKCupid為交友軟體。

「聰明女孩兒，」大閨女說，「不隨便亮底牌。」她再次戲謔地推了露依絲一把。「像咱們這種女孩就得團結一點，」她說，「該低頭的時候低頭，能熬的話就熬過去吧——妳懂吧？做人要聰明點。」

「這話是什麼意思？」

「妳認識她多久了？」

「六個月。差不多六個月。」

「是唄！」大閨女輕拍她手腕，「我想也是。不過時機也剛好啦。」

「什麼意思？」

「我是說，我不會慌。還不會。我看妳大概還有幾個月吧。」她挑起一邊（用眉筆畫出來）的眉毛，「但如果我是妳，我會先弄個備案。」她比比手勢，示意給兩人再來一杯，無視露依絲根本還沒喝完；「咪咪被踢出去以後，還得搬回老家住個——呃，大概兩個月吧，設法再把錢存起來。太慘了。然後在她之前那個——莉莎貝塔？老天，我猜她大概就只能把東西收一收，然後離——」

「咪咪之前？」

大閨女聳了聳肩。

「我只是想跟妳說，能撈的時候盡量多撈點。」她大聲笑起來。「柔順的人不會被打臉。」她放下酒杯，「總之，有機會的話幫我弄張歌劇票吧。」

她把帳單留給露依絲。

那晚露依絲捱到午夜才回家。雨還在下，菈薇妮亞的手機還是不通。她不接電話。

露依絲坐在對街公寓的門廊下等她（儘管雨勢未歇，儘管這排赤褐砂石高級公寓的門廊沒有遮雨棚），因為萬一溫特斯太太又碰巧下樓，她才不會看見她。

露依絲在腦中計算費用開銷，讓自己保持冷靜。

第一個月和最後一個月的房租……一千六——不對，不要自己騙自己了。她怎麼可能找得到一個月八百塊的單房公寓？她原來住的那間是租金管制公寓呀！所以她非得找室友不可——噢，老天，那人會有她家鑰匙——而且還得找個離市中心非常遠的地方。老天！還有交通費。

目前她的戶頭只剩六十四塊。

枕頭裡還有菈薇妮亞的三百塊現金。

而她甚至連份像樣的工作都沒有。

我受得了，她心想——她逼自己這麼想——我沒問題的。

但事實是：露依絲問題大了。

菈薇妮亞凌晨兩點才到家。

她跌跌撞撞下了計程車。

仆倒在公寓大樓前。

她的絲襪破了，禮服反穿，嘴唇還流血。

「我的天哪！」

露依絲馬上來到她身旁，速度超快。她扶她站起來。

「妳他媽的從哪兒冒出來？」

菈薇妮亞眼神迷茫。

「我一直在等妳（不能生氣，妳千萬不能發脾氣）。我沒有鑰匙。」

「噢。」菈薇妮亞扔下鑰匙。露依絲撿起來。「好吧。」

「妳去哪兒了？」

「沒去哪裡，就是出門。」

兩人走進大廳，舉步上樓。

「妳衣服穿反了。」

菈薇妮亞默不吭聲。她開始爬樓梯——用手、用膝蓋，一階一階慢慢爬。

「我很擔心妳。」

「沒有！妳才沒有！」

菈薇妮亞抓住欄杆、試著想把自己拉起來，卻又再度跌倒。

「妳很開心嘛，是不是？妳很高興，因為妳終於可以獨自擁有一整晚的時間了。不是嗎？」

菈薇妮亞噙著淚。淚珠緩緩落下。

「沒有，我只是被鎖在外面，所以我——」

「去妳的！」菈薇妮亞尖叫，「去死吧妳——這裡是我家！我的房子！我和珂蒂的家！」

走道底的房門開了。

「沒錯。」

溫特斯太太站在門口。

露依絲喃喃致歉。

菈薇妮亞大笑起來。

「妳相信嗎？」她直接對著溫特斯太太說，「這賤人現在把這裡當自己家了。」

「我只是要送她上床休息，」露依絲解釋，「我只是送她回來，只是這樣。然後我就走。」

「希望妳說到做到。」溫特斯太太說。

她挑挑眉毛，轉身關門。

露依絲奮力撐住門、把菈薇妮亞推進去。菈薇妮亞還在笑。

「天啊——不要碰我！妳到底有什麼毛病？」

「進去就是了。」露依絲說。她好累。「拜託妳。」

「妳他媽的不要碰我！」

「跟我說到底發生什麼事了！」

露依絲讓她坐下來，拿冰塊給她敷嘴唇。

「是不是……是不是有人對妳做了什麼事？」

「怎樣，妳嫉妒啊？」

菈薇妮亞用力一甩她非天然色的長髮。

「怎麼了？難道妳又想背著我做別的事，是這樣嗎？」

「我要睡了。」

「很好啊！去睡啊！我不在乎——我他媽的不在乎妳要幹什麼！」

露依絲睡不著。

她瞪著天花板，久久不成眠。她瞪著菈薇妮亞的復古水晶吊燈，瞪著菈薇妮亞漆成金色的壁條壁飾，瞪著足足十呎高、某巴黎交際花（大概是假的）的裸體肖像畫。

她起身下床。

她走進客廳。

她打開通往菈薇妮亞臥室的門。

菈薇妮亞就躺在那裡，朦朧月光灑在她身上。金色髮絲如浪濤起伏，宛如光圈圍繞她的臉龐。她有如羅塞蒂（Rossetti）筆下的天使，有如溺水而死的歐菲莉亞。她穿著睡衣。

她還抱著泰迪熊睡覺。

而露依絲在心裡吶喊：噢，神啊，不要讓這種事發生在我身上。

她走向床鋪，坐在床緣，動作極輕極柔。菈薇妮亞雙手緊抓泰迪熊。

或許真有莉莎貝塔這號人物，她心想，或許還有個咪咪。

她願意付出任何代價，要她做什麼都行。她會繼續撒謊讚美她的小說。不論隔天可能得翹掉多少工作，她都會陪她徹夜通宵。她再也不會偷領她的錢、也不會再跟芮克斯聯絡。她會聽從菈薇妮亞的指示拍照，無論要她拍多少照片都行，拍下漂亮、優雅迷人、狂野魅惑足以毀滅世界的菈薇妮亞，滿足她的所有需要。只要她不要像對待其他人那樣對她。她不會要求她的愛——她甚至不曉得菈薇妮亞有沒有愛人的能力——只要菈薇妮亞需要她，這樣就夠了。

露依絲爬上床。菈薇妮亞靜靜背對她。

她小心翼翼地把手放在菈薇妮亞肩上，然後同樣小心翼翼地將自己的手臂貼上菈薇妮亞的臂膀。

菈薇妮亞動也不動。

露依絲抵著她，語氣僵硬地撒謊。

「我愛妳，」她低語。「我愛妳。我愛妳，我愛妳。」

菈薇妮亞不說一句話。

兩人沉默而平靜地躺了一會兒，然後露依絲起身回到另一間臥房。明天，這又會是一件不曾發生過的事，而露依絲也會照樣睡過頭、錯過媚眼網截稿日，並且丟掉這份工作。

隔天早上，菈薇妮亞差遣露依絲去阿嘉塔幫她買可頌，彷彿什麼事也沒發生過。

菈薇妮亞這輩子參加的最後一場派對，地點是一處「非性愛夜店」的性愛夜店。夜店名喚「P.M.」，推測是法文「petit mort」（性高潮）的縮寫。這裡只提供瓶裝酒。P.M.坐落在一間看起來像妓院的老戲院裡，除非妳認識店裡的某個人——就算妳願意付六百塊買一瓶氣泡酒、就算你願意拿一千八百塊換一瓶香檳——否則妳別想踏進P.M.一步。當晚玩得比較瘋的餘興節目包括某個小傢伙在屁股上掛了根假陽具，有個女人全身塗滿糞便，另外還有一個女人用她的屄吹奏一些經典曲目。

菈薇妮亞根本不該出現在這裡。

事情是這樣的：

那晚P.M.有一場特別派對。雅典娜大閨女要表演她的招牌扇舞（只不過她的道具是九尾鞭而不是扇子），但工作人員不夠，他們需要更多女孩來幫忙——於是大閨女就找上露依絲，誘她上鉤。

「超棒的！」菈薇妮亞一聽她說完就大喊有趣。「我一直很想去欸！聽說他們會在台上表演群交——你們的派對也會表演群交嗎？」

「菈薇妮亞！我是去工作欸！」

「但妳的工作不就是酒促小姐？妳們只需要端著托盤、打扮得漂漂亮亮地站在那邊不就好了？」

「但那是工作。」露依絲再次強調。

「我知道了。」菈薇妮亞的笑容變得有點刻薄。

「我只是不希望妳覺得硬被我逼去。」露依絲解釋。現在她非常小心。「我不希望妳特地過來陪我，結果卻因為我分身乏術——比如忙著幫那些玩很開的金融人士倒香檳——害妳整晚過得淒慘無比。我大概沒辦法陪妳開心大玩。」

「別傻了露露，」菈薇妮亞說，「妳總是令我開心。」

「不過那天我們可以做點別的事呀。」露依絲綻開大大的笑容。「要不要去雀兒喜逛市集？還是去香岱爾飯店聽爵士樂吃早午餐？妳不是很愛爵士早午餐嗎？」

菈薇妮亞沒吭聲。

然後她起身走向餐桌。

「嘿，露露。」

「嗯？」

「我好像把幾捲鈔票放在這裡了。不多，大概幾百吧？但我敢說至少有個五百塊，可是……」她望向露依絲，表情相當平靜。「妳……應該沒看到吧，是嗎？」

露依絲的心臟再次跳得飛快。

「沒有。當然沒有。」

「好吧。」菈薇妮亞把剩下的現金收好。「我只是想確認一下。」

「我會幫妳留意的。」

「唔，還是四百？」菈薇妮亞又說，「天知道我從來都記不得這些鳥事。」

這時露依絲開始拚命思索：有哪件事——而且是她做得到的事（她永遠都有辦法做到）——能讓菈薇妮亞開心起來。

「妳知道嗎，現在光線超棒的欸！」

「哦？」

「我幫妳照張相吧？妳就——就坐在沙發上，穿睡衣，讓陽光照在妳的頭髮上怎麼樣？」

「不了，謝謝。」菈薇妮亞說。

各位期待已久的一幕即將上演。

你我都曉得發生了什麼事：菈薇妮亞嗝屁了。

但各位必須了解的是：她為什麼嗝屁。

截至目前為止，您已經隨我參加過大大小小各種派對，累積不少派對經驗了。

但這回不一樣的是：您肯定沒來過這種派對。

這才是重點所在。

他們之所以找來吞火人、屁股綁著假陽具的侏儒、在奶油池裡打滾的傢伙、連體嬰、吞金人、用屄吹哨的女人等等，最重要的理由是這場派對必須別開生面、跟各位至今參加過的任何一場派對完全不同；而且，假如您在派對上吐了或者尖叫逃跑，那更好——因為您至少感覺到了什麼。

儘管保鑣人手不足、飲料摻水、唯一會掏錢參加這種派對的盡是些混帳王八蛋，總有幾天晚上，P.M.門口依舊大排長龍，一路延伸到奇里斯街，但這些苦苦等候的人永遠不可能得其門而入——菈薇妮亞除外。她永遠除外——因為這種地方最後總會令你大吃一驚。

那個女孩上過電視節目《倖存者》，惡名昭彰。

那幾位老兄嗜愛「霜凍玫瑰」雞尾酒。

那邊那位發明過一套和Uber功能相仿的手機軟體——只不過他的軟體是給直升機用的，使用地點僅限漢普頓區，每人每次五百塊。

這邊這位以前是童星，現在是單口相聲演員（這件事本身就是個笑話）。

至於這位老兄明天就要結婚了，但他一點都不想被套牢。

然後還有穿著迷你裙、負責端盤送上炸蝦的露依絲。

派對現場熱烘烘的，汗味瀰漫，什麼東西都黏答答的。目前已經有兩個男人摸了露依絲的屁股（她不能抗議），另外還有個傢伙直接伸進她腿間。雅典娜大閨女除了那對「希臘柱式流蘇」造型胸貼以外，全身光溜溜（兩串流蘇則以完美的八字形持續抖動）。小侏儒濃妝豔抹。

「我要爆雷囉！」哈爾一身正式晚宴服，「吞火表演難看死了。」

露依絲掛上最溫順、最諂媚的笑容。

「來點炸蝦吧？哈爾？」

「妳要知道，在這種地方，男人會對妳這樣的女孩做出最恐怖不堪的舉動。」

「是嗎？我沒注意到欸。」

「那麼這樣也不算太糟。妳應該再大膽一點。是說這種地方也不乏一些了不起的大人物啦。」他思忖，「說不定哪天妳還能釣到金龜婿呢，這種事誰也說不準。妳看起來是個上得了檯面的好女孩。」

「那麼再來一隻蝦吧？」

「怎麼了？這種地方讓妳不自在啊？沒啥好尷尬的。這裡他媽的根本沒人會注意妳。妳只是可有可無的存在。」

她仍保持微笑。

「順帶補充一下，我可不是那種滿口垃圾話的混蛋喔。算妳幸運。」

「洗耳恭聽。」

她咬緊牙齒，用力到她覺得牙根都快斷了。

「其實那反倒是解放——沒人對妳抱持任何期待。」他的舌頭像往常一樣懶洋洋地掛在嘴角，而且說完之後，他還自吹自捧地點頭點了好一會兒；「我敢打賭，根本不會有人在乎妳以前在新罕布夏是不是個咖。」

她開始對陌生人使眼色，希望有人喚她過去。

「你呢？哈爾？你是大人物嗎？」

「去妳的，我才不是咧。我只是卑微的保險經理。只要給我一間兩房兩廳附傭人房的經典老公寓、一名菲律賓女傭幫我燙襯衫、再讓我天天聽華格納，那麼我會非常樂意在革命來臨之際第一個站出去槍斃[29]。Me ne frego。[30]」

「聽起來很不錯呀。」

這會兒她已經奮力扭過脖子、絕望地看著五分鐘前抓她屁股、想知道她臀部是不是墊出來的那個男人了。

「妳知道芮克斯瘋狂喜歡妳吧？」

「什麼？」

「真是他媽的太可悲了，我這樣告訴他。那個娘娘腔。」

「我是菈薇妮亞最好的朋友耶！」

「妳當然是。」他說。哈爾的牙齒發黃，卻在頻閃燈的照耀下閃閃發亮。「妳真是個好朋友。」

「他——他也來了？」

「妳覺得芮克斯會喜歡看機器人上女人嗎？」他嗤之以鼻。「他大概會衝上台、撲過去保護她吧。」他撿走她盤中的最後一隻炸蝦。「如果我這麼說能讓妳好過一點的話……其實他超內疚、超有罪惡感的。」

「我並不覺得這樣說有什麼用。」

「在他的斜紋軟呢外套底下，其實套著一件自我鞭笞的苦行衣啊。」

「不用跟我說這些，」露依絲說，「我不想知道。」

「所謂的資產全是竊取得來的。[31]」

他給她五十塊小費，拍拍她屁股。

露依絲繼續對陌生人微笑。為了勉強維持生計，該做的她都會做。

她還沒見到她就先聞到她。一如往常的熟悉香味——儘管這地方瀰漫體味和各種噁心的味道，不知為何，那甜膩、猛烈的薰衣草和無花果香仍穿透惡臭傳送過來。接著她看見菈薇妮亞的長髮。今晚她把頭髮完全放下來，一身暗色絲絨禮服；她倚著牆邊長座高聲談笑，牙齒閃閃發亮。咪咪和她在一起。

「菈薇妮亞？」

菈薇妮亞懶洋洋地抬眼看她。「噢，哈囉，露露。」她向後倒回長座，「炸蝦送完啦？」

咪咪露出忠犬般的笑臉。

「這地方簡直瘋了不成？剛才有人表演——我敢對天發誓——如果他那根屌是假的……」

「咪咪，親愛的？」

「嗯？」

「可以麻煩妳幫我再拿一杯氣泡酒嗎？」

咪咪開開心心小跑步離開。

「天哪！這地方太棒了！」菈薇妮亞像夾菸一樣用手指夾著雞尾酒籤；「老天，露露，所有的一

29　譯註：語出《銀河便車指南》。
30　譯註：義大利文「我不在乎」，獨裁者墨索里尼的口號。
31　譯註：法國無政府主義者皮耶-約瑟夫・普魯東（Pierre-Joseph Proudhon）名言。

切都好下流喔！噁心死了。妳能不愛這種地方嗎？」她大笑。「妳說是不是？這就好比想像皮加勒區[32]在十九世紀末的盛況，就像真實版的紅磨坊，實在太震撼了。妳覺得呢？過來坐啊！」

「我在上班，不能坐。」露依絲說。

菈薇妮亞聳聳肩。啜飲杯中所剩不多的氣泡酒。

「所以，」露依絲說，「妳找咪咪來了。」

菈薇妮亞露出微笑，一副輕描淡寫的模樣；「哦，我知道妳不喜歡她。」她說。「不過少量服用的話，她其實還可以啦。」

「我從沒說過我不——」

「她只是太熱情了，如此而已。但話說回來，我不也是？妳不覺得嗎？」

露依絲沒答腔。

「妳不覺得嗎，露露？」

「我覺得……」露依絲徹底服輸。「有一點吧，我想。」

「天哪，那妳肯定覺得超無聊——」

那個在自個兒糞堆裡打滾的女人正好上了台、繼續在糞堆裡打滾。

「可憐的露露。這對妳來說肯定是非常大的負擔，竟然得忍受我這種人。」

「別傻了，」露依絲說，「跟妳在一起的每分鐘我都喜歡。」

「哦——那哈爾呢？」

露依絲愣住了。「蛤？」

「我看見你們在那裡……聊天？」

「他想吃炸蝦。」

「妳喜歡他，是吧？」

「老天——妳說哈爾？」露依絲認為就連芮克斯都不喜歡哈爾了；「當然沒有！」

「我想說的是，妳喜歡他也沒關係啊。妳應該跟他搞一下。我說啊，雖然他是個白癡，不過卻是有錢的白癡。而且這人——妳也知道，挺逗的。」

「我不想跟哈爾做任何事。菈薇妮亞。」

「那麼妳該找個誰搞一下，露露，這對妳有好處！妳得交個男朋友。妳也知道，如果像之前那樣——我們倆無時無刻都膩在一起——其實對妳我都不好。」

露依絲的眼角餘光瞄到咪咪正奮力鼓掌——她專注地看著台上那位在自己糞堆中打滾的女人。

「可是我想無時無刻都跟妳在一起啊，菈薇妮亞。」她說。

她垂下視線。這招她最會了。

「我們不是最好的朋友嗎，菈薇妮亞？」

這招始終是她的拿手絕活。

「今晚妳能來實在太好了，菈薇妮亞。妳也知道——妳知道我心裡其實真的很希望妳能來。真的。」

「我知道。」

「真希望我能跟妳一起看這些表演。」

32 譯註：位於巴黎第九與第十八區，性產業盛行。二戰時期被盟軍稱為「豬區」。

「我知道。」

「我知道我真的很蠢。我不應該接這份打工的。」

菈薇妮亞一逕低頭看手機。

「對，」她說，「妳的確不該接下這份工作。」

十點半左右，咪咪在長座上睡著了。而且還打呼。

菈薇妮亞繼續跳舞，一個人跳，沐浴在紅、藍、綠色霓虹燈下。

「露露……」她低語。剛剛又有兩個男人朝露依絲的臀部伸鹹豬手，而且她穿高跟鞋站太久，腳好痛。「我的露露。」

露依絲如釋重負。她好討厭這樣的自己。

菈薇妮亞緩步滑向吧檯。

「我最喜歡妳了，露露。妳知道的。」

「我知道。」

「我們應該來照張相，就我們兩個。」

表演空中雜耍的傢伙在她倆頭頂高處盪來晃去。

「我四點下班。」露依絲說。「等我下班，我們再拍。」

「我們應該闖進後台瞧瞧！看看那個假陽具做愛秀是不是真的！」

「等我下班我們就去。」露依絲再說一次，語氣聲調維持不變，好像這麼做會有用似的。

「我們應該衝進去跟機器人合照！」

「菈薇妮亞，」露依絲小聲說，「拜託妳，不要——」

但菈薇妮亞心意已決。「咪咪答應要陪我去的。但她——妳知道啊，她控制不住一直喝。她不像妳，不像我們，露露。」

「可是我不想被炒鱿魚，」露依絲說，「求求妳。」

「天哪，露露，」菈薇妮亞大翻白眼，「妳以前不會這麼玩不開的！」

她直起身子。

「我哪有！」

菈薇妮亞抓起她的手臂，指指刺青，「詩意人生，還記得嗎？他媽的詩意人生！我他媽的弄這個刺青幹嘛？」

露依絲不能再這樣下去了。她不能跟客人交談（跟女客交談又更糟），那個正在拍她屁股的傢伙看起來已經有點不爽了，至於哈爾則和另一名女服務生在吧檯角落玩得開心呢。如果今晚表現好得話，聽說還會有其他工作進來；雖然一直有人捏她屁股，但客人小費給得很大方啊！所以她實在沒時間陪她瞎耗——該死，她真的沒時間陪她這樣搞。如果她願意聽她解釋的話——

「去妳的，我要走了。」菈薇妮亞說。「來不來隨便妳。我才不甩妳咧！」

她吐出嘴裡的雞尾酒籤。

「妳們一個一個都靠不住。」

她轉身就走。

❈

情勢總有翻轉的時候。

要不打包走人，要不以破破爛爛的雪佛蘭或小貨卡為家，沒什麼大不了的。妳可以乘船唸詩、在火車鐵橋上哈草、在鐵道公園制高點或在德文郡密林中大喊我愛你，這些沒什麼不一樣。

反之亦然。

或許有一天妳會拿著鑰匙，走進蓋在鐵道旁邊、位於布希維克區的單房小屋，然後心想：今天。從今天起，一切從頭、不復以往。妳以為妳再也不會看見德文郡、再也不會看見那斑駁蕭條的購物中心、載貨鐵道和一幢幢悶悶不樂的低矮屋舍。妳用力甩開門，頂著一頭黑色短髮，閉上眼睛展開雙臂，踩著舞步跨過空蕩蕩的新居。當妳再度睜開眼睛，維吉爾．布里斯杵著一對竹竿腿、雙手抱胸對妳說：別高興得太早，我親愛的，誰曉得妳能在這裡撐多久？即使妳一路爭辯，即使妳已經花了六小時車程時間跟他講理，妳仍在心裡對自己說不對，不對，這次我不一樣了。我洗心革面。我戰勝自己了。

即使他緊緊靠在妳身邊，手指撫過妳的髮絲。

即使他說我只是不想看到妳失望，因為這個世界並未看見我眼中的妳。

有些日子，妳在內心深處也不真的信他；但有些時候，妳仍對他堅信不移。

「菈薇妮亞！」

露依絲衝進休息室，菈薇妮亞已經在那裡了。

她上氣不接下氣。身上覆著別人的汗水。休息室裡有位變裝皇后剛好在貼假睫毛，而他瞧也不瞧兩人一眼。

「菈薇妮亞——拜託妳。」

「回去工作吧，露露。我可不想扯妳後腿。」

「事情不是妳想的那樣！」

「我懂了。妳知道嗎？我就是明白了。我太熱情了。我他媽的太熱衷——」她大步經過一名穿乳頭環的芭蕾女伶，「——熱衷於妳，妳，露依絲的事了。妳肯定是他媽的大聖人。」

她仍持續朝後台走，露依絲滿腦子都在想等等一定會有人注意到她們、或者攔下她倆；但大夥兒都喝得醉醺醺的，表演者又只盯著鏡子瞧，而保鑣正在處理一場鬧事，所以誰也沒理會她倆。

「媽呀，露露，別再跟著我了！」

兩人穿過纜繩、紅布幔、燈具及沙袋，每一樣東西聞起來都帶著油漆味和菸味。

露依絲甚至不明白自己幹嘛這樣一直跟著她。

「老天——妳讓我一個人靜一靜。」

菈薇妮亞推開一扇暗紅色的門。

露依絲跟進去。

「搞啥啊，現在妳是想看我上廁所嗎？」

她們站在一間鑲滿鏡子的化妝間裡，位置介於舞台和舞池之間。這裡只有她們兩個人。天花板畫了好些新藝術裸女畫，旁邊有張紅色天鵝絨躺椅。還有一盞水晶吊燈。是說這種地方怎麼可能少了水晶吊燈。

露依絲鎖上門。

「妳能不能好好聽我講話，一下子就好？」

各種角度的菈薇妮亞在鏡中冷笑。

「好啊。」菈薇妮亞說。

她拉高裙襬。

她當著露依絲的面小便。

「我在聽啊。妳高興了吧？」

她爆出大笑。

「現在妳他媽的高興了吧？」

她擦拭，沖水。

「繼續啊。」

「拜託妳，」露依絲到現在都表現得非常好，「我們能不能好好談一談？」

「回去工作吧，露露。」菈薇妮亞走向化妝鏡，拿出唇膏開始補妝。「誰都知道妳需要錢。」

露依絲深深地大吸一口氣。

露依絲非常非常冷靜。

「我很抱歉。」她的音量很小，但很清晰。「我想妳。最近我們相處的感覺變得很不自在，我知道，我覺得很抱歉。」

「妳想加薪？」菈薇妮亞忽地轉身，每一面鏡中的菈薇妮亞亦同步旋轉；「還是加班費？」

她齜牙咧嘴地笑。牙齒沾了唇膏。

「只有一張提款卡不夠？妳還想要美國運通卡？老天，妳到底以為我有多蠢哪？」

露依絲心臟直跳喉頭，她的胃直沉腳底，五臟六腑全換了位置，除了完了，一切都完了之外，她腦中一片空白。她試著集中精神，思考實際問題（譬如等等該睡哪裡——天啊她要睡在哪裡？拜託別送我回老家！求求祢，我只求祢這一件事，別送我回老家！）。

「妳想要的我都可以給妳呀！」菈薇妮亞說。「妳為什麼不開口問？」

祢要我去哪兒都行，露依絲心想，就是別送我回老家。

「而且我真有這麼糟糕嗎？讓妳得這麼用力假裝喜歡我？」

「我是真心喜歡妳呀！」

「妳討厭我！」

「我愛妳！」

「不要再騙我了！」菈薇妮亞聲音高亢，「好像我不曉得——好像我不曉得妳他媽的覺得我有多噁心似的。我都記得——歌劇那晚的事我都記得好嗎？天哪，妳甚至等不及想離開那裡。我們又不是真的做了什麼！」

露依絲無法呼吸。露依絲不斷想著我該怎麼彌補？快點設法補救！做點什麼或說點什麼逗她開心讓她冷靜下來，快點，妳得把事情做好！於是——縱使有千百萬個不願意——她大聲喊道：

「那是因為我愛上妳了！」

她不是故意要這麼說的。她不知道自己是不是認真的。

但這卻是唯一能阻止菈薇妮亞繼續對她咆哮的一句話。

「——什麼？」

「我……那齣歌劇——我喜歡上妳了，好嗎？我嚇壞了，因為我發現自己喜歡妳。我很抱歉，對不起，我知道妳喜歡男生。我一直都知道。」

老天。聽聽妳在說什麼，露依絲心想，菈薇妮亞哪有可能這麼呆。

但是菈薇妮亞緩緩綻開笑容。

「可憐的露露。」她低語。她伸手貼上露依絲的臉頰，如此寬容——天啊，她竟然會因為這句話而開心；「好可憐、好可憐的露露。」那還用說。菈薇妮亞是如此美麗，沒有人不愛她。每個人都願意為了這份愛而獻出生命。道理就是這麼簡單。

露依絲偷笑。

「這不是妳的錯。」菈薇妮亞說。

露依絲深深吸一口氣。

「走吧，」她說，「這裡光線挺美的。咱們來自拍吧！」

露依絲終於能正常呼吸。

這麼做很值得，她心想。非得如此不可。

露依絲以前也面臨過如此絕望的考驗。

她曾經在凌晨三點、在布希維克區的大街上遊走，渾身是血，身上只有信用卡、駕照、毛衣和一張返回新罕布夏的車票（在手機裡。但手機電力只剩四趴），除此之外一無所有。但當時她撐過來了。只要找到二十四小時營業的餐廳就好了。或那種燈光很暗的夜店。或找間破酒吧，去廁所洗把臉，然後再找個陌生人搞一下、設法找地方過夜——只要不是在開往新罕布夏的夜行巴士過夜都好。這個計畫雖不完美，但確實可行。

眼前她也可以這麼做。

菈薇妮亞為露依絲抹上唇膏。菈薇妮亞幫露依絲擦掉臉頰上的睫毛膏。菈薇妮亞把露依絲的頭髮往後撥，順一順髮絲。

「手機給我。」菈薇妮亞說。

她把馬桶水箱上的蠟燭移到洗手檯旁邊，讓光源再充足一點。

她將照相機切換至內鏡頭。

這時芮克斯傳來簡訊。

想念我們在大都會晃蕩的那個下午。

近期內再約一次吧？

如果說想妳，會不會很奇怪？

菈薇妮亞沒生氣。這才是最糟糕的情況。

她並未發狂暴怒。她沒有亂扔東西。

「妳搬出去吧。」她聳聳肩。「搬出去——現在。」

「菈薇妮亞，讓我解釋——」

「我不在乎。」菈薇妮亞非常、非常仔細地把唇膏收好，放進皮包。「不論妳想說什麼，我都不在乎。喏，鑰匙給妳。把東西收一收。等我回到家，我不希望再見到妳。」

「可是我沒有地方——」

「妳拿走那麼多錢，難道還怕沒錢住飯店？」菈薇妮亞聳聳肩。「要不去找芮克斯呀。我才不希罕。」

她把鑰匙往地上扔。

露依絲彎腰撿起來。

她已經在打電話了。

「妳在做什麼？」露依絲連拜託，求求妳這幾個字都想不出來。一切全部靜止。所有動作都隨著終局到來嘎然而止。

「我得跟大家說啊。」菈薇妮亞回答。她放下馬桶蓋，坐定，雙手握機，邊打字邊唸出聲音：「今．天．晚．上．超．誇．張．的」她抬頭，但也只有一下子，「句點。我發現我室友竟然瘋了敢偷我錢，跟我前男友上床，甚至還想在夜店廁所上我。」

「才不是這樣！」

菈薇妮亞繼續打字。

「我的蠢拉子室友從我帳戶偷了一大筆錢，還勾引我前男友，甚至還想騙我說她愛上我——喂，狡猾英文怎麼拼？是i還是e？噢，少來了露依絲，妳可是他媽的學測家教耶，怎麼連這個也不會？」

「不要這樣，」露依絲哀求，「求求妳，拜託，我會走，我會，求妳不——」

「不說就算了，反正我有自動校正功能。我那狡猾而且心裡有病而且我他媽的超同情她的拉子室友竟然在我免費把我妹房間借給她住的時候從我銀行帳戶陸續偷走四千塊」，她揚起手機，鏡頭對準她，「少裝了，露露——妳他媽的給我笑！」

露依絲搶走她的手機。

「我的老天！妳天殺的有什麼毛病啊？」

菈薇妮亞伸手搶回來。

露依絲滿腦子只有一個念頭、只剩下一個念頭：不能讓大家知道，絕不能讓他們知道！雖然她不曉得她到底不想讓誰知道，因為她既不在乎波沃夫・馬蒙、也不在乎蓋文或羅米洛斯神父或雅典娜或咪咪或是哈爾，她甚至根本不喜歡這些人；不過在這一刻，她也沒考慮到這些。她一心只想著絕不能讓任何人知道她做了什麼事，於是她用力拉、用力拽，下意識使出更大的力氣，最後她和菈薇妮亞雙雙倒在地上繼續互相拉扯、爭奪手機，然而最蠢的是手機竟然滑到洗手檯底下——真是超蠢的——結果等到露依絲硬扯菈薇妮亞頭髮，而菈薇妮亞猛抓露依絲肩膀、拉著她往牆上的鏡子一撞、再撞、又撞，然後露依絲扣住菈薇妮亞的腦袋往洗手檯猛撞這一連串動作之後，露依絲才發現**手機不在水槽底下**——她第一次出手的時候，手機就不在那裡了。撞第二下的時候不在。撞第三下的時候當然也不在那裡。

菈薇妮亞是這麼死的：

一手按著頭，低頭盯著手臂上被鮮血覆蓋的「詩意人生!!!」。

再抬頭看看露依絲。

然後倒下——連同鏡中無數個菈薇妮亞——抵著鏡子，抵著露依絲，緩緩滑向地面。

以上就是露依絲搞砸人生，一敗塗地的過程。

5

露依絲一向看得很準。

她從好多年前就知道，妳可以永遠騙過某些人，或者暫時愚弄每個人，但妳無法欺騙所有人一輩子——無論妳的騙術有多高明，無論妳有多努力瞞住大家——辦不到就是辦不到。假如妳是狡猾且心理有病的女同性戀，而且還偷錢、偷了妳最要好朋友的前男友，那麼無論妳身材多苗條、長得多漂亮、登上《混時間》部落格的那篇文章寫得有多好，大家遲早都會發現事實真相。

話說回來，反正她現在也完蛋了。

因為菈薇妮亞死了。

貝斯砰然重擊。眾人尖叫鼓掌。有人在敲化妝室的門。

菈薇妮亞的手機響了。

露依絲心想：此刻做什麼都行，就是不能尖叫。

她摀住嘴巴。

現在大概有三百個人在這間夜店裡，就在門外。

露依絲嘗試以非常冷靜且謹慎的方式呼吸——之前做治療的時候，她練習過一次。現在她必須綜觀全局，深謀遠慮。

行不通。

因為菈薇妮亞的手機響個不停。

⁂

有人一直在敲化妝室的門。

菈薇妮亞的手機螢幕填滿咪咪的臉。

呼吸，露依絲心想，呼吸就對了。

通話轉進語音信箱。

咪咪發了一堆訊息過來。

妳在哪裡？

我醒來找不到妳

傷心小貓（貼圖）

哭泣狐狸（貼圖）

啜泣小鹿（貼圖）

妳還沒走吧？

露依絲深呼吸。

露依絲把地上的血跡擦乾淨。露依絲把菈薇妮亞額頭上的血跡洗乾淨。她用掉一整瓶非常昂貴的羅勒洗手乳和一條擦手巾，再把這些東西藏在垃圾桶最底下。

露依絲把菈薇妮亞凌亂的長髮攏過肩膀。菈薇妮亞的頭髮很長，濃密覆蓋整張臉。露依絲取下菈薇妮亞的項鍊——又大又亮且沾滿鮮血——再像髮圈一樣嵌入髮絲、讓墜子剛好垂在菈薇妮亞的額頭上，彷彿戴著小皇冠，如此一來就不會有人注意到血跡了。

敲門聲越來越重、越來越響。

「賤人！」某人大喊，「妳這他媽的賤屄！」

露依絲能做的差不多都做了。

她開門。

二十幾個人在排隊等廁所。

不行，她心想，事情還沒結束。

⁂

露依絲撐著菈薇妮亞。

菈薇妮亞已經死了，但眼睛是睜開的，她靠著露依絲的手臂。有個瘦到見骨、頂著一頭蓬鬆金髮、身穿一九八〇復古洋裝的女孩兒直盯著她倆瞧。

她看著她們。

她踉蹌倒在廁所地板上。

她開始嘔吐。

幾個人衝上來堵在她身邊——包括剛剛那個瘦女孩兒的朋友（她撐著瘦女孩，但她比她更瘦），還有一個大喊噁心死了！天哪！我要上廁所！的傢伙，然後那個扶著朋友的醉女孩開始跟那個想上廁所的醉漢吵架，吵著吵著那傢伙竟然動手解拉鍊、掏出老二，直接對牆解放；由於大夥兒都盯著他瞧，所以沒有人注意到露依絲正拖著菈薇妮亞——彷彿後者步伐踉蹌、彷彿她只是需要幫忙——走進黑漆漆的狹窄通道，朝舞台移動。

然而這一切仍然只是時間問題。並且也許，也許菈薇妮亞並沒有死，只是昏過去了（雖然露依絲是影集《法網遊龍》的忠實觀眾，但她仍無法確定殺人得投注多少心力——因為謀殺這種事在真實世界並非家常便飯）。然後這裡太吵、太擠、燈光太暗，所以露依絲只能抵著牆拖動菈薇妮亞（牆壁很黏、摩擦力更大），用她自己的身體擋住菈薇妮亞、並且設法將她往上推，彷彿這裡只有她們倆，彷彿兩人躲在某個小角落、與世人隔絕，好讓菈薇妮亞能再次撫弄她，好讓露依絲能親吻她的頸項。

「要搞進房間搞！」某人在一旁叫囂，而露依絲甚至不曉得對方是不是在講她。因為她眼角餘光瞄到有個傢伙正在享受別人替他吹簫。

走道角落有顆空中雜耍演員擱置的輕鋼架大球。稍早的吞火表演也用過這顆球，聞起來還帶著汽油味。

露依絲把菈薇妮亞放下來，讓她躺在大球底部，沐浴在舞台燈光下、躺在隨著頻閃燈明滅而閃爍的吊燈假水晶底下。

她摸摸菈薇妮亞的臉。她親吻她的臉龐。她碰碰她的喉嚨、她的頸子、她的胸口，感覺不到任何跳動。沒有脈搏，沒有心跳。但這依然不可能是真的。因為人不該就這樣死了，因為她不是殺人犯，而她也不曾——從來沒有——做錯過任何一件事。殺人是人類所能犯下最糟糕的劣行，而這個世界有神、有上帝存在，做這種事是會遭天打雷劈的；所以假如菈薇妮亞真的死了，上帝會做出審判，露依絲也將化成灰燼。

只不過，剛剛表演全身抹奶油的傢伙又被叫上台，接受觀眾「安可」。

而這一回，他打算做動物氣球——只不過這些動物都不是氣球做的。

菈薇妮亞躺在輕鋼架大球底部，她看起來好美。

露依絲傾身靠向她。她重新擺弄菈薇妮亞的頭髮，遮住血跡，而她也覺得菈薇妮亞會喜歡這樣，因為此刻她看起來就像歐菲莉亞；但這時露依絲又開始覺得不舒服，因為不論被害者有多想扮成歐菲莉亞、或就算是夏洛特姑娘（Lady of Shalott）[33]也好，世上又有哪個變態會幫殺人犯說話？

這時，眾人尖叫、聲光齊放，某個她沒見過的傢伙突然衝著她大喊「**人體衝浪！**」，而剛剛那個瘦女孩（兩人之一）旋即高聲尖叫，仿佛這輩子頭一次聽聞人體衝浪似的；於是大夥兒全部轉頭看著她倆，直直盯著她倆，看著漂亮但已經死掉的金髮白妞和目前仍活著、有呼吸、懸在死白妞身上但姿色略遜一籌的另一個金髮白妞。眾人高聲尖喊，瘋狂大叫，把她們當神看，然後大夥兒開始轉動這顆載著她倆的輕鋼架球。所有的一切都在旋轉。露依絲覺得她快吐了——我好難受，她心想，就是現在，現在大家都會發現了，但大家沒發現，因為燈光有節奏地閃動，音響震耳欲聾。她倆越過舞台前的樂池、越過主廳，然後在宛如盛大結局的爆裂聲中，天花板灑下金色塑膠紙、落得又重又急，露依絲不曾見過這種等級的金紙暴風雪。紙片黏在兩人身上，因為她全身是汗、而她則覆著一層死後從皮膚冒出來（不曉得叫什麼）、搞得全身微濕且潮呼呼的東西。接著兩人身上又覆了一層銀紙片，結果連血跡都看不見，看不見這裡有個金色長髮、兩眼大睜且沾滿五彩碎紙的死女孩——怎麼會沒有一個人看見她？

露依絲吐了。

大夥兒同樣為此高聲歡呼。

眾人接力將大球滾向舞台側翼，露依絲瞥見哈爾在底下。他和剛才那位穿乳頭環的芭蕾女伶坐在一起。

他舉杯向兩人致意。

她架著菈薇妮亞走進防火巷。這裡充滿腐魚、甜酒和油炸的氣味。

而菈薇妮亞甚至不是唯一倒在防火巷裡的女孩。

33 譯註：丁尼生敘事詩的女主角。

她把菈薇妮亞放進一台快散架的木製推車，推開擋路貨箱，避開老鼠。

她的小腿被固定把手的螺絲割傷，她低頭看看傷口是否流血。但露依絲腿上也沾了菈薇妮亞的血漬，她無從辨別。

⁂

咪咪他媽的還在發簡訊。

妳在哪兒？在樓上嗎？我上去找妳？

露依絲在心裡大喊：*這不是我。*

*這不是我的真實人生，*露依絲心想。外頭警笛大作，但他們甚至不是來抓她的。

露依絲決定好該怎麼辦了。

露依絲掏出菈薇妮亞的手機，叫了一輛Uber。

她把菈薇妮亞的一隻手臂繞過自己脖子，撐起她。

「走吧，」她大聲說，讓街上每個人都聽見她說話；「走吧，寶貝！我們來把妳弄回家。」

她爽朗地說。

她只是個工作超時的女侍。她只是在協助一名酒醉女客坐上車。

兩人身上沾滿繽紛紙屑。也都沾了些嘔吐物。

這只是這座城市另一個一成不變的夜晚：這裡是紐約。

今晚是小週末，每個人都在嘻笑喊叫，不論時間多晚，紐約處處都像大白天；雖然感覺有點奇怪，但也教人鬆了口氣——因為這代表妳不會落單。即使臉上沾了血，妳依然能夠大剌剌走過無數家夜店，而且沒有人會多看妳一眼。即是臉上沾了血、指節瘀青（因為妳揍了一個人。但妳原本甚至不是那種會情緒失控、發怒揍人的人。妳始終非常溫順。他總說妳溫順），並且身上除了駕照、信用卡、幾乎沒電的手機之外什麼都沒有，妳還是能大方走過下東區和布希維克區大街、穿過這座城市，卻依然不受注目。或者根本沒人在乎妳。

露依絲以前也有過這種經驗。但那時候的感覺也和現在同樣不真實。

露依絲在夜總會前面的小巷等Uber。

外頭人好多。

許多人因為喝醉而哭得唏哩嘩啦。露依絲屈膝跪下來，拉近菈薇妮亞、緊緊摟住，朝菈薇妮亞已然僵硬的頸項低語我知道，蜜糖，我知道。我很抱歉，對不起，我愛妳，然而她甚至不曉得這番話語是否出自真心。

咪咪又傳來一則簡訊。

尋尋覓覓的狐狸（貼圖）

我又是一個人了

妳跟露依絲一起離開了嗎？

妳沒事吧？？？？？！！11

露依絲弄傷莅薇妮亞的那個當下，她並不想傷害莅薇妮亞。（其實她想。）

她不想傷害維吉爾．布里斯。

（她不是那種女孩。）

只是，在布希維克區鐵道旁那幢小小公寓裡，同樣的對話不斷重複、並且重複了一整年，然後妳愛的那個男人又再一次說我愛妳，還有這是我對妳的眷顧和憐憫，因為我比妳自己更了解妳這個人，橫豎我都已經選擇了要愛妳，而且其他人一旦了解妳也不會愛妳。然後他一邊吻妳一邊說如果妳體重能再輕一點，肯定更辣更性感；然後他一邊操妳一邊對妳說，如果你們能搬到更安靜一點的地方、某個妳更有機會成功的地方，那該有多好，因為這樣妳或許——或許就那麼一次——不會這麼失望；只是妳並未如往常那般點頭嘆息、敷衍地回答對，對，你都對，而是直接出拳，力道大得令他往後倒，就像電影裡男人打女人那樣（男人一輩子都不該用那種方式打女人）。

（說不定等妳出手過一次之後，妳才知道他說的對。他一直以來對妳的描述都是對的。）

也就是在這個時候，妳看見他看出妳確實是個瘋女人、臭婊子（他認為他始終曉得妳是這種人）——但這也是妳唯一能擺脫他的方法。

而現在妳又來了。真是死性不改。

「我就知道我是對的。」他道貌岸然，以某種幾乎——幾乎像是他很高興終於能把實話說出口的睥睨口吻啐道。他揩揩臉頰上的鮮血，「妳這人真是他媽的心理有病，露依絲。」然後他一把扣住她頸背，像抓狗一樣把她推出門外。他說對了。而這也是他對她說的最後一句話。

她把菈薇妮亞塞進車裡，輕鬆簡單。（謝天謝地，幸好她超瘦。）這也是露依絲唯一一次不討厭菈薇妮亞身材纖細。

「妳朋友還好嗎？」

「她夢仙后去了。」露依絲說。她讓菈薇妮亞靠在她腿上。菈薇妮亞的雙眼依是睜開的。露依絲的迷你裙上沾了血，腿上也沾到一些。（謝天謝地，好險我今天穿的是黑絲襪。）

「什麼？」

「沒事。」

「她好臭。」

「我知道。」

「要是她再吐的話，妳知道，會被罰一百塊。」

「她不會再吐了。」露依絲說。

菈薇妮亞的禮服肩膀滑下來，露出乳頭。司機頻頻偷瞄照後鏡，偷看她。露依絲任他看個夠。

露依絲一直很喜歡一則笑話：兩個男人在林子裡遇見一頭熊。好笑的是你不需要跑得比熊快——你只需要跑得比另一個傢伙快就行了。

此刻她就在想這則笑話。

接下來這部分，露依絲以前也做過。
把菈薇妮亞弄下車。把菈薇妮亞弄上樓。把菈薇妮亞放進浴缸，打開水龍頭。
洗她那頭糾結、發亮的金色長髮。
順便把血跡清掉。

⁂

我要直接回家嗎？
咪咪傳來第二十則簡訊。
天啊我超醉的，我快暈倒了。
露依絲心想：*這不可能是真的。*
世上沒有一件事是真實的。
菈薇妮亞的眼睛依舊睜得大大的。
這不可能，不可能是真的。
菈薇妮亞的手機響個不停。
露依絲會撐過去的。她可以的。

我只是需要時間，她想，我只需要再多一點點時間就行了。

「親愛的！」

露依絲要是認真起來，她可以把聲音裝得非常像菈薇妮亞。她很能掌握自己的嗓音。「親愛的，咪咪！我真的真——的很抱歉！」

「妳在哪裡？」

「妳還在P.M. 嗎？」

「哈爾說妳走了。他說妳不舒服。」

「只是離開一下子，親愛的。我需要透個氣，沒事。」

「那妳在哪裡？」

露依絲在心裡大喊幹！幹！幹！

然後露依絲心想拜託讓時間暫停吧！一秒鐘就好。只要有足夠的時間讓我把這一切搞清楚就好。

「我醉得好厲害！」咪咪哀號。「我的世界全部變得歪七扭八！快來跟我一起玩！」

露依絲曾經把動也不動的菈薇妮亞拖過舞池。

這不能是哈爾最後一次見到菈薇妮亞的模樣。不能是任何人最後一次見到菈薇妮亞的模樣。

她得讓菈薇妮亞再多活幾小時。

⁂

「等等去保加利亞酒吧跟我碰頭。」菈薇妮亞說。菈薇妮亞一向喜歡冒險。她總是這樣。「我現在在Uber車上，正要過去。我發誓，親愛的。」

「妳真的會來？」

「會啊，當然會。我會去。」

「那露依絲也會來嗎？」

她露出一記不起眼但尖酸、刻薄的冷笑。

「老天，當然不會。」菈薇妮亞說。「說老實話，我有點受不了她了。」

這事其實沒有想像中困難。脫掉菈薇妮亞身上的禮服，洗掉血跡，穿上，再用狐毛披肩遮背。雖然菈薇妮亞的身體十分僵硬，但整個過程堪稱順利。

頭髮就比較複雜了。她可以把頭髮往後梳、再鬆鬆盤起來，好讓整體看起來像菈薇妮亞試著固定頭髮卻失敗了（菈薇妮亞一向沒辦法弄好頭髮。就連一次也沒成功過）。

她塗上菈薇妮亞的唇彩。

她噴上菈薇妮亞的香水。

她拉上浴簾。

菈薇妮亞在計程車上貼出兩人的自拍照。最佳拍檔。

四分鐘內就得到十五個讚。

菈薇妮亞向Uber司機提起自己的名字，滔滔不絕大聊藝術與人生，傾吐她有多渴望浸淫在藝術中、甚至想把自己變成一件藝術品——自我創造，創造自我。

「我認為大家都不明白自己擁有的自由。」Uber在艾賽克斯與李文頓街口靠邊停時，她如此說道。她給了小費（付現），但其實一般人不會給Uber司機小費的，所以這麼做只會讓他記得**妳**這個人，牢牢記住。

菈薇妮亞又上傳一張照片至臉書，拍的是李文頓街、天空、星光和城市之光。「算了吧，傑克，」她在照片底下引用電影《唐人街》台詞，「這裡是唐人街。」技術上來說，這裡是下東區，但菈薇妮亞才不會被這點綁住，因為菈薇妮亞認為藝術比事實更高貴、更重要。她走進保加利亞酒吧。

咪咪寄了好多貼圖給她：獅子、老虎、熊。

我快到了，菈薇妮亞說。

妳先進冰窟吧。

保加利亞酒吧是這麼玩的：

脫光衣服，免費招待一杯酒。在酒吧打砲，免費得到一瓶酒。付三十塊就能進入蘇維埃冰窟，換上店裡提供、貨真價實的蘇維埃古董軍裝，還有蘇維埃毛帽，然後酒保會拿走你的手機、隔著玻璃，在你暢飲伏特加的時候——酒杯是冰塊做的，你可以在酒杯融化前無限暢飲——用你的手機替你拍照。

這會兒咪咪已經進了蘇維埃冰窟，全身上下除了內衣褲和蘇維埃軍外套啥都沒有。喔，還有頭上那頂毛帽。

她整個人貼在玻璃牆上，某個露依絲以前不曾見過、未來也不會再見到的男人正在親吻咪咪的頸背，手指滑過她內褲的三角地帶。

菈薇妮亞遞出菈薇妮亞的信用卡。她告訴吧檯，那個醉女孩的飲料錢也全部記在她帳上。她拍下咪咪的模樣，上傳，標示人物地點。波沃夫．馬蒙立刻按讚。

咪咪踉蹌走出冰窟，菈薇妮亞抓住她。

「親愛的！」

「菈薇妮亞？」

菈薇妮亞湊近她耳邊低語。她站在咪咪身後，頭髮落在咪咪肩上，香氣圍繞著她。「抱歉讓妳等這麼久。」

「不論妳在哪裡我都想妳我想妳好想妳。」

咪咪連站都站不好。

「我幫妳叫了一杯。」

她把酒塞進咪咪手裡。

「一口喝掉！」

咪咪照辦。咪咪晃了一下。

咪咪伸手摀嘴，好像快吐了。

「菈薇妮亞我好怕。」

這裡人好多。光線昏暗。兩人相倚共舞。

「我永遠不可能生妳的氣。」菈薇妮亞說。「我愛妳！」

「我想妳。」咪咪咕噥，眼神失焦。菈薇妮亞不時移出她的視野。「妳根本不知道我有多想妳。」

「我們來自拍！」菈薇妮亞說。

兩人拍照。

菈薇妮亞抵著咪咪的臉頰、吻她，咪咪毛帽的耳片模糊了她的五官，誰也看不清她的臉。

菈薇妮亞也把這張照片放上臉書。

「今晚我們要大玩特玩，玩得超開心，對吧！」

「那還用說！」菈薇妮亞說。

她引導兩人擠進人群。

她把咪咪交給那個早先伸進她內褲愛撫她的男人。

凌晨四點，菈薇妮亞尚在人間。

之後菈薇妮亞不論發生任何遭遇，今晚的一切全都不干露依絲的事。

只要她有不在場證明，她就能全身而退。

一旦失手殺了人，露依絲心想，接下來就是要製造不在場證明。這完全符合邏輯，至少她是這麼認為的。

露依絲用她自己的手機發訊息給咪咪。

妳們在哪裡？

菈薇妮亞跟妳在一起嗎？

我沒有鑰匙。

咪咪沒回。此刻她大概在那個陌生人床上吧。不過等到太陽升起、不論她在何處醒來，任誰也沒辦法從她嘴裡問出她到底有沒有和菈薇妮亞．威廉斯度過那些個如史詩般燦爛、一輩子能有幾回的難忘夜晚；又或者她和菈薇妮亞．威廉斯到底有沒有一起待到凌晨時分。她連一秒鐘的記憶也沒有。

凌晨四點，露依絲打電話給芮克斯。

「對不起，」她說，「真對不起。我不知道有人打電話給我。」

「妳沒事吧？」

就大清早四點鐘這個時間而言，他的聲音聽來十分清醒。

「還好，只是我──我沒有鑰匙。」

「什麼？」

「菈薇妮亞……她跟咪咪一起來，然後昨天歌舞劇結束以後，我們──算了，不重要。」

「她拿走妳的鑰匙？」

「我們只有一副鑰匙。」露依絲說。「我沒有鑰匙。然後她又不接電話。」

「妳沒跟她一起離開？」

「她沒來找我。」

她聽見芮克斯在電話另一端吁了口氣。

「來找我喝咖啡吧。」他說。

菈薇妮亞走進某二十四小時營業餐廳的洗手間。爾後換露依絲走出來。

她把頭髮紮成馬尾。她穿了一條迷你裙——跟P.M.要求她穿的那條超級迷你裙差不多（現在再想那份工作也無濟於事。不用說，她肯定又被炒魷魚了）——上身則是一件看起來相當放蕩的亮片小可愛（這身打扮使她有點像雅典娜大閨女）；不過這是因為她得設法證明自己「下班後未曾進家門」。

她把菈薇妮亞的衣服仔細摺好，收進塑膠袋，以備不時之需。

有時候露依絲也對自己的精明感到訝異。

露依絲和芮克斯約在他家附近。地點是東村一家全年無休的烏克蘭料理咖啡廳（店名「威賽卡」，牆上有好些早期紐約庶民生活的畫作），他們選了鹵素燈下的靠窗座位，望著黑夜漸漸消逝。

芮克斯眼袋有點腫。他穿了一件休閒西裝外套。

「跟我碰面不用穿這麼正式吧？」露依絲說。

兩人整整十分鐘未發一語。啃著油膩膩的餃子、啜飲帶焦味的咖啡，默默盯著彼此。

「沒有啊，」芮克斯說。「唔，我是說……我是說我從來沒有……我——」他又端起咖啡喝了一口。

然後他嘆氣。露依絲什麼也沒說。

「呃，」芮克斯又說，「我認為她應該很快就會回家了。她以前會這樣嗎？」

「偶爾。」她抬眼看他。「不過沒這麼晚過。」她嚥嚥口水。從現在開始她得謹慎應對。「我在想，你覺得她會不會出了什麼事啊？」

說不定菈薇妮亞在暗巷被搶了。說不定她又在公園裡跌一跤，一拐一拐回到家。但此刻露依絲想不到這麼遠。

現在露依絲只能專注一件事：絕對不能失控尖叫。

「咪咪有回妳消息嗎？」

露依絲聳聳肩，「還沒。」

「然後妳又沒有鑰匙。」芮克斯說得一副好像深深替她感到遺憾的樣子。

「分租總是有些不成文的規矩。」

「肯定是這樣。」他說。

「是啊。」露依絲說。「可是我真的很抱歉，非常非常抱歉，我實在不該吵醒你。不該為了這種事打給你。只是，只是我不知道還能找誰。」

「我很高興妳打給我了，」芮克斯說，「我喜歡跟妳說話。」

「要是被她發現——」

「我們就死定了。」芮克斯接著說。而露依絲得非常非常努力才能忍住不瑟縮退卻。

窗外，天光乍洩。破曉的玫瑰色漸漸抹去餐廳地面上的暗影。

「我很討厭自己把妳拖下水。」芮克斯說。

「沒的事，」露依絲答，「而且，相信我，是我的錯。」

「我知道這樣不對，」芮克斯說，「我心裡明白。」芮克斯輕輕吐氣。「她是個好人——其實她心地很善良。不是嗎？」

事到如今，露依絲不再那麼肯定了。

「也許吧。」

「只是她……她太——」

「太熱情？」

「對。」芮克斯說。「她太——太過火了。」他嘆氣。「但她這麼做也不公平——對妳要求太多。」

「還好啦。」露依絲回答。

再撐幾個鐘頭。撐到早上就好。妳沒問題的。

等到早上，她就會想出殺死菈薇妮亞的辦法了。

「妳很聰明又風趣，而且人又這麼好。」

「別說了。」她輕聲斥責。

「而且妳實在是不可多得的好朋友——妳真的當之無愧。所以我很難過，妳根本他媽的不該這麼一大早——抱歉我說髒話——早上五點還坐在這裡。」

「別說了，」她再度制止他，「求求你別說了。」但他充耳不聞。

「妳不該遭受這種對待。」他握住她的手。

但事實是露依絲活該。

露依絲向自己保證過，她不會哭。她很能忍，不輕易掉眼淚。從地板架起菈薇妮亞的遺體時，她沒哭，將菈薇妮亞拖出夜總會時，她也沒哭，後來不論是在Uber上、或是把菈薇妮亞放進浴缸、或上傳兩人合照時她都沒哭，因此露依絲不明白這會兒她到底在哭什麼。但芮克斯望著她的眼神是如此溫和仁慈，如此寬宏大量，因此露依絲滿腦子只剩一個念頭：那就是大家至今在她身上看見的所有缺點和劣根性全是真的。不論在哪個世界、什麼地方，她就是會做出這種事。她本性如此。

「我覺得很抱歉。」芮克斯一逕地說。好像這真的干他什麼事似的，而且還用一種再也不會有其他人用同樣方式看她的眼神看著她。要是他再繼續這麼盯著她瞧，她可能會撐不下去，把事實真相全都告訴他。「天啊，對不起，我很抱歉，我不該——我沒有立場說這種話。」

「沒關係。」

她扔下二十元紙鈔。

「我要走了。」

這一夜只剩下一種結束方式：自首。

芮克斯始終抱持無與倫比的信心，瞪大雙眼、眨也不眨地望著她。露依絲想起他曾經說過，在完美的世界裡，大家都做得到。雖然這個世界並不完美，但露依絲決定她的世界可以是完美的——所以她要去警察局自首，把她做過的每一件事、毫不保留全部說出來。

在天剛破曉的那一刻，露依絲十分確定她會去自首。

芮克斯追著露依絲走上第二大道。

「露依絲，等一下！」

他上氣不接下氣。他把外套忘在店裡了。

露依絲伸手招車——她瘋狂且用力揮手，努力想搞清楚接下來該往哪兒去——明確說來是想搞清楚在殺人以後，下一步該怎麼辦？附近有沒有警察局？還是妳可以上Google搜尋最近的轄區派出所，還是待會兒只要對妳見到的第一名警察說不好意思，有個女孩死在我住處的浴室裡就行了？

芮克斯快步衝過斑馬線。一名單車騎士差點撞上他。

「你到底想怎麼樣！」她問他。於是他吻了她。

芮克斯吻的不是她。

他吻的是擁有漂亮金髮、溫順眼眸、心地和他一樣善良的女孩。這個女孩害羞、聰穎慧黠、宅心仁厚，吃了好多苦卻仍處處為人著想，立意良善。他親吻的這個女孩清晨四點被朋友鎖在門外卻不曾抱怨一句，這個女孩孤單的時候會獨自跑去大都會美術館。他親吻的這個女孩不曾失手殺人。

而她滿心只想回應他的吻。

他們搭上那輛計程車返回芮克斯住處（雖然路程不過幾條街遠），因為兩人的雙手都離不開對方。露依絲掏出皮夾裡所有現金支付車資、外加一筆為數驚人的小費，因為那是菈薇妮亞的錢，而現在她連碰都不想碰這些鈔票。

他倆攀附在彼此身上。兩人彷彿融為一體，相互湮滅。芮克斯的圍巾勾住露依絲粗俗可笑的亮片上衣，她的淚水沾濕他的臉頰（但剛開始她甚至沒意識到自己在哭）。儘管如此，他仍不斷吻她，同時喃喃說著這不是妳的錯，對不起，這不是妳的錯。兩人在他的住處公寓前接吻，進了大廳又吻了一陣，上樓梯也吻，經過每一處轉角都吻一次——到後來他們經過不知多少個樓梯轉角、吻了不知多少回（因為這棟公寓沒有電梯，而他住五樓）。最後他倆在他家門口又是一陣狂吻，露依絲雖滴酒未沾卻覺得自己醉了。又或者醉的其實是菈薇妮亞——那個還活著的菈薇妮亞、和咪咪度過此生最精彩一夜的菈薇妮亞，那個被咪咪標示在她剛剛上傳的照片中的菈薇妮亞（但底下的說明顛三倒四、錯字一堆，硬扯上波特萊爾、美酒與美德云云），那個今晚將遭人搶劫、香消玉殞的菈薇妮亞。又或者其實她倆仍彼此相繫——因為在海邊的那一晚，露依絲能感覺到菈薇妮亞體會的每一分、每一毫感受，所以她也跟著醉了。又或者那只是因為有個心地溫暖又仁慈善良的傢伙正在吻她，朝她耳際深處呢喃她的名字，她的名字，訴說著她有多棒多美好。

「我滿腦子都是妳，」芮克斯低語，「我無時無刻不想妳。我知道，我很抱歉，求妳讓我停下來，別再讓我這樣想妳。」但兩人只是更用力抓緊對方。他扯下她的亮片上衣和那一截可笑、僅及私處的迷你裙，再來是她的胸罩（這時她才意識到那是菈薇妮亞的內衣，太遲了，不過他大概也不會注意到吧）。他用雙手上下撫過她身軀，看著她——真真切切地看著她——然後說我的老天，妳好美，彷彿他是一片真心。

「阻止我，叫我住手。」芮克斯低喃，露依絲不從。他吻她頸項的時候她不阻止他，他傾身壓住她的時候她也不開口，後來就連他低聲問她有沒有保險套的時候，她甚至回他一句算了沒關係，因為跟此刻比起來，沒戴保險套的風險根本不算什麼。

她用雙腿圈住他，雙手環抱他，他靠上她、摟住她抵著她然後進入她。但重點來了：此刻露依絲滿腦子都是今年一月那一晚——菈薇妮亞認為她們兩人好一陣子都沒有盡性了，於是她把全部的門都鎖上，把所有的燈都關掉，在屋裡各處點起蠟燭。她還放了李斯特的《愛之夢》，那是露依絲第一次聽這首曲子；在燭光中，菈薇妮亞向她說明整首曲子都在訴說在愛的包圍之中死去，每個人都會死，*der stunde kommt*（德文「那一刻總會來臨」）。菈薇妮亞躺在長沙發上，月光灑在她胸口；但或許芮克斯才是菈薇妮亞最初開始聽《愛之夢》的唯一理由。露依絲心想，沒錯，肯定是這樣，但此刻正在回吻他的她卻不明白，這一切還有沒有可能是真的。露依絲不知道自己究竟是恐懼、害怕或得意，不知道自己究竟是墜入愛河或只是奮力求生；她只知道，她的世界結束了，但世界仍持續轉動。

此時此刻，露依絲只需要知道一件事：芮克斯在她體內。她需要他留在她體內，因此她緊扣著他，抓得好緊好緊，然後繼續呼吸。因為如果不緊抓住他，如果她失神鬆手——就算只有一秒鐘——菈薇妮亞就會將她一把掃進大海。

6

露依絲醒來，心情愉快。

這份認知令她驚奇。

她不記得最近一次像這樣開心醒來是什麼時候的事了：被人摟在懷中，抵著溫暖胸膛，有人搓揉她的髮絲或是用指尖輕搔她額頭。她甚至不確定自己是否有過這種時刻。

至少她不曾在有人親吻她頸項的時候醒來。不曾在某人雙唇貼在她肩上時醒來。不曾在如此燦亮的陽光下醒來。

陽光篩過百葉簾，在牆上印出格柵。她讚嘆凝視。儘管此生已見過無數次這般景象，今天卻是她第一次伸出手指按住陽光——因為她仍懵懵未醒，以為她能捉住陽光。

「早安，美人。」他說。

露依絲心頭一驚——他與她共度一夜，整整一個晚上，卻絲毫不曾懷疑她到底是哪一種人。

「我有個祕密，妳想不想知道？」

他迅速在她肩上印下一吻。刺刺癢癢的。露依絲想都沒想就笑了。

「什麼祕密？」

「我不想起床。」

沒戴眼鏡的他頻頻眨眼。

「不要告訴別人。」

「我不會說的。」她低語。

※

手機在響。

露依絲猛然回神。

「該死——該死！」

「怎麼了？」

他撥開她臉頰上的髮絲，對她極為寵溺。

菈薇妮亞的手機在響。手機爆出華格納《崔斯坦與伊索德》序曲，響徹芮克斯的公寓。

她擔心芮克斯會認出她的手機鈴聲，但他只是伸進她的皮包，掏出手機交給她。

咪咪打來的。五通未接來電。

露依絲將來電切入語音信箱。

「沒事吧？」

菈薇妮亞的臉書有五十六則未讀通知。

「沒事。」露依絲關掉手機電源。露依絲不久前才殺了人。「沒事。一切都很好。」

「是不是——」

「不是。」

她深呼吸。

「是咪咪打來的。」她說。

「有她的消息嗎？」

「沒有。」

這會兒換他吐了口氣。

「那大概沒事。」他說。「他也許在咪咪那邊。或者，妳也知道，在某人家的桌上跳舞，或者在巴黎。誰知道？」

「是啊，誰知道？」露依絲說。

他起身走向窗前。

看著他赤裸的身軀，他比她想像的還要削瘦。他的胸膛蒼白發亮，甚至有些內凹。肋骨根根分明。不過在她眼裡，他英俊得不得了。

「所以，」他揉揉眼睛，「妳打算怎麼辦？」

「什麼怎麼辦？」

「菈薇妮亞啊。」

「菈薇妮亞怎麼了？」

「妳要跟她說嗎？還是我來說？」

「說什麼？」

「我們的事啊。」

也許露依絲還在作夢。

「我們怎麼了？」

你帶我上床，她心想，還有什麼好說的？

他在床緣坐下。「我是說，如果我們繼續維持這種關係，應該瞞不了太久。」

露依絲壓根沒想過，芮克斯竟然想繼續跟她發生關係。

有時候有些人就只是想上妳。如果妳夠漂亮，那是天經地義；假如妳不夠漂亮，那麼至少也得是個金髮女郎。一般人會想上妳一次，然後以工作為由，一大早離開，並且說他們過幾天會再聯絡妳，然後不再出現。

「你想再跟我上床？」

（雖然這兩件事或許並不相關，但是對於此刻在紐約上城公寓浴缸裡還有具屍體要擔心的露依絲而言，她完全無心思考這件事。）

「妳不願意？」

「我當然願意。」露依絲還沒意識到自己說了什麼就這麼說出口了。「可是我們，我是說，我們不可以。」

「因為菈薇妮亞？」

「對。」露依絲說。「當然是因為菈薇妮亞。」

他嘆氣。「說不定，妳知道嗎，說不定情況不會這麼糟。我是說——也許剛開始會很辛苦、很不容易，妳知道，可是——」

她非常訝異他竟如此愚蠢。

「她把你的手帕給燒了耶？」

「老天，」他笑道，但只笑了一下子，「她當然會這麼做。」

他這句話隱約帶著讚美的意味，但即使是現在，就算是現在，她也討厭他這種語氣。嫉妒啃噬她的心。

「聽我說，露依絲，」已經有好長一段時間沒人喚她全名了，「我知道這樣很自私，」他好平靜，「但是我真的好喜歡妳。我心裡非常清楚。」

她直覺地伸手探向他。指尖拂過他頸背。

「想要快樂不算自私。」她說。

她的舉動完全不經意識。她輕觸他肩膀，按摩肩頭。

「應該由我來說。」芮克斯開口。「我會跟她說。這是我的責任。我會向她解釋，說妳一開始並不願意，是我說服妳的。我來當壞人。這我不介意……」

「不行！」

她突然拔高音量。

「不可以——我是說，這樣不好。讓我來說。等她回來以後。」

「妳確定？」

「我確定。」

「那我可以在外面等嗎？」

「不會有事的啦。」她說。

「聽我說，假如妳需要找地方窩個兩三天……」

「嗯？」

「我是說，如果妳沒地方住的話……呃，這裡雖然只有一個房間，空間不大，不過我倒是有兩副鑰匙。」

他親吻她的指節，待她如珍寶。

這時露依絲猛然想通一件事。

不論昨晚發生過什麼事，她和他的這一段都會成真。

假如她是在P.M.打給他——滿臉淚痕、驚懼不已——最後也會得到完全一樣的結果。他會吻她，帶她回家，讓她待下來。

菈薇妮亞死得毫無意義。

「在想什麼？」芮克斯問她。

露依絲忍不住笑起來。

即使淚水滑下臉龐，她仍止不住地笑。

後來露依絲從芮克斯住處外頭搭巴士回家。她在亮片上裝和迷你裙之外再套了一件他的連帽運動衫。公車駛過長長的第五大道，車速緩慢，但露依絲並不在意。晚點回到家，浴缸裡還有具屍體在等她，而她得決定該怎麼*殺死菈薇妮亞*。

現在是夏天。太陽出來了，天空是一片深邃無比的藍；若不是因為浴缸裡的那具屍體，露依絲此刻幾乎可說是開心的。

這種情況不可能永遠持續下去。

露依絲心裡明白。

她勢必得找出殺死菈薇妮亞的方法。她得設法在他們發現搶匪不會用奇里斯街夜店的洗手台敲破她腦袋之前，先一步出城；然而她身無分文，一旦他們停掉莅薇妮亞所有的信用卡，她就什麼都沒有了。因為她既沒有家教收入，媚眼網和酒吧的工作也丟了，而且她絕不可能還保有P.M.酒促女郎的兼差。但話說回來，一張坐回德文郡老家的巴士票又要她幾個錢呢？

她開啟莅薇妮亞的手機電源。

她和咪咪的自拍照在臉書又多了四十三個讚。

咪咪傳了十二則手機簡訊。波沃夫・馬蒙發臉書私訊約她小酌（露依絲發現，這則訊息跟他發給她、找她喝酒的那一則不可思議地相似）。

另外還有珂蒂莉亞的一封電子郵件，提到即將到來的暑修和歷史考試。

她檢查自己的手機。無消無息。

然後在公車剛通過七十二街時，芮克斯傳來一則簡訊：**今天我會整天想妳**。他寫道。**無論發生什麼事，都祝妳好運**。

露依絲在心中一再呼喊：要是這樣就好了！要是這樣就好了！

但另一小小部分的她想到：萬一不是這樣怎麼辦？

氣味比她想像的還要糟糕。

她很確定自己出門前確實記得闔上莅薇妮亞的雙眼。但此刻她卻兩眼大睜，目光呆滯，直勾勾瞪著前方。

露依絲坐在馬桶上，瞪著屍體好一會兒。

她沒看過屍體，但她以為屍體看起來會比眼前這一具更像屍體。眼前的它看起來還是很菈薇妮亞，只有一點點不像她，彷彿是某種道具人偶。

她開啟無痕視窗（她常看《法網遊龍》，曉得警方第一步會先檢查搜尋記錄）。

她Google「如何處理屍體」。

原本她並不奢望會查到什麼有用的答案，但還是有一搭沒一搭地逐條瀏覽，因為除此之外她也想不出別的辦法。

結果《城市奇狐》竟然開玩笑地登過一份清單。而且格瓦納斯運河裡竟然藏著一大堆屍體。

仔細想一想，露依絲並不覺得非常訝異。

露依絲繼續要自己保持冷靜。非常冷靜。

她把所有選擇迅速想過一遍。

她身上有六十四塊。她有鑰匙。她有駕照。

她有一張提款卡也知道密碼，而那個帳戶裡還有大概十萬塊錢。不過現在她還沒辦法思考那一塊。

她可以找一天深夜，把菈薇妮亞放在某座公園裡（她始終沒回家。而她一直找不到菈薇妮亞。有人在綿羊草原發現菈薇妮亞。她折回芮克斯的住處，表示她找不到她，她擔心死了）。這說不定是一宗搶案。又或者，也許，這是自殺案件（說不定她的屍體是在中央公園湖心的小船上發現的。跟歐菲莉亞一樣，就像她一直以來想要的結局）。她也可以把菈薇妮亞扔在小巷。

若是照電視上演的，警方最後總能判定真正的死亡時間。然而在現實生活中，露依絲不清楚這一切如何運作。所以她也上網查了。顯然，人在死後有幾小時「空窗期」，這表示她應該能全身而退；但話說回來，她又怎麼可能完全放心、甚至萬無一失？但結果說不定會比她想像的更好，露依絲心想。要是屍體永遠沒被找到的話。

咪咪又傳簡訊來。

昨天晚上是我跟妳在一起最棒最開心的一晚。

我們一定要趕快再約喔！

兩頭水豚彼此握手（貼圖）

露依絲心想，妳不可能永遠騙過每一個人。

但她又想，說不定妳可以。

時間應該不會拖太久，她心想，只要足以讓她再從菈薇妮亞的戶頭多領一些錢就行了。只要有時間讓她想出整套計畫就行了。

現在她已經有一套看似合理的說詞：菈薇妮亞因芮克斯而心碎。菈薇妮亞不想活了，因為她發現芮克斯在跟別人約會。菈薇妮亞吞了一大把藥。菈薇妮亞寫下詞藻華麗的遺書並且PO上網。眾人悼念。無人驚訝。

說不定，露依絲心想，菈薇妮亞總有一天會走上完全一樣的結局。搞不好菈薇妮亞總是想著要尋死，露依絲只不過是幫了命運一把而已。

親愛的！昨晚和妳在一起，實在是太棒太開心了！

菈薇妮亞喜歡寫很長的句子，敘事詳盡、像寫信一樣。露依絲深知這一點。

抱歉昨晚不告而別。我被那裡的音樂迷住，醉得無法自拔。

妳呢？玩得開心嗎？

小菜一碟。

露依絲把菈薇妮亞的屍體塞進充作茶几的古董衣箱裡。

這是最困難的部分。

原來，光靠擺弄肢體並無法縮小人類體積。妳得打斷骨頭才行。妳得拿把槌子或斧頭，或是十九世紀新哥德風的古董槌（如果妳人剛好在菈薇妮亞住的這種高級公寓、而灰泥壁爐架上剛好又擺著一支的話），猛敲手肘與膝蓋骨，直到能把整個身體塞進箱子裡為止。那個聲音聽起來有點像敲碎哈密瓜。至於氣味則是露依絲不曾聞過的味道。

待妳把大腿骨、手臂敲成兩三截之後，她看起來就不會像先前那樣，那麼像個人了。

露依絲永遠不可能忘掉骨頭敲碎的聲音。

她花了三十分鐘，用電捲棒把頭髮弄捲。捲一點。再捲一點。

菈薇妮亞租了一輛搬家貨卡。

她穿了跟上次租車時完全一樣的衣服。同一件繞頸背心、同一條闊腳褲，頭上綁著同一條絲巾並且戴上同一副太陽眼鏡。她選擇同一家租車行。她亮出證件。

菈薇妮亞說了好多教人印象深刻的話，表示她即將踏上一場偉大冒險，一次朝聖之旅，說到連那位站櫃檯的女士大翻白眼、啪地甩出鑰匙，只求菈薇妮亞趕快閉嘴走人。

菈薇妮亞上傳第一大道的照片，秀出湛藍天空和五十九號街橋的風景。她還引用「賽門與葛芬柯」（Simon & Garfunkel）樂團某一首歌的歌詞，反正大家看到這座橋的時候，心裡大概都是這麼想的吧[34]。她在這裡打卡標記。

菈薇妮亞在紐約市區度過一個平靜美好的星期天。

情況怎麼樣？芮克斯發簡訊來。

我們晚上會談。露依絲回覆。

她抓起古董衣箱一側的把手。古董衣箱刮過漂亮華麗的硬木地板，緩緩移出公寓大門。

午夜將至。古董衣箱通過廊道，在地板上發出巨大噪音。露依絲不明白怎麼會這樣。菈薇妮亞明明很瘦呀——她無時無刻不意識到菈薇妮亞有多纖瘦苗條。但一個這麼瘦的人怎會變得如此沉重？古董衣箱擦過牆壁。

露依絲兩隻手快脫臼了。她好不容易把衣箱送進電梯。

走廊另一端的公寓門開了。

溫特斯太太看著電梯門關上。電梯載著露依絲和菈薇妮亞降至一樓。

露依絲花了三十分鐘才把菈薇妮亞弄上貨卡後車廂。

露依絲又推又拉，氣喘吁吁，期間甚至有幾度認為她根本不可能把菈薇妮亞弄上車了。她肌肉痠痛，肌腱緊繃。對她而言，菈薇妮亞還是太重了。露依絲覺得這一切完全不值得。

她想，我就坐在這裡等警察來好了。

警察來了以後，我就告訴他們箱子裡有一具屍體。

他們不相信，那我就秀給他們看。

然後他們會把我帶走，然後最後……最後我會被判死刑。

贏的是菈薇妮亞，她心想。

那又怎樣？就讓菈薇妮亞贏了吧？

她就這樣坐在古董衣箱上大概三、四、然後是五分鐘，環抱膝蓋抵住胸口。

菈薇妮亞的手機在口袋裡嗡嗡震動。菈薇妮亞的香氣沾了滿手。

不能讓菈薇妮亞就這麼贏了。

所以露依絲深深地深呼吸。

34　譯註：此處推測是指《Bridge over troubled water》這首歌。

她又練習一次，用力深呼吸。

她使勁推。

她使出全身的氣力用力推。推得嘔出酸水，灼傷她的喉嚨、她的舌頭，就連嘴唇都覺得疼，而她的胃仍未因此平復。

她這輩子不曾這麼痛苦過。

她終於把古董衣箱推上後車廂。

⁂

露依絲朝羅斯福大道前進，沿著曼哈頓區邊緣來到東河與哈林河交會處。這些都是在Google上查到的。其實她不太清楚自己到底在做什麼，但她假定其他想把屍體藏起來的人，大多也不曉得自己在幹什麼。

她一路開到史溫德勒海灣公園。海灣對面是紐約聯合愛迪生電力站陰影中的西二〇一街住宅區。

露依絲心想，她很久沒到這麼高的地方了，上次是她和菈薇妮亞去了哈林區——因為菈薇妮亞決定她**要**喜歡福音音樂——但露依絲此刻也沒辦法想這麼多。

公園有好些地方都整修過了，但也有更多地方還未動工。沼澤邊有不少任意棄置的木板、忘了帶走的可樂罐、以及一根根倒在河裡的腐爛木柱。

露依絲待在車上、等到凌晨三點，以防有人看見。

她把車子往河岸開，盡可能靠近水邊。

最有意思的部分是，這時候竟然還有人在公園裡——大概一兩個吧，不是哈草呼麻就是在講手機。以前她總是很害怕這麼晚仍隻身在外、而且附近還有男人，但現在她完全不怕。

她掀起汗衫、脫掉，點了一根菸，繼續等待。

這些人連瞧也沒瞧她一眼。

男人離開之後，露依絲把古董衣箱從後車廂拖下來。這簡單，拖下來比推上去輕鬆得多；不過箱子撞上水泥地的聲音還是很響亮。（露依絲心想，不知這聽起來像不像骨頭相撞的聲音？）

她扣住把手，將古董衣箱一路拖向河邊。手好痛。但這會兒露依絲早已習慣這種痛了。

然後露依絲幹了一件蠢事。太蠢了。

她打開衣箱。

莅薇妮亞仍瞪大雙眼。目光呆滯依舊。眼眸湛藍依舊。

她的長髮如蛇一般繞過臉龐、頸子與折斷的四肢。莅薇妮亞秀髮蓬鬆，猶如前拉斐爾派畫家的筆觸，使她看起來彷彿還活著——彷彿她的頭髮仍然活生生、擁有自己的意志，不受約束繼續生長。如果妳靠得太近，這頭長髮說不定會纏住妳、絞死妳。

聽說，人死後，頭髮還會繼續長長。露依絲看過類似報導。但她不曉得這是不是真的。

她啪地關上箱子。

露依絲抵著欄杆、抬起古董衣箱——這是最後一次了。

她放手讓箱子落入水中。讓河水帶走它。

水流包圍、吞沒古董衣箱，一切彷彿什麼也沒發生過。說不定真的就是這樣。

黎明拂曉，菈薇妮亞拍下東河日出。

航向日落的彼岸，沐浴在
西方閃耀的星光下，至死方休

回家路上，菈薇妮亞在英伍德區某提款機領了四百塊出來。

露依絲把貨卡停在英伍德區，然後搭地鐵回家。

露依絲動手整理兩人的物品，分堆擺放。菈薇妮亞的衣服，她的衣服。她整理珠寶首飾。她清點屋裡還剩多少現金。菈薇妮亞掉了不少銅板在沙發座墊夾縫裡，另外還有散落各處且皺巴巴的紙鈔——面額有二十塊、十塊——零零總總加起來一共是四百五十塊四十二美分。

她將菈薇妮亞的手機接上電源充電。更多訊息湧入。她坐在菈薇妮亞的書桌前，打開菈薇妮亞的筆電。菈薇妮亞的所有帳號都維持在登入狀態。

她檢查菈薇妮亞的電子信箱。

李德蓋特發了一封派對邀請函：硬皮精裝大開本《情趣用品：祕密歷史圖鑑》新書發表會。蓋文丟了幾篇《混時間》八卦派對報導的連結過來，另外還請她也貢獻一篇日記（妳恰巧擁有那種能把人惹毛的敘事口吻，就點閱率而言再棒不過了）。還有一封來自她父母的電子郵件：

親愛的菈薇妮亞：

系主任通知我們，妳打算延後一學期回耶魯。這讓我們很難過。就長遠來看，我們認為這個決定不利於妳的未來發展，所以一致決定在這個學年（二〇一四——一五）結束後，不再支付學費替妳保留學籍。如果妳想完成學業、取得學位，請妳最遲在九月前復學。

妳妹妹在這裡的表現非常好，也很享受暑修課程。我相信妳應該已經聽說她的SAT測驗拿到二四〇〇高分，令我們非常驕傲。我認為妳在她準備大學申請這方面起了非常明確的示範和警惕，這非常重要，因為她仍堅持只申請天主教學校……

露依絲用力蓋上筆電。

露依絲試著思考：等到不得不逃跑的時候，她能上哪兒去？任何地方都好，德文郡除外，她心想。

手機響了。

又是芮克斯。

「聽到妳的聲音真好。」他說。

露依絲從Google圖片庫下載了一張紐約上州某美麗湖畔的落日景象。一般來說，這裡就是當某人發現自己的閨密竟然跟前男友上床，然後剛好口袋有錢、伸手攔車就能到紐約上州散心的那種地方。

菈薇妮亞住進碧根酒店，PO了一張照片。

重生。她寫道。

芮克斯和露依絲在哥倫比亞大學校區附近的「匈牙利糕餅店」喝下午茶。他的大書包裡塞了好幾本洛布文庫的書，眼袋仍舊非常明顯。

「今天我在專題研討的時候睡著了。」他握住她的手。「了不起吧？」

露依絲攪動咖啡上的鮮奶油，卻不喝它。

「還順利嗎？」他終於問出口。

她聳了聳肩。

「菈薇妮亞嘛，你也知道她。」

「她又燒了什麼東西嗎？」他在笑。微微地笑。

「沒有。她很冷靜。」

「真的假的？」他反問。「實在想像不到。總之有點難以想像。」

「應該說是，安靜。不是冷靜。是安靜。」

「那妳覺得她還好嗎？」

露依絲拎起鑰匙。

彷彿菈薇妮亞不曾如此寬宏大量。

「她說她需要空間。她要出門一個禮拜。去上州。」

「然後呢？」

「然後……」露依絲不太願意想這件事。「然後她會回來。」

他嘆氣。然後抬頭。「嘿，露依絲？」

她仍在攪咖啡。緩緩漾起溫和、甜美的笑容。

「我們不是壞人，對吧？」

她輕拍他的手。手指與他交纏。

「當然不是。」露依絲說。

「沒錯。」他說。「妳說的對。我真呆。我們來做點什麼有意思的事吧。今天天氣這麼好，而且我到禮拜三之前都沒有課。去博物館怎麼樣？」

「嗯，大都會美術館是固定選項之一。」露依絲回想，就她了解，那裡是老穿斜紋軟呢休閒西裝外套的男生大概會喜歡去的地方；「也可以去新藝廊，那裡的費迪南・霍德勒作品最完整，特別是——」但門票要價二十塊。

芮克斯沒接腔。

「新藝廊附設咖啡廳的薩赫巧克力蛋糕很好吃。」（水裡沒有屍體。河底沒有古董衣箱。蓮蓬頭上沒有血跡。）

「難道——」

「什麼？」

她看看他的臉。他耳朵好紅。

這個人，她心想，怎麼會在另一個人心裡佔有如此份量？

「是她跟妳……？」

「我真蠢。」芮克斯說。「我們應該去一次——我們當然要去。」

「可是——」

他又嘆氣。「我去過那裡。」

「嗯？」

「我是說——我們去過那裡。」

「所以？」

「所以那裡算是……是我們第一次約會的地方。」

「喔。噢。」

「對不起——我講了奇怪的話。我好奇怪。」

「不會啦，是我對不起。我不應該——」

「這種事妳怎麼會知道！」

露依絲忍不住反覆想像她和他在一起的模樣。菈薇妮亞那一頭未梳理的凌亂長髮，還有她興奮的笑容。他懷裡的菈薇妮亞光芒四射。古董衣箱裡的菈薇妮亞腳踝與耳齊平。

「我們回家好了。」露依絲說。

他們搭計程車回芮克斯的住處。芮克斯付了車資。

他們上床做愛。然後又在沙發上做了一次。然後他們蜷靠在一起，點了泰國料理外賣，看NetFlix影集《皇冠上的寶石》（The Jewel in the Crown）。外頭天氣非常好，而且像這樣的夜晚，紐約城裡其實有很多事情可做；但菈薇妮亞把能做的都做完了，所以他倆只好喝冰箱裡的啤酒，因為，至少露依絲很確定菈薇妮亞不曾做過這一件事。

跟她做愛的時候，他非常認真且細膩。他會把頭埋進露依絲頸間，在她雙乳之間或下方喃喃低語，還會把頭枕在她的髖部，貼靠她的大腿內側。

「老天，」他總是說，「妳真的好美。」

露依絲心知她不值得擁有這一切。但她心想，能像這樣多過一天也好。再多給我一天吧。

「嘿，露依絲？」

他對著她的肩胛說話。

「嗯？」

「妳——如果以一到十分的等級來說——妳有多討厭哈爾？」

「八分？怎麼了？」

「這星期六他要辦生日派對。就是那種……國慶與生日同慶的混合派對，地點在他爸家，然後……妳知道，應該會有很多人去。當然吃的喝的也都有。」他枕著手肘，「所以如果不會太奇怪的話……」

他吁了口氣，「我跟他說了妳的事。希望妳覺得沒關係。」

「沒關係啊。」露依絲說。「他不會太意外吧。」她翻身靠向枕頭，「而且他從很久以前就一直跟我講一些五四三。」

「他沒有惡意。完全沒有。等妳慢慢了解他以後……」

「所以他是天使？」

「妳知道怎麼回事。」芮克斯說。「他是我最要好的朋友。」

「是啊，」露依絲說，「我知道是這麼回事。」

露依絲返回公寓。（這感覺真好，怪異地好。鑰匙插進鎖孔，推開屋門，開燈。）她把菈薇妮亞的衣服全部收進衣櫃。把自己的衣服全部擺在架子上。

她套上菈薇妮亞的粉藍睡袍。

聞起來有菈薇妮亞的香氣。

她瞪著客廳空出來的那個「洞」——古董衣箱原來所在的地方。

菈薇妮亞又從上州PO了一張照片。

每個人都按了讚。

菈薇妮亞發簡訊給咪咪。

經歷信心危機，說來話長。跑來上州醒腦。但我好想妳！我們一定要趕快再去一次冰窟！好．不．好？

咪咪回了蜘蛛貼圖——七手八腳想用她所有的手臂回抱她。

芮克斯傳了一張住處窗外的照片給露依絲。

我已經開始想妳了。他說。

露依絲這廂的反應是：他真的很想我，是真的。

她努力要自己別去想她提起新藝廊的時候，他臉上的表情（她早該猜到的：因為那裡是菈薇妮亞三不五時就想去的地方之一，而且必定全副武裝——不是斗篷大衣就是皮草）。

她心想：其實有太多事我早就該知道了。

她把菈薇妮亞的衣櫃抽屜都拉開看過一遍，把菈薇妮亞的衣物（內衣、過膝長襪、絲襪、手帕）全扔在地上。她掃過菈薇妮亞的書架，然後一本接著一本抽出來扔在地上。她瞧瞧床底下，掀起波斯地毯檢查，翻了翻梳妝檯上的珠寶盒。她把床單撕成條條碎布。

她把書桌抽屜一格格抽出來。她扔釘書機、扔口紅膠、扔筆，再把墨水倒在羽絨被上。

然後她找到了。藏在書架後面的一只染色木盒裡。

一只信封。

一疊信。

有些事還是不要知道比較好。自己的死期和死法，這是其一，又或者是你會不會跟自己的老媽上床然後殺掉你老爸。還有別人在背後講你的壞話。你愛的人其實不叫那個名字。在這個世界上，人類作為社交動物，人際關係有辦法運作——這是有理由的；而這個理由最棒的部分是：有很多問題，聰明人是不會問出口的。

四年之間，芮克斯總共寫給菈薇妮亞兩百封信。

其中大多是他倆十六、十七、十八歲時候的信，那時兩人還沒離家上大學。他用鵝毛筆沾綠墨水寫信。他用封蠟封箋——蠟塊還在，只是邊緣稍稍破損。

內容十分彆扭。文字矯飾，充滿許多露依絲現已知曉的文學典故與錯誤引用。他連信都寫不好。

但它們卻是露依絲至今讀過最美的書信。

她對自己說，她只要讀一封就好：我親愛的菈薇妮亞，今天下午能在新藝廊欣賞克林姆特展，著實是一大樂事。她不曉得自己為何沒笑出來，不過此刻她滿腦子都是她自己和維吉爾・布里斯牽手走過德文郡林間的畫面——一邊抽菸（牌子是「美國精神」）、一邊茫然無神盯著前方，直到他轉頭看她並對她說好吧，假如妳這麼該死地想要的話……

我從來都不知道，芮克斯寫道——他倆在熨斗區廉價旅館向彼此獻出童貞之後的那天晚上——人，竟然能夠擁有如此深刻的感受。

我好怕，出發前往耶魯的前一晚，芮克斯告訴菈薇妮亞，真實世界會摧毀我們倆。

我好怕世界上再也沒有任何事能像那次一樣，對我具有如此深刻的意義。

露依絲徹夜未眠，徹夜讀信。

他在信上告訴她以後要一起去哪些地方（但他們永遠沒機會去了）。雖然露依絲看不到菈薇妮亞的回信，但她想像得到她會怎麼回答——因為信裡的字字句句都寫在她心上，宛如掌紋深深刻在她的掌心上。

我想要真真切切地活著，菈薇妮亞說。她在每一封露依絲無法讀到的信上都這麼寫：我只想盡情活著。

清晨時分，她在菈薇妮亞房間的地板上沉沉睡去。書信四散圍繞著她，宛如曼陀羅，如暈亦如環。

菈薇妮亞在臉書新增一則狀態，表示她有多愛鄉間生活。

菈薇妮亞又從戶頭領了五百塊出來，同樣在英伍德區，地點是那輛貨卡附近一處不起眼的提款機。

她戴著太陽眼鏡。

露依絲獨自撐過那個禮拜。

菈薇妮亞在上州度過她此生最愉快的一段時光。菈薇妮亞做瑜珈。菈薇妮亞參觀碧根酒店的現代藝術博物館、發了一篇文，內容盡述路薏絲・布茹瓦（Louise Bourgeois）的蜘蛛以及她的蜘蛛如何令菈薇妮亞從全新角度思考憤怒。菈薇妮亞正在學習擁抱她無法改變的事物。菈薇妮亞漸漸尋得內在平靜。

露依絲獨坐公寓，細讀書信，努力克制想把信紙用力扔出去的衝動。

哈爾的「七月四日派對」當晚，芮克斯傳簡訊給露依絲，通知她必須正裝赴宴。

抱歉，他說，*哈爾剛剛決定的。*

而露依絲手邊僅有菈薇妮亞的禮服。

菈薇妮亞有好多禮服。當然，這點露依絲早就知道了，但她從來不曾認真體會到底有多少。她不曾走進菈薇妮亞的大衣櫥，不曾以臉頰輕蹭那一襲又一襲絲質、錦緞以及天鵝絨禮服。她擁有復古禮服、正式晚宴服、還有好幾套優雅又保守的小禮服。露依絲連一次也沒看過菈薇妮亞穿這些剪裁精緻的短洋裝，就是一般人會搭配珍珠首飾的那種小禮服。

露依絲投入這群禮服的懷抱。

露依絲選中一襲禮服，在床上攤展開來。

聞起來還是有她的味道。

她戴上菈薇妮亞的耳環。穿上菈薇妮亞的鞋子。

望著鏡中倒影，她嚇壞了：她看起來好像菈薇妮亞。她心想。她得摸摸自己的臉，確定她不是她。

她用菈薇妮亞的粉底霜，感覺好怪——此刻碰她臉龐的不是菈薇妮亞的手，而是她自己的手指。拿粉餅輕按顴骨的手不屬於菈薇妮亞，劃過唇瓣的不是她，輕觸臉頰的也不是她。

她刷上腮紅。上睫毛膏。畫眼線。她不習慣自己做這些事。

她抹上菈薇妮亞的酒紅色唇膏。雙唇微噘。她對鏡子送了一記飛吻，彷彿菈薇妮亞就在鏡子另一邊，彷彿這是唯一能觸及她的方式。

露依絲的手指微微發抖，但唇膏依舊抹得十分完美。全在唇線內。

菈薇妮亞正在讀梭羅。

她引用惠特曼。

她坐在不知何處的爐火邊。

亨利．厄普丘奇住在紐約鼎鼎大名的達珂塔大廈，不過此刻他人在阿瑪根塞特；雖然哈爾在翠貝卡也有自己的住處——和一位來自麻州迪爾菲爾德、在高盛工作的朋友同住——不過哈爾總是在達珂塔待友宴客。

露依絲這輩子不曾走進如此富麗堂皇的屋子。窗外就是公園。天花板挑高到露依絲得伸直脖子，才能看見上頭那座水晶吊燈。皇冠壁飾，硬木地板，還有一間房裡什麼都沒有、卻恣意縱容地放滿了書，只放書。這屋子好空——空曠得可以到處轉來轉去，而露依絲此生頭一次理解何謂奢侈空間。

哈爾在屋內各處插上美國國旗。

他把國旗搭在沙發上，掛在肖像畫框上。每座門框都貼了彩旗。整間屋子所有可見平面全都有國旗覆蓋——除了壁爐上方的三幅肖像畫。

「傑瑞米・厄普丘奇。亨利・厄普丘奇——目前是三世。哈爾王子。」

肖像中的哈爾立於大廳，一身正式晚宴服，幾乎稱得上英俊。

此刻優游於客廳起居間的哈爾則戴著山姆大叔高帽、身穿粉紅襯衫搭亮藍色長褲；他的領結有小小大象圖案，與他身上的其他元素呈現強烈的視覺衝擊，而休閒外套手肘的補丁也是粉紅色的。哈爾拿著已開瓶的氣泡酒、以及一只紅白藍三色相間的卡祖笛。

「瞧瞧妳，」哈爾上下打量她，「妳看起來似乎已經非常適應這裡了嘛！」

露依絲微笑。

「所以芮克斯終於表白啦？」哈爾舉起紅色塑膠杯，大灌一口；「妳說怎麼著？這可是美國傳統唷！」

他遞給她一只塑膠杯，從外套口袋取出烈酒瓶。「私家特藏！」他說，「亨利・厄普丘奇的酒櫃只為極特定人士開放！」

「那我覺得自己好特別喔！」

她一口飲盡。

「很好。」他說：「妳是該感到特別。」

「生日快樂，哈爾。」

他咧嘴笑。他的門齒間有縫。「我的人生過了四分之一世紀，」他說，「卻一事無成。這全是神的旨意。咱們這一族的血脈越來越稀薄了。」他舉杯向各幅肖像致敬。「又或者他們是這麼說的。妳看見他們的相似之處嗎？」

「我只能說我看不太懂。」露依絲回答。

哈爾扭唇苦笑，又往她杯裡倒了些威士忌。

音響正重複播放《狄克西》（Dixie）這首曲子。

「你們進行得怎麼樣啦？等等——咱們來問問妳男朋友！」

芮克斯一身夏季正裝。

「年輕小露依絲竟然質疑我的血統與家族關係！你又是怎麼回事？」

芮克斯看著她，表情十分怪異，令露依絲暗忖菈薇妮亞是否曾經穿這套小禮服伴他出席社交場合。

「沒事，」芮克斯說，「妳好漂亮。我只是在想這個。」

他執起她的手，在眾人面前輕吻她前額，彷彿與她同在令他感到自豪，彷彿他要每一個人都知道。

波沃夫．馬蒙也來了。蓋文．穆拉尼也是，還有許許多多露依絲不認識但見過的人——不是在祕密書店派對就是在歌劇院，再不然就是麥金泰爾或P.M.，或者是其他任何屬於菈薇妮亞世界的人（雖然他們四散在紐約各處）應該會去的地方。

「露依絲，每次見到妳我都非常開心。」波沃夫說。他親親她的臉頰。沙發上有個女孩雙手交錯，用非常脆弱的眼神靜靜看著他倆。「我不曉得妳竟然認識哈爾！」他說得一副好像她有所隱瞞、不告訴他似的。

露依絲只是微笑。

「妳跟《混時間》的合作還順利嗎？我非常喜歡妳年初在網路上發表的那幾篇文章。」

「謝謝你。我也寫得很開心。」

「妳真的很不錯，妳知道吧？我是說，跟外面那些胡說八道的東西比起來。」

蓋文也過來打招呼。

「妳還欠我一篇稿子！妳這小婊子。」他舉起手，露依絲與他擊掌。

每個人都表現得她好像當真屬於這個世界似的。

哈爾對著窗外抽菸。「我之所以喜歡在家裡辦派對，有幾個原因。」他說。「我討厭不認識的人。亨利・厄普丘奇總說，二十五歲以後再去認識新朋友都是浪費時間。」他促狹地眨眨眼，以免有人覺得他語帶惡意。「我想我已經跨過這個時限了。對我來說，紐約只有十個人——而我也已經認識你們這十個人，所以其他人都可以丟進垃圾桶了。」

「但你還有五年，還有五年可以角逐三十新銳作家大賞！」波沃夫大喊。

「不了，」哈爾回答，「我只是個卑微的保險經理。」

眾人大笑（笑聲久久不斷）。

「這是我第一次進達珂塔耶……」一名眉毛畫得十分明顯、彷彿患了厭食症的纖瘦女孩向方才那位眼神迷濛的女孩說道。

✻

露依絲從頭裝到尾。

她和波沃夫．馬蒙聊歌劇，聊那些絕對絕對不會令她無聊到睡著的作品（當然她也絕對絕對沒有在私人包廂遭菈薇妮亞以手指侵犯），聊《塞爾維亞的理髮師》的那頭驢子（牠叫「加百烈爵士」）在舞台上拉了一坨屎，還聊到花腔女高音狄安娜．丹姆勞咳嗽的事。

她和蓋文．穆拉尼還有那個厭食症女孩（她叫印狄雅）聊彼此在柯雷芝、聖伯納、查賓、艾克希特和德文學苑等幾所學校認識的人——當然得包括德文學苑，這所學校露依絲可熟了（她說起那兩個惡作劇逃跑的學生，一副跟他們很熟的樣子；蓋文也出聲當她的啦啦隊，說這篇文章與《混時間》的風格十分契合），然後露依絲說了一段菈薇妮亞告訴她的往事：有個查賓的女生竟然拿曲棍球棒自慰、而且還錄下來傳給她男友，後來影片在網路瘋傳，她不得不因此退學。大家聽完都笑了，因為這群人已有好些年不曾想起這件趣事，而他們很高興有機會回味往事。

「妳真幸運，不是嗎？」哈爾低沉的嗓音突然切入。「我早跟妳說過，當個無名小卒最好。這樣妳就算跟德文學苑美式橄欖球隊的每個人都搞過，也不會有人知道。」

「那我還真希望我有這種運氣。」露依絲說。眾人大笑。但即便如此，認真一想，這話搞不好是真的。

露依絲又說了一段故事：有一次整個校園因為大風雪成了銀白世界，而她（其實還有維吉爾·布里斯，但她省略不提）拖著越野雪橇，在宿舍區一間一間敲門、靠著賣熱咖啡賺了好幾百塊錢（其實還包括維吉爾賣大麻的錢，她同樣略過不提）。

眾人大笑。

「她真的很厲害，」芮克斯補充，「有一次她甚至還偽裝成那間寄宿學校的學生，而且是整整一年喔！最後她都全身而退、沒再去了，才有人想通到底是怎麼回事。」

露依絲轉頭看他。

有那麼一瞬間——恐怖的一瞬間——她以為他在取笑她。

但芮克斯深情地望著她，眼中滿是驕傲，儘管他剛才根本是胡扯（她只裝了一個星期，而且只在學生餐廳，最後也只有她母親發現真相——因為她怕得不敢跟別人說，而她母親則是丟臉得不敢讓別人知道），但每個人都哈哈大笑，彷彿這是世界上最有趣的事了，就連哈爾也咧嘴笑開、露出帶縫門牙，所以露依絲還能怎麼辦？她只好佯裝咳嗽、吞下恐懼，以最完美的方式重述這則故事，描述這場精彩絕妙的惡作劇，描述她如何混進學校、上了一年希臘文，有一次甚至還交了報告。眾人再次認為這實在是世界上最有意思的事，紛紛讚美她非常勇敢。

芮克斯伸手環住她、吻她臉頰，而現場似乎沒有人意識到，這代表她根本沒唸過那所學校。

露依絲走進洗手間。

她補唇彩，又撲了些粉。

她檢查菈薇妮亞的手機。

十一則臉書訊息。大多來自咪咪。十三個讚。

珂蒂莉亞發簡訊問她：**妳跑哪兒去了？**

親愛的！抱歉！面臨生存危機，遇到很誇張的事。晚點再寫信給妳！

菈薇妮亞上傳一張美國國旗的照片，飄揚在美麗的殖民時代風格大屋屋頂上（一般人很容易聯想到那是一幢漂亮的鄉村旅館）。那個遭閨蜜和前男友背叛的女孩大老遠躲來這裡，尋求片刻寧靜。

她寫道：

拋下一切過往，
邁向遼闊、偉大、多變的新世界，
我們緊抓這個嶄新、強健，屬於勞動者的世界。大步行進。
先鋒！噢，先鋒！[35]

波沃夫·馬蒙在一分鐘內立刻按讚。

屋裡的每個人都喝醉了（多虧厄普丘奇家的特藏好酒），只有哈爾沒醉。他整晚頻頻往烈酒瓶裡補酒。

「緊抓這個嶄新、強健，屬於勞動者的世界！」哈爾大翻白眼。「屬於勞動者的世界。大步行進！哦噢！勞動至上。」他嗤之以鼻。「那妳就去挖礦啊。」他轉過手機螢幕，讓大家都看得到。

「不要這樣。」芮克斯說，態度非常壓抑。

「先鋒！噢，先鋒！她是躲了子彈還幹嘛了嗎？」

芮克斯不發一語，臉色越來越蒼白，緊咬下唇。

「她有什麼反應？」這會兒哈爾直直看向露依絲。「妳跟她說完以後，是不是打了一架？妳有沒有被剝光？」

「她現在不在城裡。」露依絲說。「她想離開一陣子。」

哈爾大笑。「自我放逐？多高尚的情操。真可笑。我會好好幫妳留意的，小露依絲——她搞不好會趁妳睡著的時候，拿刀捅妳肋骨。」

露依絲一逕微笑，看起來毫不動氣。

「我說啊，搞不好妳運氣不錯。因為她也可能再吞下一大把安眠藥！」他拿起卡祖笛吹一聲。

「把剃刀鎖好！別讓她靠近水邊！」

露依絲感覺膽汁湧上喉頭，她覺得她快吐了——她就要吐了。她覺得她快要受不了了。她會，她一定會——但這時芮克斯突然有了動作。

芮克斯跑掉了。

這讓露依絲有了藉口，讓她能隨他而去。

※

她在某間臥室找到他——偌大的房間中央擺了一張樣式簡單的單人床，一座舊木馬。牆上的軟木板釘著三所寄宿學校校旗（德文郡、安多弗郡和迪爾菲爾德）。

---

35 譯註：本段節錄自惠特曼《草葉集》。

他對著窗外抽麻菸。

「妳知道嗎，」芮克斯茫然望著窗外，「我覺得我們真的很壞。」

「不是！才不是！」

「我不該吻妳的。我最差勁。我不該那麼做的。」

「沒這種事！你很好！」

「萬一她出了什麼事，」他說，「要是她——天哪——要是她當真出了什麼事，都是我的錯。」

「不是這樣，」露依絲試著說服他，「我向你保證——」

「妳不明白！」這是芮克斯頭一次大聲吼她。「妳不懂——妳才認識她多久，多久？半年？」他緩緩吐氣，「妳不該擔心她——是我！我才應該擔心她！我不能就這樣——讓事情就這樣過去，只因為我想要這樣。」他把麻菸往桌上轉了轉，捻熄菸頭。「對不起，」他說，「我很抱歉。這對妳不公平。所有的一切都對妳不公平。」

「她不會有事的！」露依絲伸手按住他的雙肩，雙唇埋入他頸背。她深深吸一口氣。「我保證——我向你保證，她會沒事的。」她強迫自己微笑。她強迫自己的心臟不再像往常那般胡亂跳動。

「一切都會恢復正常的。」她說。

他緊緊扣住她的手，按進他肩膀。他抬眼望著她，眼神充滿感激，彷彿她只不過是把話說出來就能讓事情如願成真。

於是他們重返派對。他們微笑。他們舉杯慶賀。

波沃夫・馬蒙的大眼女伴打破一只香檳杯。哈爾文風不動，但芮克斯立刻說「我去收拾！」哈爾聞言大笑。

「我看吶，在你死掉以後，你的傳記應該就會叫這個名字！」哈爾說，「《我來收拾：芮克斯・艾略特的故事》。」

「不會有人想為我作傳好嗎？」芮克斯說。他蹲在地上。

「說不定不會，」哈爾說，「我也一樣。不過搞不好有人願意寫，譬如《卑微保險經理人的人生意見》。」他聳聳肩。「噢，管他的。橫豎當革命來臨之際，也沒有人會讀書了吧。」

他清清嗓子。

「我們會把書本全部拿來當柴燒。」他說。「不是嗎，小露依絲？」

露依絲迎上他的視線。「那當然。」她舉杯致意。

眾人繼續暢飲香檳。音響音量越調越高。大夥兒用新玩法玩起「釘驢尾巴」——驢子是民主黨，旗子當圖釘。然後眾人湊著咖啡桌吸古柯鹼，暢飲加了快樂丸的潘趣酒（這是哈爾說的。露依絲不確定是不是真的）。

「哈爾，你想要什麼生日禮物？」印狄雅問他。

「有人幫我吹簫。」

大夥兒隨他哄堂大笑。

「你真噁心。」但印狄雅也在笑。

「說到這個，」，哈爾說，「坦白說我什麼也不想要。真男人不依附任何身外之物。」

「那該不會又是亨利・厄普丘奇的高見吧？」

露依絲不是故意要這麼刻薄的。但只見哈爾撇了撇嘴，勉強咧嘴擠出怪異的微笑，然後才慢慢笑開、大笑出聲，允許其他人也跟著笑。這時他說，「沒錯，正是亨利・厄普丘奇的高見。」接著又補了一句，「他媽的妳這小賤人。」不過他的語氣相當寵溺，而蓋文・穆拉尼也拍拍她的肩膀，印狄雅甚至配合做出「扔麥」動作[36]，就連芮克斯也莫可奈何地聳了聳肩，彷彿在說她有說錯嗎？大夥兒笑個不停，頻頻拍照，恭維露依絲今晚就屬妳最受歡迎；就某種程度來說，確實如此。

⁂

大夥兒又灌了更多美酒。哈爾提議舉杯，朗聲說「讓我們讚頌名人。[37]」現場響起老派搖擺舞的音樂，因為哈爾認為大家都該聽聽「兄弟，賞個銅板吧？[38]」這首曲子，細細思索這首歌反映的美國製造業景況。這時芮克斯突然舉起露依絲，哈爾順勢托高她雙腿，於是眾人歡欣鼓舞地抬著她從起居間穿過圖書室再轉進廚房，讓她攜著亨利・厄普丘奇偷藏的一瓶酒（上等威士忌），並且就著瓶口大喝一口。

波沃夫・馬蒙在臉書PO了一張露依絲的照片。

照片中的她和芮克斯坐在沙發上，頭頂上是一整排厄普丘奇家男人的肖像。芮克斯親吻她的臉頰。每個人都按了讚。

芮克斯也按讚，即使他就坐在她身邊。按讚的時候，露依絲抬頭看他；他對她微笑，露依絲也回他一笑。

清晨時分，除了露依絲以外，大夥兒都在亨利・厄普丘奇家的沙發上睡著了。就連哈爾也不例外（雖然他特地為了保持清醒還吞了一把聰明藥，最後仍不支睡著）。

露依絲翻看手機裡的照片。

她認不出她自己——穿著這身小禮服、抹上那種顏色的唇彩，依偎在愛她的男人懷中。眾人高舉簇擁著她、將她傳來傳去，而她身邊沒有菈薇妮亞，沒有她握著她的手。

彷彿她屬於這裡似的。

但妳不能永遠這樣下去，她心想。

不過，待芮克斯沉沉睡去，哈爾摟著印狄雅睡著（她親暱地埋進他胸口），波沃夫・馬蒙也攬著那個眼神迷濛的女孩（她摟著他的腰）不醒人事，其他人東倒西歪躺在地上，露依絲套上鞋，輕手輕腳下樓。她對門房點點頭，走進夜色未褪的清晨。

她用菈薇妮亞的手機打給芮克斯。

如她所料，通話轉入語音信箱。

36　譯註：扔麥，drop the microphone，故意扔掉麥克風，暗示演出結束、對自己的表現相當滿意。
37　譯註：語出基督教次經《西拉書》（Wisdom of Sirach）。
38　譯註：演唱者為平・克勞斯貝（Bing Crosby）。

「親愛的，」菈薇妮亞的聲音一如往常輕盈又充滿感情，但微微發抖；「我們……我們有過一段很棒的時光，是吧？」她嚥了嚥唾沫。「現在你大概還在睡，然後說不定……說不定她正好在你身邊。我想應該就是這樣吧。沒關係的，我……」她毫不掩飾地深呼吸。「我想說的是，我要你知道，我很好。露露把事情都告訴我了。然後……唔，我想我當時是有點失控，發了火也燒了一兩樣東西，但是我要你知道——我已經決定了。我，我已經沒興趣繼續做那些事了。所以，我……我要你過得開心。我決定了。你和露露，你們兩個都要開心。我愛你——不要以為我不愛你了。我愛你們兩個。我希望你們擁有最美好的生活。只是……我想，假如我說我會有一陣子不想再見到你，你應該能理解吧，會吧？總之，再見了。我愛你，再見。」

這是最幸福的結局，露依絲告訴自己，而她永遠不可能擁有如此幸福的結局。

7

菈薇妮亞的人生徹底改變了。

她放上東河日出的照片，還有早晨的天空和中央公園的鳥群。她每天都上健身房（因為只要她每使用會員時數一次，軟體就會自動上傳臉書、更新狀態），其中大多是不同主題的瑜珈課程；而她偶爾也會放一些已經十分苗條的健身美照（她一定會露出刺青，但絕不露臉）。她會上傳健康飲食的照片（大多是綠色蔬菜，還有大量果汁）。她甚至還貼文表示，她打算一、兩個月暫時不碰酒，而她這麼做純粹是為了健康，向自己證明她做得到。她每天都會上傳自己的「新生活進度」與朋友分享，同時還附上一兩句激勵人心的哲言錦句。

幾乎所有認識菈薇妮亞的人都來按讚。

「我真的非常以她為榮。」每當有人問起（雖然有這麼多人按讚，不過實際來問的並不多），露依絲總是如此回答。「當然，我還是很懷念她在派對上的身影。可是我覺得她這麼做是做對了，你們說呢？」

各位其實很容易就能掌握菈薇妮亞去過哪些地方，只消看看臉書（如果你追蹤她的動態）就知道了。現在她每週會提領兩到三次現金，數字都是規定額度的上限。如果各位願意費心瞧瞧閉路電視錄影帶——不論拿什麼理由申請調閱都好——總會看見一名身穿時髦古著、戴太陽眼鏡、抹著酒紅色唇彩且相當漂亮的女孩從自動提款機領取現金。她跟紐約其他漂亮又有錢的白人女孩一樣，每天早上都刷ClassPass上健身課程，所以沒有人會仔細檢查，而她的出勤紀錄也會隨手機應用程式同步顯示在臉書上。她偶爾來個早午餐，偶爾上酒吧來杯氣泡礦泉水（沒有人比她更細心避開酒精成分），並且總是刷信用卡付帳、從無例外，然後也一定會留下數目可觀且令人印象深刻的小費。有時她也會傳簡訊給咪咪，告訴她我想妳，咱們趕快再找一天出去玩，咪咪也總是回她（而且是馬上回）好呀！什麼時候？但後來總是時間對不上，只好下禮拜再約，然後始終沒有明確的結論和計畫。

如果各位追蹤她的臉書，一定會發現她交了許多新朋友，而且都是很棒的人。只是這些人的個資大多不公開、或者照片模糊，但他或她們常常跟她在蔬食吧或SPA健康食品區或布希維克區傑佛森大道的醫療中心打卡，並且還會在她的塗鴉牆寫一篇精心撰寫且落落長的感想，表示他或她們有多高興見到她、以及他或她們有多迫不及待想再約她出去玩！

臉書上也有她的照片。

不可否認，她不像往常那般頻繁上傳活動照了（說到底，要學好修圖技術並不容易），其中好多照片不是模糊就是沒對焦，再不然就是鏡頭離她有段距離、而且剛好拍到她轉身背對鏡頭、穿的又是大蓬蓬裙（這只能歸咎於她的戲劇天性。即使後來菈薇妮亞滴酒不沾，她的穿衣選擇仍舊和夜夜笙歌時一模一樣）。不過菈薇妮亞總是隔一段時間才會上傳這類照片。然而她只要一放上照片，大家立刻按讚，紛紛留言稱讚她近來氣色超好、看起來有多美多漂亮云云。

菈薇妮亞也寫信告訴爸媽，她真的過得很好。

親愛的母親、父親（她寫道）：

希望兩位近來都好。你們說的對，我想我應該很快就會準備好並且重返學校。我的小說快完成了。如果我還能設法再擠出一點點時間，我希望能把小說寫完、寄給經紀公司，而我也很樂意附上一個章節給你們瞧瞧，讓兩位對我的能力和決心更有信心（露依絲希望菈薇妮亞不用做到這一步。不過如果她心意已決，她會設法做到）。

菈薇妮亞非常聰明，她指出，對於大學履歷顯示的這段大空窗期，比起什麼都不表示、還是端出實際作品來輔助說明比較好。

他們回信告訴她，這個時節的巴黎非常舒適、令人愉快。但他們也委婉但堅定地提醒她，不要在派對上鬧笑話、令家族蒙羞。他們希望她不要再穿那些誇張可笑的服飾。他們也提醒她她有多漂亮——實在是太漂亮了，他們說，所以那些怪誕荒謬的穿著打扮根本是浪費她的身材、浪費她的秀髮、浪費她的臉蛋，只會引人嘲笑。

他們再一次提醒她，她必須為珂蒂莉亞做好榜樣。這點非常重要。畢竟——他們未直接挑明，卻強烈暗示——珂蒂莉亞還有光明燦爛的未來。

話說回來，這種生活並非毫無挑戰。

譬如露依絲每天早上都必須很早出門，或者只能很晚回家——她得避開溫特絲太太或其他警覺心強的住戶頻繁出入、或開門探看走廊的時段。露依絲得用菈薇妮亞的信用卡上外賣網站訂餐——每次都選不同餐廳——並且在外送員抵達時，只開屋門一小縫取餐。此外，露依絲每個禮拜都得自拍好幾張照片、又不能露臉，所以這代表她必須跟電捲棒奮戰好幾個鐘頭、再把頭髮纏在指尖上弄得又細又捲，好讓她的頭髮看起來又長又狂放不羈。然後露依絲還得不斷發簡訊給珂蒂莉亞、給咪咪，費盡心思弄得語焉不詳，甚至還得掰出一堆相當波希米亞且充滿冒險精神的理由，解釋為什麼她不想去巴黎度過暑假最後幾天、或者她九月何以不能去艾克希特看珂蒂莉亞登台表演（她參加《安蒂岡妮》演出）、又或者十月為何無法跟咪咪一起參觀那肯定十分精采、隱身於布魯克林區某戲院的動物標本蠟像館。還有一次，公寓水管不知為何破了，露依絲不得不上網查資料、自個兒熬夜修理，以免菈薇妮亞不得不打電話叫水電工來。

但露依絲總是順利度過每一道難關。

起初，她告訴自己，這只是暫時安排。她把從菈薇妮亞戶頭提領的錢全部存起來。她找上紐約大學附近一間黑店，弄了一份「伊莉莎白．葛拉斯」的假證件——二十三歲白人女性，中等姿色、紅髮。照片上的人看起來跟她很像，那頭紅髮應該也不難維持。她把假證件、換洗衣物和旅行袋一起放在床腳邊，為情勢急轉直下的那天做好準備。只不過，那一天還未到來。

事實上，露依絲好到不能再好。

她繼續為《混時間》寫文章（現在她毋須擔心家教、代筆捉刀或排班輪值，手邊還有菈薇妮亞的錢，因此她有更多空閒時間寫稿）。她寫書評，寫散文回憶德文郡時光。蓋文說服她多寫一點以前假扮學苑學生的故事，因為那段往事在哈爾的生日派對上大受歡迎；不僅她自己覺得瘋狂，就連網路讀者也都覺得這事兒瘋狂又好笑。後來她開始幫雜誌版《混時間》寫稿，因為在哈爾生日派對之後，她又跟蓋文一起去了印狄雅在蘇活飯店的生日派對，並且結識《混時間》雜誌主編（其實就是印狄雅她爸）；他遞給她一張名片，囑咐「有時間發個電子郵件給我」。露依絲也為《仇男誌》和《新仇男主義》寫稿（雖然她個人並不認識兩社的編輯）。她寫了一篇雅賊盜畫、結果卻發現偷了贗品的故事，那是她和菈薇妮亞在震耳欲聾的華格納樂聲中一起討論出來的；露依絲不記得究竟是她或菈薇妮亞先提出這個點子，或許是她倆同時想到的，但現在她覺得這應該已經不重要了。她把這篇故事寄給《白鷺鷥》雜誌，波沃夫・馬蒙在那邊實習。

她試著壓抑回憶，不願再想起她和菈薇妮亞坐在長沙發上並肩寫作的那些夜晚——菈薇妮亞曾經抓住她手腕、喊著「我們兩個！露依絲，我們都會成為大作家！」然後露依絲亦大聲附和「對！沒錯！」並且深信不疑的那些夜晚。

露依絲開始幫《混時間》寫劇評。她先問蓋文她能不能寫這類文章，之後便順利取得劇院的免費招待票。

有時候，她覺得菈薇妮亞還活在這個世界上。

有時候，露依絲會忘記她已經死了。

有時候，窩在芮克斯的臂彎裡、讓芮克斯吻她、聽他為她發明更多甜蜜小名時，露依絲會容許自己相信菈薇妮亞PO上網的那一切全是真的。

菈薇妮亞此刻正在讀艾德娜・聖文森米萊，她心想。

她正在沏茶——巧克力榛果可可番紅花口味——不小心灑了。

這會兒她跟她那些健康又正向的新朋友正在參加一場不提供酒精飲料的美好派對。

她在微笑。綻放足以摧毀全世界的美麗笑靨。

只要閉上眼睛，露依絲全都看得見。

早上起床之後，如果芮克斯沒課，他倆會去同一條街上的泥巴餐廳吃早餐（包括一大盤烘蛋），手握著手聊聊彼此當天的行程。露依絲繼續尋找更多需要學測家教的學生。兩人散步穿過湯普金廣場公園，一路指出他倆都覺得討人喜歡的狗狗，然後芮克斯也會提起目前正在閱讀的書。她每個禮拜大概有四天晚上住他家（不用說，他永遠不可能去她家過夜，但她的說詞是「想給菈薇妮亞一點空間」）；不過，好玩的是——又或者其實並不好玩、卻是最令她震驚的是：他竟然相信她。

※

只是還有一件小事。

芮克斯始終不曾提起那通手機留言。

事實上，他從那時候起就不再提起菈薇妮亞。

露依絲會刻意措辭、避免說出她的名字；如果必須描述菈薇妮亞的日常生活，她通常會用哦，你知道嘛這類句子帶過。芮克斯亦不曾探問。

露依絲覺得非常奇怪。那晚他的罪惡感如此之深，即使後來她偶爾試著提出來（但不說她的名字），他卻從來不曾主動提起。譬如，有一回她說起一段真的超好笑的往事——之前人間蒸發的那傢伙，竟然在兩年後又讓她在展望公園枯等兩小時——於是她說「結束一段感情其實挺好的，不是嗎？」而他的反應也只是微笑、點頭，捏捏她的手，沒說出一句她想聽的話。

想到這裡，露依絲發現「菈薇妮亞」這四個字只出現過一次：某天晚上她翻皮包找東西、卻不慎掉出鑰匙的那一次。

「她給妳鑰匙了？」

他吐出她這個字的方式，多少有點嚇到她了。因為他的語氣非常小心、充滿敬意。即使到現在也還是一樣。

「她終於打了一副給我。」露依絲裝沒事，順勢回答，彷彿菈薇妮亞只是個稍稍有點神經質、最近碰巧正在接受大量治療並且再也不可能傷害他倆的尋常女子。

另外還有一件事。不過也是非常小的一件事。

芮克斯解除菈薇妮亞的臉書封鎖狀態了。

雖然他原本就沒加她臉友，但後來他開始出現在「這些人你可能也認識……」的邊框裡，這表示他已經把她從封鎖名單裡移除，所以她能看見他、加他臉友。如果她想這麼做的話。

但她不想。

露依絲並非嫉妒。她不需要嫉妒。她和芮克斯只羨鴛鴦不羨仙。她是最完美的女朋友——她之所以這麼認為，是因為她早已熟讀芮克斯寫給菈薇妮亞的每一封信，因此她曉得芮克斯喜歡野餐（那年夏天他們常常野餐，就算是九月也照去不誤），她曉得芮克斯喜歡爵士樂（所以他們參加「爵士年代草地派對」，每隔幾週就跑一次西村的「鋅克酒吧」）；她知道他喜歡吃韓式料理，所以十月他過生日的時候，她為他準備的驚喜就是去高檔美味的地獄廚房大快朵頤（露依絲甚至主動埋單。雖然這餐廳貴得要命，但她堅持、而且付現。既然事情都已經過了這麼久，露依絲認為她應該不會明天就得跑路。或者是這禮拜，或是下週）。

她要自己別再多想上次提議去新藝廊時，他臉上的表情；又或者是她穿菈薇妮亞的小禮服參加哈爾生日派對那天，他看她的方式。

只是，有時候——這種情況不常發生，就只是偶爾——芮克斯說的某些話、或者某些舉動會使露依絲懷疑他是否依然想著她。譬如有一回，他們去雀兒喜逛市集，他隨口提到他喜歡杏桃果醬，這讓露依絲忍不住想起（因為她讀過他寫給她的每一封信）他和菈薇妮亞曾經在雀兒喜一家叫「香檸檬」的法式咖啡館嚐過杏桃果醬。所以有時候，露依絲不禁會想知道，此時此刻——當她握著他的手，他吻著她的臉或額頭或肩膀時——他心裡是否依然有她。

就像這一次。某個早秋時分。

那是個天氣晴朗的十月天，芮克斯研二學期剛開始沒多久，他們倆窩在芮克斯的公寓裡，兩人都覺得無聊（他們剛做完愛，喝了啤酒，也看了Netflix的老電影《黑獄亡魂》〔The Third Man〕）。芮克斯望著窗外，有一搭沒一搭地準備專題報告，露依絲則漫不經心翻找唱片，想放點音樂來聽。

後來他們選了古典樂，因為芮克斯喜歡古典樂，而露依絲也在學習欣賞古典樂。

他們聽《茶花女》，聽白遼士，聽蕭邦。露依絲在廚房洗碗，把沾在水槽流理檯的泡菜汁擦乾淨（那天他們叫外賣）。

她想都沒想到菈薇妮亞。如果她縱容自己想到她，也只容許自己用其他人想起她的方式去思索菈薇妮亞（譬如她已戒酒四個月，徹底投入神祕主義者席蒙・韋依〔Simone Weil〕的作品）。她不去想自己做了什麼。這方面她相當在行。

所以當樂聲響起時，由於節奏緩慢，氣氛沉鬱、憂傷又浪漫，綿綿不斷的三連音聽在耳中猶如哀鳴。起初露依絲只覺得耳熟，還未意識到是哪首曲子，後來她隨著音節進行、漸漸察覺並確認這是李斯特的《愛之夢》時，她亦未驚慌。琴音一會兒高，一會兒低，一會兒輕柔，一會兒深沉，露依絲並未想起芮克斯與菈薇妮亞在熨斗區廉價旅館為彼此獻出童貞，也沒聯想到這首曲子（又或者，她其實已經想到了），但直到她看見芮克斯的臉，她才真真切切想起這段過去。

他的臉色非常、非常蒼白。他緊緊咬住下唇。

他看起來，露依絲心想，他看起來宛若幽魂。

「嘿，露依絲？」

他佯裝自己絲毫不覺困擾。他裝得真好，但露依絲早已看穿。

「我們把音樂關了好不好？」

「好呀。」露依絲說。

但她仍站在廚房門口，盯著他的臉，看著他煩躁不安：一會兒低頭看筆電、一會兒瞄瞄《美狄雅》（Medea）文庫本，然後再抬頭望向音響，臉色益發蒼白。儘管露依絲感覺腎上腺素在體內飆竄、搞得她可能永遠都睡不著了，她仍站定不動。

她的不作為使她感受到一股奇異、不舒服的力量。她感覺自己正在向他證明某件事，某些事。

「妳搞什麼啊！」

這是露依絲頭一次惹惱芮克斯。

「怎麼了？」

「沒事，沒有事。只是我——我只是想專心打報告，好嗎？」

露依絲完美地一轉身，滑向音響喇叭。

「好。」她把音樂切掉。

不用說，芮克斯愛的不是莅薇妮亞。是說芮克斯都已經花了這麼多時間不去愛莅薇妮亞、躲避莅薇妮亞、抛下莅薇妮亞並且繼續自己的人生。

這無疑就是他選擇愛上莅薇妮亞室友的原因。她跟莅薇妮亞毫無關係。

「謝謝妳。」音樂一停，芮克斯立刻道謝。

他親她額頭。

「妳真好。」他說，然後她回，「你也是。」

各位可能會很訝異，時間竟然流逝得這麼快。情況大致是這樣的：當妳不用出門上班——除了為《混時間》、《白鷺鷥》寫稿並與《仇男誌》撰文交流——當妳夜夜擁著某人入眠，當妳經常一大早頂著那個被妳殺死的女孩的名字去上健身課時，時間過得特別快。

只是各位已經知道，關於露依絲，有件事再清楚不過：那就是她總會把事情搞砸。沒有一次例外。

過程如下：

露依絲偶爾會用菈薇妮亞的信用卡。這部分各位已經知道了。她會出現在菈薇妮亞常去的地方——穿上菈薇妮亞的衣服（以免節外生枝）、化妝並戴上太陽眼鏡——讓人意識到她來過這些地方。但是在十二月的某天晚上，露依絲突然發懶。她累了，她想好好喝一杯，而且之前芮克斯還拉她一起看《舊地重遊》（Brideshead Revisited）——他肯定非常了解菈薇妮亞，知道她有多愛這部影集——所以露依絲不像往常那樣跑去嚴守素食主義的健康食堂、也沒去那些昂貴的高級茶館，露依絲再次走進白蒙酒吧，打算在那裡待晚一點，這樣就不用擔心溫特斯太太看見她進門了。她把菈薇妮亞的信用卡推給提米（畢竟已經過了四個月，應該沒有人會發現菈薇妮亞早已不在人世，所以或許——或許——沒有人會注意到卡片的事）。

露依絲獨坐吧檯。她點了一杯氣泡酒，然後又追加一杯。她身穿菈薇妮亞某件採上世紀四〇年代風格的衣裳（小小黑色皺紗），然後再搭配同時期、有著大墊肩和金色刺繡的天鵝絨短外套，頭戴黑色網目頭紗（上頭還有一朵蒲公英）；她抹上菈薇妮亞的勃艮地紅唇彩（她用這個顏色好漂亮），還噴了菈薇妮亞的香水（儘管「不在場證明」根本不需要讓她聞起來像那個死人。儘管那瓶香水快被她用完了）。她徐徐啜飲，直到她喝得夠醉、覺得她能面對回家這件事為止。

「哦，小可愛。」雅典娜順手將白皮草扔在一張高腳椅上。「再見到妳真好。」

她問都沒問，側身坐上露依絲旁邊的椅子。

「我們大概他媽的好幾百萬年沒見了吧？」她在露依絲的臉頰印上一吻，留下唇印。

露依絲喃喃回了幾句問候。

「妳跟她一起來的？」

「我還真希望是這樣。」露依絲聳聳肩，彷彿聳肩是最簡單的回應（說句公道話，隨著時間流逝，聳肩這個動作是越做越容易了）。「她說她在新年以前都不碰酒。」

「我的老天爺！要是我寧可去死！妳們去麥金泰爾派對的時候，記得提醒她那裡得喝酒。」

「搞不好她會成為例外。」露依絲說。

「天哪，看看妳——要死了——妳怎麼會瘦成這樣？我實在擔心妳啊！」

「謝囉。」露依絲說。

「我過得糟透了，」雅典娜自顧自說起來，替兩人再點一輪酒；「我跟這男的約會一兩個月了，結果他竟然比我矮！妳能相信嗎？」

「怎麼——」

「男人全都一樣。」雅典娜宣布。「每一個都一樣。」

這時酒保送帳單過來。

「威廉斯小姐？」他一邊將信用卡滑過吧檯，一邊問道。

終於，露依絲心想，世界即將毀滅。

✻

雅典娜和露依絲直直盯著對方。然後雙雙低頭看信用卡——黑色的卡片上印著**菈薇妮亞·威廉斯**幾個字。

雅典娜嘴唇一扭。

「哦。」她說。

「我可以解釋——」

「妳不是很聰明嗎？」

冷靜，露依絲叮囑自己。這一次妳也會順利熬過去的。她總是有辦法，她一向有辦法做到。

「說真的，」露依絲撇頭望向提米（她不看雅典娜），「我們再來兩杯怎麼樣？」

她又一次將卡片滑過吧檯。

「這回喝泰廷爵（Taittinger）[39]好了。」

雅典娜咧嘴笑開，開心得連門牙都沾了唇膏。

「瞧妳！」她說。

「嘿，」露依絲學雅典娜放下酒杯，正經說道：「菈薇妮亞不用這張卡。」香檳送來，她大喝一口。「我跟妳說過，她不碰酒了。而且她八點就上床睡覺了。」

雅典娜嗤之以鼻。

「妳知道嗎，」她說，「妳最好小心點。她會發現的，只是時間早晚的問題。」

「妳覺得她像是會檢查戶頭的人嗎？」

「她爸媽好歹會吧。」

「那又不是我的錯。」露依絲態度非常冷靜。「她很會掉錢包。如果我不替她保管，她大概會在城裡每一間酒吧都掉一張卡。譬如她前幾天就在阿波提克掉了美國運通卡。」

「她不喝酒也掉東西？」雅典娜挑眉。

「可不是嘛。」露依絲回答，「即使神智清醒也照掉不誤。」她舉起酒杯，「敬所有勇往直前的女

39 譯註：法國名牌香檳。

孩兒。」她對雅典娜說。「乾杯。」

雅典娜頭一仰，把整杯香檳倒進嘴裡。

「敬勇往直前的女孩兒。」她說。

「對了，我突然想到，」露依絲說，「妳不是說想去聽歌劇嗎？」

雅典娜滿臉的笑。

「明天我要跟芮克斯還有哈爾一起去。我們多一張票。」（其實他們沒有，但露依絲有信用卡。）

「哈爾需要女伴。」

「他當然需要。」雅典娜說。「光憑他那張壞嘴，再加上他是個智障。」

「所以，妳不想去？」

「我準時到。」雅典娜說。

露依絲請酒保送帳單，吞吞口水。

露依絲埋單。

她想，現在妳該跑路了。她已經沒辦法再隱瞞下去了（假如他們開始起疑，就會追蹤信用卡記錄，然後雅典娜會和盤托出。這個人一向大嘴巴）。但《混時間》雜誌版就快出刊了（有她的文章），蓋文也持續在跟她討論參加每年冬季「三十新銳作家大賞」慈善餐會的事，然後露依絲很想去麥金泰爾飯店的萬聖節派對，芮克斯也在「聖誕老人」義式餐廳訂了位子、還傳訊息說他很想她，因為他討厭自己無法每天晚上陪在她身邊。

再給我幾天吧，露依絲心想，這樣我就心滿意足了。

《卡門》的最後出清票價一張要兩百六十塊。露依絲咬牙付了。菈薇妮亞PO了一張她做瑜珈伸展冥想的照片。以防萬一。

芮克斯、露依絲、雅典娜和哈爾相偕出席歌劇表演。

開演前一個鐘頭，他們先在「布盧之南」餐廳會合。雅典娜一見到哈爾便直直伸手、抓住他的手用力一握，痛得哈爾齜牙咧嘴。

「我叫娜塔莉。」她露齒一笑。

她的紐約腔不見了。

露依絲懷疑這可能是她頭一次聽聞她的真名。

「幸會。」哈爾看了她一眼，然後又看一次。「我們以前是不是見過？」（他們當然見過。雅典娜曾經在P.M.登台表演，不過此刻的她不若當時濃妝豔抹，而且也穿了很多衣服。）

「所以，哈爾，」雅典娜沒等其他人開口，逕自叫了一瓶香檳。

「你有害怕的東西嗎？」

「什麼？」

「比方說怕高、怕蛇之類的？」

她用手背支著下巴，定睛望著哈爾。

哈爾聳聳肩。「我不喜歡搭歐洲之星。」他說。「在地底待這麼久會剝奪人性，使我們變成動物。」

「那地鐵怎說？」

「我不搭地鐵。」

雅典娜爆出大笑。

「我這人只怕兩件事。」她說。「第一是死亡，第二還是死亡。」

「妳真可愛。」哈爾說。

這兩人可說是處得相當不錯，露依絲心想，他倆以眼神溝通的方式與她和芮克斯差不多，彷彿他倆有什麼共同的祕密似的。

蘿絲為《大都會焦點》拍下一行四人的合照。

照片中，他們四個並肩站在樓梯上，而且每個人看起來都好漂亮。

露依絲認得蕾奧娜．德蘿辛納。她在《塞爾維亞的理髮師》欣賞過這位次女高音的演唱。她也曉得何時該喊「安可！」以及留意義大利文「太棒了！」的字尾變化（女生用brava，男生用bravi）。芮克斯握著她的手。她的長髮搭在芮克斯肩上。這音樂好美，既深沉又哀傷，每個音符都讓露依絲好想知道他是否憶起過去聆聽這段音樂的時光。

歌劇結束後，四人回到亨利．厄普丘奇在達珂塔大廈的住處，因為哈爾要他們務必品嚐亨利．厄普丘奇某次入手且風味相當特別的威士忌；不過露依絲敢說，亨利．厄普丘奇肯定不願意與他們分享。

「妳哪天真的該會會他。」哈爾對露依絲說，四人全站在肖像畫底下。「他會喜歡妳的，他最喜歡這種作者養出來的故事了。他自己在這方面可說是相當了不起……我是說，他非常熟悉這類故事，幾乎到了如數家珍的地步。」他咧嘴一笑。「我說小露依絲呀，如果妳打算繼續走寫作這條路的話，認識他對妳會有好處的。」

雅典娜意有所指地看了露依絲一眼。

「呵，瞧瞧妳。」她喃喃說道。

她一口飲盡威士忌，彷彿那只是小意思。「這地方很不錯呀，哈爾。」

「可不是嘛。」哈爾說。

他們四個後來喝了好多酒。不只品嚐亨利的威士忌，也喝了哈爾的威士忌，後來又喝了蘇格蘭威士忌，然後是琴酒，因為他們越醉越盡興、越喝越感傷——即使他們沒有任何特別的事由好慶祝，即使他們不是為了忘卻某事而頻頻灌酒。後來雅典娜醉得脫口說出她曾登台表演的事，這時哈爾突然跳起來。

「我就是在那裡見到妳的！」他壞壞地笑。「他媽的。我就知道我認得妳。我見過妳的奶子！」

露依絲倒抽一口氣。

「在P.M.，對不對？」

「媽的，才不是。」雅典娜啐道。「我已經沒在那邊做了。那些狗娘養的老是暗槓我小費。」

她又給自己倒了一杯酒。

哈爾縱聲大笑。

芮克斯和露依絲也笑了起來。

凌晨三點，哈爾拿出聰明藥，好讓大夥兒可以盡興到天明。哈爾把手機裡的照片逐一秀給大家看，有他參加過的各式晚宴派對、還有一堆酒標。

沒有人。只有酒。

「我想約印狄雅出來。」他對著空氣說。「我打算下禮拜邀她去邁阿密度假。」他伸長腿、架在咖啡桌上。

「看看你，」芮克斯說，「開始認真囉？」

「拜託，」哈爾堵他。「我可沒想過要結婚。」他碾碎藥丸，用力一吸。

吸完藥，哈爾流了點鼻涕出來，但他不以為意。

「你知道我想要哪種妻子嗎？」

他轉向雅典娜，伸手攬住她。

「我們會談論早報新聞，討論孩子們的教育問題，其餘絕口不提。聽起來怎麼樣？」

鼻涕繼續緩緩流淌。

芮克斯從胸前口袋掏出手帕給他。哈爾置之不理，點了一根巨型古巴雪茄，把煙吐在露依絲臉上。

「此外，她得要有一副貴族才有的鼻子。厄普丘奇家非常重視這一點。譬如傑瑞米．厄普丘奇的夫人——她出身哈維邁耶[40]，是個好女人——她就有一副最精緻、最翹的鼻子！你們瞧！」他舉起雪茄一揮、指向一幅較小的肖像畫；「咱們家代代重視優生學。」他走向立體音響。他選的是華格納《崔斯坦與伊索德》。

「我最愛這一段。」他說。或許是因為紅酒或威士忌的關係，也可能是因為他們剛吸了莫達菲尼，露依絲隱隱覺得此刻我們只是在重複以前做過的一切。

露依絲此刻可說是心生厭倦。這是頭一次。

這裡的一切，露依絲心想，沒有任何一件事、任何一樣東西屬於她。

然後，四點了。

「幹！」哈爾啐道。「幹！你們每一個他媽的給我閉上嘴！」

「你是屁股被咬了還是怎麼著？」雅典娜朝哈爾手上的雪茄噗氣。

「北京現在三點。」

「什麼？」

「下午三點──天哪！」他煞有其事地清清喉嚨。「我有電話會議。」他把手機接上電源。「我老闆是個**非常厲害的人**。他叫奧塔維斯・艾迪懷德。」

雅典娜不雅地哼了哼。

「妳搞不好聽過他的名字。」

「可不是嗎。」雅典娜回他。

「他在紐約和英國的科茨沃爾德兩地跑來跑去。他蒐集的車子都是經典車款。他和他老婆同年──你們想像得到嗎？」他開始撥電話。「注意聽。」

露依絲和芮克斯正襟危坐。雅典娜也端正坐好。他們全都認真聆聽哈爾和奧塔維斯・艾迪懷德討

40 譯註：Havemeyer，紐約望族。

論試算表的事。剛開始，露依絲還以為這是哈爾獨樹一格的幽默方式，等等大夥兒就會嘲笑哈爾幹嘛自導自演（演他自己）；但他們靜靜聽了十分鐘——擴音器彼端仍持續傳來這位年長、談吐高雅的英國人朗聲交代遵守事項，而哈爾亦未顯露叫停之意，露依絲這才明白他不是在開玩笑。

「不要輕信亞歷克．艾黎亞斯提出的數字。」哈爾說。「他這人他媽的無能，而且他應該也知道自己是個草包。」

哈爾朝眾人咧嘴微笑，擠眉弄眼，不時指指手機，彷彿他們全都該為他鼓掌叫好似的。他們直直盯著他瞧。

「亨利，」奧塔維斯．艾迪懷德說，「注意你的措辭。」

「天底下沒有哪種人比他媽的無能下屬更糟糕了。」他說。「根本沒得比。」

他又朝露依絲眨眨眼。

「措辭，亨利。」

哈爾切斷通話。

「可以拜託各位看一眼嗎？」哈爾比比窗外。天剛破曉。「是說那種男人啊——我呸。」他不滿地吭氣。「別理我。我只是你們認識的平凡傢伙。」

他轉向雅典娜。

「此生我別無所求，」他按著她的膝頭，「只希望有一名美麗女子相伴、一杯上等威士忌在手，或許再聽聽納粹廣播。就這些了。」他說。「這不是很棒嗎？」

芮克斯和露依絲對看一眼。

「我可不像芮克斯。」他說。「芮克斯太浪漫了。女人都愛芮克斯。瞧瞧他那雙棕色大眼睛——妳們說可不可愛？能不喜歡他嗎？」

雅典娜聳聳肩，笑得一口白牙。

哈爾繼續。「但我不是。我曉得自己的斤兩。我屬於……斯多噶派。我什麼都感覺不到。」他拍拍胸脯，彷彿想更清楚宣示這一點。「甜心，妳覺得呢？妳喜歡哪一型？」

他湊近雅典娜。貼得非常近。

「妳不是我會娶的那種女人。」他說。「不過妳比交友軟體上那些幫人吹簫的女人好多了。」

雅典娜呼他一巴掌。

這一巴掌搧得力道十足又驚駭莫名，令哈爾搖搖晃晃往後退；手一鬆，杯裡的威士忌灑在亨利·厄普丘奇完美無瑕且覆著乳白色布套的沙發上，亨利·厄普丘奇的東方小地毯亦悽慘遭殃。

「幹！」哈爾罵道。

「幹——幹——幹！」

他臉都白了。

「妳他媽的去死！」他用力把空杯往對面一丟，酒杯砸中壁爐、應聲碎裂。

「妳他媽的有什麼毛病？」

他逼近雅典娜。有那麼一瞬間，露依絲以為他會出手打她。

「妳臭他媽的天殺的他媽的到底有什麼毛病啊？」

「哈爾！」

芮克斯一個箭步來到哈爾身邊。他輕輕按住哈爾的肩膀，彷彿他很清楚該怎麼做，彷彿他已經處理過這種情況很多次了。

「妳家鴇母他媽的沒教過妳規矩是不是？」

雅典娜站起來。她俯視他。

「妳不知道在在別人家要守規矩嗎？」

他還在流鼻涕。

此外，他也哭了。

「我要閃了。」雅典娜說。語氣非常平靜。

她說閃了，不帶一絲腔調，而這也是露依絲頭一次驚覺，她的紐約腔搞不好是裝出來的。

她轉向露依絲，親親她的臉頰。

「下回，」她低語，「直接把錢給我就好。」

離開時，她把剩下的酒也整瓶帶走了。

哈爾趴在地上，奮力擦洗地毯上的酒漬。

芮克斯也一起幫忙。

「別弄了，」哈爾不停唸他，「幹，去死啦芮克斯——你不要動那裡！這樣只會越弄越糟！」

露依絲很清楚該怎麼辦。

露依絲走向亨利．厄普丘奇的酒櫃，取出一瓶白酒。然後再找出鹽巴。

「他媽的真該死——那女人真是個婊子，是吧？」

露依絲什麼也沒說。她動手擦拭。

「我又不是他媽的混蛋！」

露依絲把酒漬清掉了。

露依絲把酒漬全部清完。哈爾笑得像什麼事也沒發生過一樣。

「看吧？」他說，「這就是為什麼我們需要女人。她們懂很多。你真是幸運，芮克斯，擁有像這樣的女人。」

他坐回沙發。雙腳重新架上咖啡桌。

「我可沒有真的動氣喔。」哈爾說。「事實上，我是假裝生氣。」

無人接腔。

「有時候，假裝發怒是很重要的。這樣其他人才不會以為他們做錯事不用負責。」

露依絲把髒紙巾扔進水槽。

「你們知道嗎，我對她算是很寬容了。」哈爾又說。「下回要是她又不小心抓狂，難保她不會把酒潑在哪個真的超級貴重的寶貝上。這會兒她知道啦。她可以給自己釣個金龜婿了。」他被自己的口水嗆到。「我都管這個叫『男性貴族義務』（broblesse oblige）。」他朝露依絲點點頭。「妳曉得是怎麼回事，是吧，小露露？」他輕拍她剛清掉酒漬的地方。

露依絲臉紅了。

她望向芮克斯，她等他說點什麼，反駁哈爾、為她辯護。但芮克斯只是露出哀傷、虛弱的微笑。

「總有一天，妳一定會成為非常棒的妻子。」哈爾說。

「謝謝。」露依絲回答。

露依絲和芮克斯一起搭電梯下樓。太陽已高高升起。

她不明白自己為何這麼氣他。

「怎麼啦？」

他伸手攬她，親她額頭。她下意識退開。

「妳怎麼了？」

她緩緩吐氣。

「他不應該對她說那種話。」露依絲說。兩人走在中央公園西大道上。

她甚至不明白自己為什麼要幫雅典娜說話。她甚至不喜歡她。雅典娜之前才訛詐了她一回。

但不管怎麼說，她就是不高興。

「哈爾就是這種人呀，」芮克斯說，「妳能拿他怎麼辦？」

「他竟然罵她是妓女！」

「他只是開玩笑。妳知道他都這樣啊。」

「我怎麼會不知道！他根本是混蛋！」

「妳得試著理解他。」然後芮克斯又補了一句，「而且哪有人會這樣突然賞人家一巴掌？」

「誰說不會？」

「我——」芮克斯嘆氣。「一般人不會做這種事。」

「菈薇妮亞就會！」

露依絲其實也不是故意要提她。

但她已許久不曾大聲說出菈薇妮亞的名字了。

雖然奇怪，但是能這樣說出來真好。

芮克斯露出一副好像她剛才打了他的表情。

「抱歉，」露依絲說，「對不起，我不是故意要——」

*妳怎麼會這麼蠢？*她心想。*現在妳又讓他想起她了。*

「妳說的沒錯。」芮克斯說，但彷彿被這句話嗆到似的；「她確實會這麼做。」

他舉手招車。他沒邀她一塊兒上車。

「等等到家之後，告訴她，」他嘖了嘖，「告訴她我問候她。」

計程車揚長而去。他把她獨自留在大街上。

露依絲穿過中央公園，走路回家。

露依絲邊走邊想：*如果菈薇妮亞還在，我們會一起取笑他們每一個人*——嘲笑芮克斯和他的懦弱，嘲笑雅典娜門牙老是沾到唇膏、笑她的口音（現在不見了）、還有她害怕的*死亡*和*死亡*，她們也會嘲笑哈爾（菈薇妮亞曾說他是個「瘋癲貴族」）——就像在空中鐵道公園的那個晚上。她們燒東西、大喊大罵其他人的名字。那晚她們站在世界頂巔，她們最大。

有時候，露依絲好討厭自己這麼想念她。

露依絲和芮克斯透過簡訊和好。但這只不過是權宜之計，以我們別再為這件事吵架這種收發雙方感覺都不太好的簡訊暫時搪塞過去；再加上芮克斯得準備期末考，這禮拜幾乎排不出空檔見面，所以露依絲幾乎可說是鬆了一口氣。

那個禮拜，她沒刻意多做什麼事。

她一早起床，上六點鐘的健身課——瑜珈、重訓和芭桿[41]。她先偷瞄走廊再開門，設法避開溫特斯太太。

或者她根本不起床，整天躺床上。她回覆菈薇妮亞的信件，她告訴珂蒂莉亞不用擔心拉丁文的大學先修課，橫豎她很聰明，所以一定會高分通過考試。她也向珂蒂莉亞表示，今年她無法去巴黎共度耶誕假期，不過她預祝她佳節愉快，並且開心欣賞巴黎左岸、聖日耳曼區那些哥德式教堂的彩繪玻璃。

又或者，她會穿著菈薇妮亞的粉藍睡袍、窩在床上讀信——重讀芮克斯寫給菈薇妮亞的每一封信。（芮克斯也在信裡提過這件睡袍。他告訴菈薇妮亞她穿這件睡袍實在好美。）

再不然，她也會接聽自己爸媽打來的電話。他們為她現在的苗條美麗感到驕傲。他們告訴她，他們把她登在雜誌版《混時間》的那篇文章印下來，露依絲的母親還帶去參加讀書會。她媽媽不滿地嘟噥：「大家竟然一副很意外的樣子。」

不過，露依絲的母親仍對她耳提面命，表示她不可能這樣過一輩子。將來她搞不好還是得回到家鄉、重新開始，以免為時已晚。

「妳都快三十了。」露依絲的母親說，還提醒她女人的生育力很快就會往下掉。

那個禮拜，雅典娜發了一則訊息給她。

嘿，寶貝，她寫道。

我這個月手頭有點緊，房租付不出來。

我知道妳運作得挺妥當的，是不是可以轉個兩百左右給我墊一下？

就當是幫幫朋友吧！

親親！

露依絲轉了。

又過了幾天，露依絲發現菈薇妮亞的香水用完了。

她對自己說，她需要這瓶香水。她不能賭上一切碰運氣。

所以有天晚上，她來到東村，走進東四街的小香氛鋪。（她想過要打給芮克斯，請他陪她去；但這是那種總是急切不安、緊纏男友不放的女孩才會做的事。而露依絲兩者都不是。）這裡有菈薇妮亞專屬的香水配方，檔案名稱是「渴望」（菈薇妮亞自己取的）。

負責櫃檯的女士掃過整疊索引卡，翻到「W」開頭這部分。

「威爾森？」

「威廉斯。」

她取出索引卡。她取來各種精油：薰衣草、菸草、無花果和西洋梨，著手調製。

41　譯註：barre，融合芭蕾、瑜珈和皮拉提斯的新型運動。

現場散發的香氣相當強烈，氣味比留在菈薇妮亞那只小瓶底部、時間稍久且稍微稀釋的液體濃郁許多。每一瓶都爆發濃烈逼人的香氣。

「手給我。」那位女士說。這種香氛鋪主打的賣點就是妳得在自己身上混合這些精油。她搖搖瓶子，把幾種精油分別滴在露依絲的手腕上，然後在露依絲掌中揉開、接著抹上她頸間。試香期間，那香氣強烈到讓露依絲一度以為這一切只是惡作劇——其實菈薇妮亞就站在她身後、按著她的手，刺著「詩意人生」的纖纖手臂亦抵靠著她。露依絲直到這一刻才體會「渴望」的香氣有多濃烈，以及這段時間以來，她始終且必須無時無刻與這種香氣為伍。也許此刻的感受只是露依絲虛構、捏造出來的，但她竟然在鋪子裡迸出淚滴、哭了出來。老闆娘立刻放下玻璃瓶和點藥器，問她需不需要叫醫生，而露依絲當下唯一能做的只有搖頭，閉緊雙眼，低頭啜泣。

那天晚上她沒打電話給芮克斯。

她不敢回家。她不確定溫特絲太太是否還醒著，所以她從第一大道一路走回公寓，並且試著要自己不去回想：她以前也和菈薇妮亞相伴走過這條回家的路。

翌日，露依絲沒出門。她鎖上房門，從中午就開始喝酒。菈薇妮亞酒櫃裡的酒已大致被她清空，只剩一些廉價琴酒；於是露依絲不兌水、直接喝。她肚子餓，但她沒叫外賣，因為現在她連開門都怕。她喝得醉醺醺，完全失去時間感；今天她原本要交一篇《白鷺鷥》的稿子，但她也還沒動筆。天色漸暗，露依絲只曉得這件事。夜幕降臨，但她連燈也懶得開。她甚至連菈薇妮亞的手機也不看了。假裝她的手機不存在好像還比較簡單。

外頭黑漆漆的。門鈴響了。

露依絲不想理會。

不論是隔壁人家叫外賣、送貨員、電力公司維修員、或者是任何地方派來的任何人，最後他們都會知難而退。真的。

門鈴又響了。

「老天。」

一聲。一聲。又一聲。

她走向對講機螢幕。

咪咪。

頭髮亂七八糟，口紅抹得到處都是。她在哭，嚶嚶啜泣。

「菈薇妮亞！」她朝對講機大喊，「菈薇妮亞！求求妳！拜託妳開門讓我進去！」

現在是晚上八點。鄰居進出最頻繁的時間。

「菈薇妮亞！」咪咪尖喊。

該死。

露依絲按鈴放她進大門。

咪咪的模樣近看更糟。

睫毛膏流得滿臉都是。

「對不起……」她吸吸鼻子，「我打給她好幾個鐘頭了，可是手機都不通。」

「菈薇妮亞不在家。」露依絲說。「很抱歉。」
「又跟她那群很酷的新朋友出去了？」
「嗯。」露依絲說。
「那我——」咪咪吞吞口水，「可不可以讓我進去？」
她左腳跳右腳，右腳跳左腳。網襪都破了。
讓她待在走廊，太醒目也太難控制。
「好。」露依絲說。

原來是波沃夫．馬蒙害的。
從《羅密歐與茱麗葉》年度首演那晚開始，咪咪就常常跟他上床。每次他帶她回家——即便她已醉得不省人事——他都會跟她做愛（「但我的意思是，」她振振有詞，「假如我是清醒的，我也一定會跟他做啊！所以這跟我清醒不清醒沒關係！」）。他會傳簡訊、寫甜言蜜語給她。他們去參加「燒人祭」的時候，咪咪說，他們甚至給他一區名為「海明威」的沙地，而且大家都以為他是非常厲害的作家。而他也同時在跟那個眼神迷濛的女孩約會，這點他也明白告訴她，她也覺得他人很好、把所有情況都考慮過了；然後他又說——那句話好像是費茲傑羅說的……怎麼說來著……攀上高峰的人只會獨自前行，而波沃夫．馬蒙的雄心壯志可比阿爾卑斯高峰。假如有人想陪在他身邊，他說，那人必須像咪咪一樣聰明漂亮，擁有稀罕且嬌媚的特質。
「真是蠢斃了，」咪咪說，「我笨死了。」
「妳不笨呀。」露依絲說。

現在咪咪的睫毛膏漫延至沙發抱枕，沾得到處都是。

露依絲幫她倒了一杯薑黃野薑鳳梨香檳茶。咪咪顫抖地捧起杯子，喝了一口。

「他不是有意的。」

露依絲不曉得咪咪這句話究竟是他並不覺得我很特別，或是他不是故意要在我毫無知覺的情況下上我，但她仍肯定地點頭，並且在咪咪哭出聲時輕拍她的背。

「我不知道我為什麼要一直這樣。」咪咪說。

露依絲嘆氣。

「妳可以不要這樣啊。」露依絲說。「妳不需要隱忍。對任何人都一樣。」

「為什麼？」咪咪反問。這會兒露依絲還真想不出答案給她。

咪咪吞吞口水，動作明顯。

「我知道大家都怎麼看我，」她用手背擦眼睛，「可是妳還有什麼辦法？不愛妳真心喜愛的人？」她乾笑。「大家真的都覺得我們應該這樣嗎？」

「我不曉得。」露依絲說。

「妳知道嗎，我覺得，作為被拋棄、被扔下的一方，其實應該也帶有某種美感。那句詩不就是這麼來的嗎？願我是愛得更深的那一個[42]？但是在我們這裡，感情不是這樣詮釋的，對不對？不在乎的人才是贏家。」咪咪激動抽咽，「她可曾在乎過我？」

42 譯註：威斯坦·休·奧登（W.H. Auden）詩作《The More Loving One》。

她睜大眼睛，卻淚眼迷濛。

露依絲突然升起一股詭異的強烈衝動，想伸手擁住她。

「沒有，」露依絲說，「大概沒有。」

咪咪眨眼。

「什麼？」

「菈薇妮亞誰也不在乎。」露依絲說。「所以每一個愛她的人才會這麼愛她。」

「但她在乎妳。」

「菈薇妮亞只在乎她自己。」露依絲說。「如此而已。」她試著投入些許仁慈。「妳值得一個關心妳的人。」她說。「一個待妳如同妳對待她的人，妳值得擁有這麼一個人。」

「每個人都一樣。」咪咪說。她聳了聳肩，「妳知道，我並不是某人的附屬品，我也不可能美化任何人的體驗——以前蓋文曾經這樣告訴過我。菈薇妮亞並不會因為我而體驗到更美好的生活，所以她不要我繞著她打轉。我很確定他以為這是在幫我。蓋文老是以為自己很懂得幫助別人。」她輕啜一口熱茶，笑了；「我不像妳，露露，」已經許久沒有人喊她露露了，「我不聰明。我不是天資聰穎的作家。」

「我才不是天資聰穎的作家。」

「誰說妳不是！」咪咪不小心灑出一滴茶、落入茶碟。「相信我——妳知道我有多希望妳不是嗎？我還記得《混時間》登出妳的第一篇文章時，我還把它加進書籤，這樣就可以去給負評了。我還以為，我至少可以享受一下妳也有做不好的事。誰知那篇文章——就是學生惡作劇然後逃跑的那篇——實在好棒！然後妳在《新仇男主義》寫男人的多重伴侶關係那一篇，我太喜歡了。」

「妳看過？」

在露依絲的印象中，菈薇妮亞不曾讀過她寫的任何一篇故事或文章。

「妳寫的每一篇我都看了。」

咪咪整張臉亮起來。

「我甚至用妳的名字建立Google快訊，」咪咪說，「只要妳一發新文章，我就可以馬上讀到。抱歉，我這樣好像有點像跟蹤狂喔。」

或許是這樣沒錯，但露依絲完全不介意。

「妳考慮寫小說嗎？」

「不知道耶。」

「因為我一定會看。假如妳寫的話。我敢說一定會有人幫妳出版的。」

「這我可不知道。」

「吼，一定會的啦！」

咪咪看著露依絲的方式——毫不掩飾她的篤定，像小狗狗般忠誠堅貞地示愛——露依絲也曾以這種眼神凝望菈薇妮亞。露依絲分不清這是否代表咪咪此刻滿口謊言，抑或露依絲過去其實句句真心、但她自己卻不知道。

「妳寫的東西比波沃夫·馬蒙好太多了！」咪咪說。她把茶喝完，「我可不是因為他強暴我，我才這樣說。不管怎麼樣，我說的是真話。」

「走吧！」露依絲啪地一聲、把茶杯放回茶碟，「我請妳喝一杯。」

「真的嗎？」

「真的。我們來享受一下所謂的美好夜晚，如何？」

咪咪笑靨如蜜似花，「好！」

露依絲提議去地獄廚房參加搖擺舞之夜，因為她記得咪咪很愛跳舞；而且說實話，她自己也好久沒跳舞了（自從菈薇妮亞那個以後），再加上這週的《城市奇狐》刊了一篇文章，提到某間酒吧以「閃電戰期間的倫敦地鐵」為主題，拿豌豆罐頭裝雞尾酒。可是咪咪不想去時代廣場附近（因為巴黎恐攻才剛發生不久），所以露依絲帶咪咪去幾條街外、就在約克維爾街旁邊的小巷子裡，一間同性戀喜歡去的小鋼琴沙龍「白蘭蒂」。店內走木板裝飾風，只要十塊錢就能喝到品質不錯的酒；此刻琴師正在彈奏法蘭克．辛納屈的曲子。今晚，一股赤裸裸又孤單寂寞的憂傷竄入露依絲的四肢百骸，她只想找個地方，聽人唱歌。

兩人躡手躡腳溜出公寓。

「我們這樣好像密探喔！」聽完露依絲解釋大樓管理人的種種規矩之後，咪咪低語；然後她又說，「我想起來了！以前她也是這樣讓我偷渡進來。」

兩人在酒吧自拍。

跟我的女孩兒一起出來玩！咪咪在相片底下加註。

兩頭跳舞熊相偕起舞（貼圖）

白蘭蒂不太像菈薇妮亞會來的地方，這裡既不高雅也不熱鬧；至於對咪咪和露依絲而言，這裡唯一有趣的是侍者在為她倆各倒一杯招牌酒之後，瓶裡還剩下一點酒，於是他說，假如她們願意直接就著瓶口把酒喝光，那麼這部分就算免費招待。咪咪二話不說立刻執行，眾人大聲鼓掌。

「妳會想念她嗎？」咪咪問道。「我是說，現在她都只跟新朋友玩。那群腦袋清醒的朋友。」咪咪大笑。「成功、清醒的朋友們。」

「我無時無刻不想她。」露依絲說。

「我也是。」咪咪回答。她小啜一口。「只不過——」

「只不過？」

「有時候，我也覺得有點——鬆了口氣，只是偶爾啦。妳也知道我有多想她，但至少，妳曉得的，我也就不需要這麼努力、這麼用力討她歡心了。」她又點了一杯酒。「我還記得，以前我們還是朋友的時候，我好害怕她會意識到我只是個……不，我什麼也不是。我好怕她只是……嗯，隨機挑中我而已。要不是我們曾經參加同一場試鏡——」

「試鏡？」

「我們認識的時候，她是演員。」咪咪咧嘴笑了笑。「她沒告訴妳，對吧？她轉行寫作之前，曾經做過演員。那時她剛從耶魯休學，追尋她的表演事業。」

沙龍一隅，琴師幽幽唱起《柏克萊廣場，夜鶯歌唱》（A Nightingale Sang in Berkeley Square）。

「對她來說，我算什麼？一個又胖又失敗的女演員？每次我們一起出去，都會做些冒險的事；當時我常這麼想：今天晚上她一定會厭倦我的。但現在，我想我應該已經沒什麼好擔心的了。」

兩人又點了一杯，又一次乾杯。

「其實我在乎的並不是錢。她總能讓妳覺得自己好特別——直到她不再這麼做為止。我是說，只要妳願意陪她玩下去……對吧？」

「對。」露依絲說。

「好蠢喔。有時候我還會這麼想——喔，我沒有別的意思，但我偶爾會覺得，要是我能再……唔，再好一點的話，說不定她就會讓我留在她身邊了。要是我，嗯，好好陪她玩的話。」

她咯咯笑起來。

「不過啊，最好笑的還是——」咪咪說，「其實她才是搞砸的那個人。」

「這話什麼意思？」

「哎呀！」咪咪伸手摀嘴巴，「我不能說！」

「到底是什麼事嘛？」

「她會殺了我。」

「我向妳保證，」露依絲說，「我絕對、絕對不會告訴另一個活人！」

「太丟臉了啦！」咪咪的笑聲猶如嘴裡含了蜂鳥似的。「老天，超尷尬的！我連想都不敢再想。」

「快說！」

咪咪深呼吸。「好啦。妳應該知道——妳知道菈薇妮亞迷戀芮克斯吧？」

露依絲瞪她一眼。

「對吼，妳當然知道。不過我是說在那之前，菈薇妮亞曾經說過：我不曾跟其他男人有過性關係。」

「我也記得。」

「我說啊，這句話其實有很多漏洞。如果妳仔細想過一遍的話。」

「妳是說——」

「我想，這是她為什麼喜歡我們——有時候算喜歡啦——的原因。也許我這樣講很惡毒。我的意思是，我覺得這樣說很不厚道，可是我真的想過，有時候會認真想一下：如果她只是利用我們，妳也知道，利用我們滿足某種需求，那她倒也不必表現一副她很特別、很完美、充滿魔力且滿懷熱情，冰清玉潔到她再也不讓別的男人操她的地步。」

「所以妳們兩個——」

「我是不曉得啦，」咪咪說，「我不曉得妳會怎麼定義。也許這就是性愛，至少對我來說，它是，因為我呢，我從十二歲起就彎了。不過對她來說或許不算是吧。」

即使是現在，露依絲依舊感覺到微微的嫉妒。她討厭自己這個樣子。

「可是，結果不是這樣。我是說，她不是為了這個理由趕我走的。老天。原本我以為只要我順著她、給她她想要的，這段關係就可能可以這樣維持下去……噢，我不該跟妳說這些的，露露。我真是非常差勁的朋友。」但她說得一副坦蕩得意的樣子。

「哪有，妳才不是。」露依絲說。

露依絲又幫咪咪倒了些酒。

「那時候我還在字母城酒吧那邊上班。我排班的時間都一樣，菈薇妮亞也知道我的班表。然後有一天晚上，我喝太多、胃不舒服——因為那晚有個準新郎辦告別單身派對，逼我喝了好多烈酒，所以酒保就叫我早點回家……妳保證絕對不會告訴她我跟妳說了？」

「說了我就不得好死。」

「我撞見她——」咪咪說，「他們兩個。」

「她跟誰？」

露依絲把嘴裡的酒噴出來。

「哈爾．厄普丘奇。」

「告訴我是誰，咪咪。」

「真的很噁。」

露依絲試著想像他——他身上的汗，鼻涕滴滴答答流下來，他的門牙縫，還有幾乎超出他臉頰的超大微笑——想像這樣的他壓在菈薇妮亞身上。她無法想像。

「不過不只這樣，」咪咪又說，「我是說，最糟的還不是這個。」她把臉埋進掌心。「天哪——我肯定是全世界一等一的爛朋友。」

「相信我，」露依絲勸誘，「妳不是。」

咪咪再次深呼吸。

「那時候他——」她突然爆出歇斯底里的大笑，笑得眼淚都流出來了，「他正在……」她一口飲盡整杯紅酒。

「他正在幹她屁眼。」

她繼續發出一連串無助的咯咯笑，笑著笑著竟嗚咽起來。

露依絲完全沒料到是這種答案。

「哇噢。」露依絲只能驚嘆。因為她實在也沒別的話好說。

「我懂……」咪咪激動得又哭又笑，幾乎喘不過氣；「我能明白。」她設法讓自己冷靜下來。「所以我猜，就技術上來說，她確實只跟一個男人有過陰道性交！」

露依絲忍不住了。

她也放聲大笑。

「我根本不在乎他怎麼幹她。」咪咪開始打嗝。兩人終於止住笑，再次正常呼吸。「我是說，當時我很嫉妒，我當然嫉妒，但我曉得她不是彎的，至少內心深處不是。我知道，我又不笨。既然他孤家寡人，而她也名花無主，那——我是說——那又有什麼關係？所以我壓根不在乎。我只知道我愛她。」

但咪咪又哭起來，然後止不住大笑加打嗝，同時將整段恐怖故事娓娓道來：她先是開門進屋，然後馬上假裝自己還沒回來、回頭再用力甩上門，衝進房裡、立刻戴上耳機並且把音量調到最大，之後絕口不提這件事。她從不問她為什麼——即使她心裡有好多問題想問：像是妳真的喜歡他？以及妳這麼做是為了激怒芮克斯嗎？還有妳應該是想激怒芮克斯對吧？後來那一整個星期，菈薇妮亞比平時更常吼她，逼她陪她參加更多派對，氣咪咪竟然胖了三公斤、塞不進塔夫綢公主禮服（就是露依絲後來穿去《羅密歐與茱麗葉》春季首演的那一件），咪咪都不反抗、不生氣，百依百順。結果這又讓咪咪再一次想起波沃夫·馬蒙（當然，她又哭了），然後總而言之，咪咪說，有天晚上她稍微醉了，覺得有點太過放心、太過自在，也有點太滿心是愛，於是脫口問了菈薇妮亞——直截了當地問——她跟哈爾·厄普丘奇天殺的到底是怎麼回事。菈薇妮亞甚至沒抬眼看她——她連看也沒看我一眼——她心中所有溫暖、活躍、閃閃發亮的因子全部化為灰燼。她直接叫咪咪收拾東西，叫她出去，永遠不必回來。

琴師的小費罐傳到她們面前。露依絲放進一張二十元紙鈔。另一張她原本應該存起來、打算應付逃亡所需、屬於菈薇妮亞的二十元紙鈔。

這時琴師對大家宣布：今晚開放來賓演唱，徵求自願者。

「妳知道嗎？」咪咪咕噥，「我來紐約是為了進百老匯。很可笑吧？」

這個世界充滿許許多多絕望、不開心、心懷內疚的人，而露依絲只希望今晚能有一個人有好事降臨在她或他身上。於是她說，咪咪，我覺得妳應該上台試試，但咪咪只是大笑、然後嘆氣並紅著臉說不行，我沒辦法，我的聲音好幾年前就不行了。露依絲抓住她的手，高高舉起，然後又揮又叫地說這裡！這裡！儘管咪咪整張臉都紅了、十分難為情，但她也非常開心。在眾人簇擁之下，咪咪被推上台，站上那方充作舞台的小平台。

琴師彈起《紐約，紐約》的前奏。（他們老是喜歡彈《紐約，紐約》，莅薇妮亞每次都這麼說。但露依絲好愛這首歌，而這座城市又是如此豐富多彩，露依絲實在百聽不厭。）這座城市永遠不會變。每一場派對每一間酒吧都一樣，每一個週五夜晚都和之前的每一個週五夜一模一樣；同一群攝影師拍下同一群人在歌劇院的照片，進入私酒鋪的通關密語猶如萬能鑰匙，而這整座他媽的城市裡每一家他媽的鋼琴酒吧也都會在曲終人散之際，響起《紐約，紐約》的音符。

總而言之，咪咪開口唱了。

她唱得真好。

關於咪咪，有件事大家可能不知道：

咪咪的好不是以業餘水準來說很好，或是以新罕布夏地方水準來說很好，或是好到可以去當合音天使的那種好。咪咪的歌聲是能讓原本在大笑的人突然沒了笑聲、原本在拍照的人放下手機，全部盯著她瞧的那種好。

若我能在此功成名就，她唱道，情感情烈粗獷，睫毛膏混著汗水滑下臉龐——露依絲頭一次體

會、意識到咪咪的美。

當她唱出不管到哪兒都會成功這一句時，咪咪彷彿用力撕扯喉嚨，令在場的每一個人無不用力鼓掌、大聲喊她的名字，因為她就是這麼好。

一曲告終，她接受眾人起立喝采。就連侍者都大吹口哨恭賀她。

她的視線越過吧檯，望向露依絲，眼中閃爍晶瑩淚光；咪咪無視大夥兒似乎無意停止的鼓掌喝采，她衝過吧檯，撲向露依絲並環抱住她，口中不斷說著謝謝妳，謝謝妳，謝謝妳以及對不起，我弄髒妳的衣服了，而露依絲則是持續安慰她沒關係，沒關係，我明白的。

「這是我人生最棒的一晚！」咪咪用力呼吸，非常非常開心，而露依絲此刻滿腦子只想對她說跟我回家吧。露依絲滿心只想泡一壺豆蔻小紅莓肉桂接骨木茶給咪咪，和咪咪一起坐上長沙發大聽古典樂，並且把音量開到最大聲、讓溫特斯太太拚命敲門抗議；或者和咪咪一起在菈薇妮亞那張超大雙人床上沉沉睡去，睡在那一襲巨大、毛絨絨的緹花被單底下；又或者一逕聊天，聊到天荒地老，聊到沒人管得了、愛怎麼聊就怎麼聊。但是露依絲當然不能這麼做。因為菈薇妮亞在家（早先她已在臉書上打卡，地點是東村某個「女神意識團體」。不過此刻已過午夜，所以她大概已經到家了），也因為露依絲從今往後再也不可能對任何人敞開心房，坦誠相對。

「妳人真好，」咪咪說。「妳人真的很好，露露。以前我們為什麼沒能做成朋友？」她咧嘴一笑。

「以後我們應該要偶爾約一下。」

「那一定很棒。」

咪咪踉蹌走在第二大道上。

「我愛妳，露露。」

露依絲幫她攔了一輛計程車。

她給她六十塊錢付車資（因為咪咪住在老遠的弗萊布許區。因為咪咪身上永遠沒有錢）。

「我不能收——」

露依絲在咪咪把錢推還給她之前，關上車門。

載著咪咪的計程車朝弗萊布許駛去。

露依絲沒辦法再這樣下去了。

不論此刻她決定怎麼做，都好過用菈薇妮亞的手機假造照片、或者搜尋激勵人心的名言錦句，只為模仿菈薇妮亞文謅謅的說話習慣；不論她要做什麼都好過傳一堆語焉不詳又裝可愛的簡訊給波沃夫·馬蒙和蓋文·穆拉尼，或者寄出活潑歡快、精心措辭的電子郵件給珂蒂莉亞和菈薇妮亞的爸媽，或是整天跟溫特斯太太玩躲貓貓，跟哈爾·厄普丘奇打情罵俏，匯錢給雅典娜，努力不讓芮克斯想起菈薇妮亞，還有每一次在報上讀到某人又在東河某處發現屍體時都會一陣恐慌，以及當著咪咪的面假裝菈薇妮亞還在人世。

露依絲打給芮克斯。儘管午夜已過，儘管他可能已經睡了，儘管她不是那種大半夜還會打給男友、整天黏緊緊的女孩，她仍刻意讓電話持續不斷地響。

「我需要你……」她說，「我需要跟你談一談——拜託！」

「妳還好嗎？」（她懷疑他是否正在猶豫，猶豫該不該理會她。）

「我需要你……」她又說，「拜託，來我這裡。」

「可是——」

「她不在家。」

於是芮克斯說，「好，當然好，別擔心。我馬上過去。」

她好想要他陪在她身邊。她要他在她體內。她要他摟著她、讓她不再發抖，聽她啜泣訴說自己犯下的罪，理解所有她刻意為之和置之不理的一切，然後或許，說不定還是會有誰能懂她、同時也願意愛她。

露依絲在樓下大廳摸索鑰匙。她甚至忘記先瞧瞧溫特斯太太是否站在樓梯上。

露依絲頭一次覺得眼前的梯階看起來好高，好遠。

她踩著重重的步伐，爬上樓梯——她弄出好多噪音（就讓那個老賤人開門吧，她想，就讓他們全部一起來吧）。

屋裡的燈是亮著的。

門也開著。

菈薇妮亞坐在長沙發上。

她的頭髮又長又狂野。她屈起腿，把腳藏在大腿底下。她穿著她的睡袍。

露依絲呆立門口。鑰匙落在地上。

當然囉，她心想，她喝了好多酒，腎上腺素狂飆，熬過無數無眠的夜晚，又有誰會真正長眠安息？

菈薇妮亞緩緩轉頭看她。

她倆的顴骨外型極為相似。她倆擁有同樣燦亮的湛藍眼眸。

「我來看我姊。」珂蒂莉亞說。

8

露依絲撿起鑰匙，進門，在珂蒂莉亞身邊坐下來。

「真不巧，」她說，聲音聽起來好像別人的，「菈薇妮亞不在家。」

「她去哪裡了？」珂蒂莉亞揚起下巴。

「出遠門去了。」露依絲說。「跟幾個朋友一道。」

「去哪裡？」

「她沒告訴我詳細地點。好像是某種——公路旅行吧。」她腦筋動得飛快。「有點像……冥想打坐之類的。她們打算開車往西部走。」

「她什麼時候出發的？」

露依絲努力回想菈薇妮亞最近一次在IG上PO文的時間。

「今天剛走。」她說。

「她跟誰去？」

「奈莉莎，潔德——潔德・瓦瑟曼。荷莉・霍恩巴赫。」這些人都有臉書帳號。

「妳見過她們嗎？」

「妳是指什麼時候？」

「她出發以前。」

珂蒂莉亞端坐不動。

「見過幾次吧。怎麼了？」

「她有乖乖吃藥嗎？」

「吃什麼？」

「她的藥——她有吃嗎？」

「我怎麼會知道？」

「我去看了浴室的櫃子，」珂蒂莉亞說，「抱歉。我無意冒犯，也不是故意要這樣闖進來。可是她一直不接我電話。」

「妳也知道菈薇妮亞這個人，」露依絲輕聲說，「有時候她——」

「我當然知道她是怎麼樣的人，」珂蒂莉亞非常冷靜，「菈薇妮亞是我姊姊。」

珂蒂莉亞起身走向酒櫃。

露依絲麻木得動不了。

「妳們喝掉好多酒。」珂蒂莉亞轉身看她，「我還以為薇妮不喝酒了。」

「噢——她不喝啊……都是我喝的。」至少這部分是真的。

「妳不該在她旁邊喝酒。」珂蒂莉亞說。「如果她打算戒酒的話，妳這麼做很不應該。」

「我是在她開始戒酒之前喝掉的。」

「她為什麼想戒酒？」

「她——」露依絲想了想，決定此刻不是坦白她搞上芮克斯的最佳時機；「我想，她大概是想徹底擺脫……妳知道，擺脫過去的日子吧。」

「可是浴室櫃子裡的藥整瓶是滿的。」她說。「我還以為妳會知道。那些藥都過期了，代表她很久沒吃了。妳沒注意到嗎？」

「她看起來蠻好的呀。常常做瑜伽。」

「跟奈莉莎？還有荷莉？還是潔德？」

「對啊。」

珂蒂莉亞猛一抬頭。

「不要騙我。」珂蒂莉亞說。

露依絲呆了。

「妳以為我看不出來妳在撒謊嗎？」

這對姊妹就連目光冷冽也都一模一樣。

「當時我也在——妳忘了嗎？第一次發生這種事的時候。」

「第一次什麼？」

「二〇一二年感恩節。那時候她——妳知道的——那時候她也很好。她跟每個人說，雖然發生那種事，但她內心很平靜。她一頭埋進占星學，研究咒語、威卡巫術（Wicca）、塔羅牌——這才是重點：她說塔羅牌早就預言芮克斯會離開她，但是將來有一天，等他們心智更成熟、經歷更多磨練之後，她跟芮克斯就會重新在一起。以前她也常常跟我強調命運這類的事。然後她也開始畫畫。她把所有作品都PO上網，一再告訴我她沒事、她很好，她已經回學校上課，也很開心又開始認識新對象——她甚至還跟我說，她考慮跟他們其中一個約會，那人是她系上的助教。」珂蒂莉亞再度揚起下巴。

「結果她卻在耶誕節那天吞了一大把安眠藥，躺在船上，想結束自己的生命。所以如果妳是在替她掩護，」珂蒂莉亞說，「那麼妳就是在做蠢事。」

「妳爸媽曉得妳在這裡嗎？」

「我原本應該從波士頓搭飛機去巴黎，明天出發，去過耶誕節。媽說她非常開心，因為至少我們之中有一個會回去過節。」珂蒂莉亞彆扭地擠出微笑。「但我卻從波士頓南站搭巴士來這裡。有個流浪漢竟然在紐約港務局外面遛鳥給我看。噁心死了。」她聳聳肩。「總之，薇妮需要我。」

「那麼妳最好打電話給妳爸媽。」露依絲說。

「這對他們不公平。他們已經有一個女兒不聽話了，算他們運氣不好；但如果兩個都這樣，就是他們不用心了。[43]」她踢掉鞋子。「薇妮什麼時候回來？」

「我不曉得，」露依絲說，「她沒交代。」

「那我就在這裡等到她回來。」

「我真的覺得妳應該跟妳爸媽聯絡。」

「為什麼？」

露依絲站起來，走向電話。

「我跟他們說，我在最後一刻決定接受艾克希特幾位同學的邀請，去亞斯本滑雪。他們應該不會反對。妳不會告訴他們我在這裡吧？」她又笑了。「當然，我也不會告訴他們妳在這裡。」她揚起頭。「還有，我祖母的那個古董衣箱呢？」

「菈薇妮亞拿去做拍照道具了。」

「哦？是嗎？」珂蒂莉亞抬眼看她。

她兩腳一旋，突然站起來。

「妳最好有膽子說妳不知道她什麼時候回來！」

「我跟妳說過了——她沒交代。她只說她要來一趟公路旅行，就這樣！」

「然後妳竟然讓她去！」

露依絲不明白她的意思。

「老天，妳到底有多蠢哪？」珂蒂莉亞轉身速度之快，就連酒櫃上的酒瓶都被睡袍掃得晃了一下。「妳是真不懂還是假不懂？她身邊一定要有人哪！」

露依絲不吭氣。

珂蒂莉亞呼吸急促，情緒激動。

「對不起。」珂蒂莉亞說。「抱歉——雖然這對我也不公平。」她重新坐回長沙發，雙手交疊擱在腿上。「她不是妳要負責的問題。」她說。「她是我的責任。但如果她還在繼續喝酒——我是說，如果她騙人，我希望妳告訴我。」

「我懂妳的意思。」露依絲說。

「所以她還在喝酒嗎？」

「沒有。」露依絲斬釘截鐵。「至少我沒看她喝過。」

珂蒂莉亞吁了口氣，閉上眼睛。

「很好。」她說。

---

43 譯註：改寫自王爾德的幽默語錄：To lose one may be regarded as a misfortune, to lose two looks like carelessness

然後她又說，「但是這有可能嗎？」

「她只跟我說過一件事，」露依絲說，「就是她不想再過那種生活了。她想要不一樣的人生。」

「可是妳卻不認識她那些新朋友？」

「只打過幾次照面。」

珂蒂莉亞點點頭。

「妳也知道，」露依絲說，「菈薇妮亞只要一認識新朋友，她通常都……」

「她喜歡蒐集朋友。」珂蒂莉亞的語氣軟下來，但也只有一點點；「像照顧流浪貓一樣。」她笑了。「她以前常說，會從頭到尾黏著她的人只有我一個。」

她走向小廚房，燒水泡茶。

「來點茶吧？」

「不了，謝謝。」露依絲說。

露依絲突然覺得好累好累。

「妳該補充水份。」珂蒂莉亞說。

「我還好。」

「妳喝那麼多酒。妳應該多喝點水。」

露依絲嘆氣。

「妳聽我說，」露依絲說，「菈薇妮亞不會有事的，好嗎？她過得很好，這我很清楚，因為我一直看著她。她很快樂。她——她熬過去了。所以妳真的不必留下來等她。況且她可能一兩個禮拜都不在家，妳留在這裡也沒用。」

「可是我已經來了。」
「要不明天我租輛車，送妳去洛根機場？妳幾點飛機？」
「妳人真好，」珂蒂莉亞說，「但我不要妳這樣做。我要留在這裡。反正我也不打算去巴黎了。」她說。「畢竟這裡是我家。」

就在這時候，門鈴響了。
也是在這個時候，露依絲才想起來。
露依絲還沒來得及想好說詞，珂蒂莉亞便已走向對講機。
她倆看著螢幕中的芮克斯來回踱步。他上氣不接下氣，頭髮亂糟糟，外套也皺巴巴的，彷彿直接從地上撿起來穿一樣。
「我的媽呀。」珂蒂莉亞輕喊。
然後她咧嘴笑開。「我就知道。」
「什麼？」
「我就知道！」
她放聲大笑，笑聲好像菈薇妮亞，害露依絲不自覺抖了一下。「他當然會來——我一直都知道他會回頭，他當然會，因為他愛她。只是這也太巧了吧？」她用力吐出最後幾個字。
露依絲心想，她這輩子不曾見過有誰像此刻的珂蒂莉亞這麼開心。她甚至覺得就連菈薇妮亞也不曾如此開心。
「我等不及要看他的表情了——」

「等一下！」

來不及了。珂蒂莉亞已按鈕讓他進門。

「如果我是男人的話，」珂蒂莉亞激動地走來走去，「天哪！要是我是男人的話，我一定會揍他一拳！他以前竟敢那樣對她！」

「事情不是——」

「他毀了她的人生！他是最可悲、懦弱、只會哭哭啼啼的臭無賴！」她挺直背脊，站得挺挺的。

「拜託，」她說，「薇妮的名譽可不容他汙衊！」

她敞開大門。

事發經過如下：

芮克斯對上珂蒂莉亞。

露依絲看見他嚇了一大跳，因為她知道他心裡想的跟她一樣——那頭長髮、狂野的眼神和紅潤、心型嘴唇。然後他的臉色越來越白，有那麼一瞬間，他的表情驚恐慘白得就像書裡描寫活見鬼的那個當下，而露依絲痛恨竟然有人——不是鬼也不是蛇蠍美人，只是一個普普通通的二十三歲女孩——有人能如此深刻地影響另一個人。

然後他會意過來。

「珂蒂莉亞？」

「你來晚了。」

珂蒂莉亞十分享受這一刻。

「什麼意思？」

露依絲站在珂蒂莉亞身後，對上他的視線，露出絕望哀怨的眼神。她無聲說著求求你，拜託。

「薇妮呀。她走了。她離開了。你見不到她了。」

「我……什麼？」

「她出發旅行去了。她要去西部，去冒險。」

「呃……」

「抱歉，」露依絲插進來，以某種相當可笑的誠懇語氣——而且她認為自己一定會被珂蒂莉亞看破手腳——說道，「我知道你是來找菈薇妮亞的，可是她出城去了。」

「你應該為你自己感到可恥。」珂蒂莉亞交叉雙臂、抱在胸前，「事情都過去這麼久了，你竟然還敢跑到這裡來！」

芮克斯猛眨眼。

「她已經繼續前進了。她不要你了。她不會再降低自己的水準去迎合你這種人了！」

芮克斯望向露依絲，後者不斷以唇語對他說拜託，求求你。

「我很抱歉。」他一字一句地說。「妳——妳說的對。珂蒂莉亞。」

「薇妮已經對你們這種布爾喬亞、無聊、俾德邁亞時期那種保守又無病呻吟的生活方式失去興趣了。」珂蒂莉亞啐道。「她現在做的事有趣太多了！此刻她正在——她正在六十一號國道上漫遊旅行呢！」

「很好。」芮克斯的耳朵滾燙發熱。他直直盯著露依絲。「好。那麼我可以走——」

「你最好別再回來！」

「妳說的對。」芮克斯說。「我不會的。」

他看也沒看露依絲一眼，轉身離開。

兩人盯著對講機螢幕，看見他像旋風一般衝出大門。珂蒂莉亞爆出大笑。

「妳看到了嗎？」

「看到了。」

「瞧瞧他的表情！」

珂蒂莉亞鎖上門，轉向露依絲，整個人容光煥發。

「天哪！我真等不及要跟薇妮說了！」她手摀著嘴，「答應我——答應我妳會讓我來告訴她，好嗎？」

「我答應妳。」

露依絲頭好暈。

「我知道——我就知道！沒有人、沒有任何人能夠忘記薇妮！」珂蒂莉亞開心跳向長沙發——跨過古董衣箱原本所在的位置，「誰也忘不了她！」她躺下來。「那些凡夫俗子，妳曉得的呀！像芮克斯那種貨色，他們根本駕馭不了她。」她腳跟一頂又坐起來，「有時候，我還真是非常了解我姊姊呢！雖然她傻傻的，有點輕浮又愛慕虛榮，非常自我中心；可是她並不自私。她不會只想到自己。」

「哦？」

「如果薇妮真的非常自私的話，她自己開心就好啦。可是薇妮並不開心，她始終不曾真正開心。因為她做不到——如果這個世界還是這副德性的話。」她抱住膝蓋、抵著胸口，「這是原罪。妳知道嗎？」

「我不懂。」

「妳跟薇妮很像。」珂蒂莉亞淺淺一笑。「她討厭聽我說這些。她說這些事令她渾身不舒服。可是我認為這是能解釋世界何以如此的唯一方式。所有的一切都源於我們自身的錯誤，因此這一切也都不算是我們的錯。」她嘆氣。「當然，對她而言，他不夠好。可是要是他其實夠好呢？」她下意識地用手指捲繞髮絲，「總而言之，」她說，「這就是我信主的原因。也是我老媽討厭我信主的原因。」

露依絲趁珂蒂莉亞去洗手間的時候，傳簡訊給芮克斯。

我真的非常非常非常抱歉。

我明天再跟你解釋。

到了明天，她一定能想出一套說詞。露依絲總能想出辦法。

芮克斯讀了訊息。

他沒有回覆。

凌晨三點，珂蒂莉亞終於打呵欠了。

「妳說的對，」她突然宣布，「我很確定我是白擔心了。薇妮沒事，對吧？」

「她當然沒事。」露依絲說。

「如果情況又變糟的話，她會跟我們說，對吧？」

「她一定會說的。」

「上次……」珂蒂莉亞把下巴靠在膝蓋上，「其實我早就感覺到了。她變得有點狂躁。她會自己算塔羅、熬夜到天亮，試著解讀牌卡，然後從耶魯打電話回家預告自己的死期。」

「我向妳保證，」露依絲說，「菈薇妮亞正在變好。她——」她得努力逼自己說出來，「她連芮克斯的事都放下了。」

「她永遠不可能放下芮克斯！她會把他牢牢放在心上，直到死去那天為止。薇妮一心想成為那種一生只愛過一次的人。」珂蒂莉亞輕啜一口自己泡的花草茶，「即使那會害她非常不快樂，她也會堅持下去。」她站起來。「我應該放妳去休息了。我想她今天應該不會回來吧，沒什麼好擔心的。」

「等到早上再發訊息給她吧。」露依絲說。「妳來她卻不在，她心裡一定很抱歉。」

到時候，菈薇妮亞肯定已經上傳好幾張公路旅行的照片。她會放上一堆景色壯麗輝煌的美照。露依絲會規劃好行程。她會上網搜尋能與之匹敵、互相呼應的名言錦句。

「嘿，露依絲？」

珂蒂莉亞在房門口站定。

「如果妳也開始擔心的話，妳會跟我說，會吧？」

她全心全意、眼睛眨也不眨地凝望露依絲。彷彿她真心信任她。

「那當然。」露依絲回答。

「我猜妳應該是睡我房間？」珂蒂莉亞說。「我看我乾脆去睡薇妮的床好了，這樣比較簡單吧？」

露依絲不在芮克斯家留宿的日子，她都睡在菈薇妮亞床上。

「噢，不用啦，」露依絲說，「妳還是睡妳房間吧。真的。」

「可是這樣不就得把妳的東西移出去？」

「是沒錯，」露依絲說，「只是——只是菈薇妮亞把房間弄得有點亂……」

珂蒂莉亞咯咯笑起來。

「她真的很不會收拾，對吧？」

「我來整理一下，騰出一點空間給妳。」露依絲說。

露依絲走進菈薇妮亞房間。她鋪好床，仔細收拾所有犯罪證據——假證件、現金、準備盜賣的珠寶首飾、芮克斯的信——全部掃進一只郵差包裡。

露依絲檢查自己的手機。芮克斯還是沒回她訊息。

她檢查菈薇妮亞的手機。

來自咪咪和珂蒂莉亞的幾通未接來電。

她昨天放上的那張空中鐵道公園，目前已經有六十六個讚了。

「都是妳的。都給妳。」露依絲說。

露依絲回到她原本的房間。這裡比她記憶中小好多。

菈薇妮亞陸續放上公路旅行的照片。一輛車（沒秀車牌）。更多惠特曼的詩句。一張森林落日美照（任何地方都有可能），再加上幾句梭羅。一名做瑜珈的女子，但因為隔著一段距離拍攝，故有可能是荷莉、奈莉莎或潔德（後來露依絲決定是奈莉莎，也標記她）。菈薇妮亞寫了一篇叨叨絮絮、閒聊式的省思文，引用各就各位、破浪前行、西方閃耀的星光下，至死方休這一段，而這部分或許能跟菈薇妮亞之前發表的文章相呼應（因為她已多次引用丁尼生的詩句）。

菈薇妮亞發簡訊給她妹妹。

親愛的！露露告訴我妳進城來找我。抱歉，真希望我知道妳要來，但妳也知道，此刻我們正在公路上體驗最神奇的時光，也想看看我們有沒有辦法一路搭便車到加州！（這段時間全都仰仗陌生人的善意啊！）

快去巴黎吧，麻煩幫我帶點瑪黑兄弟（*Mariage Frères*）花草茶回來。我最愛馬可波羅茶。親親！

珂蒂莉亞讀了訊息。

但她也沒回。

隔天早上，芮克斯終於回覆了。

下課之後過來吧，他寫道。她依約前去。

她表示菈薇妮亞並未事先告知，就踏上這趟「巴布狄倫之鑽石與鐵鏽」[44]公路之旅，獨留她一個人在一間不屬於她的公寓裡。她也表達自己有多愚蠢多憤怒——我甚至不曉得我為什麼生氣——她嚇壞了，所以才會打給芮克斯，所以芮克斯是否能原諒她？

「反正就是女孩子吵架，」露依絲說，「如此而已。」

還有，菈薇妮亞也沒跟珂蒂莉亞提他們倆的事。

珂蒂莉亞非常脆弱，露依絲說，激動地想保護她姊姊。露依絲壓根不明白菈薇妮亞為什麼不把真相告訴珂蒂莉亞，而她覺得她也沒有立場代替菈薇妮亞做這件事，因為她不想夾在她們姊妹之間。不過眼前最重要的是，她和菈薇妮亞得說服珂蒂莉亞去巴黎找爸媽，因為她們沒辦法讓一個十七歲女孩在紐約閒晃、卻假裝人在亞斯本；而且要是露依絲不小心惹珂蒂莉亞生氣，她搞不好會向她爸媽告狀、說露依絲住在那裡——絕不能發生這種事。

「所以大概就是這麼回事。」露依絲的語氣絕望又哀怨。

「太誇張了。」芮克斯說。他說的沒錯。

「情況有點複雜。」

「我不懂妳為什麼不乾脆搬出來？」他說，一副在這個城市討生活的人應該捨棄免付房租的屋子不住，也不該出賣自己的靈魂。

「就是……有點複雜。」露依絲又強調一次。

「聽著，」他說，「我曉得妳們兩個有妳們自己的屁事要處理，而我也不知道到底是什麼事。但那是妳們之間的事，不要把我扯進來。」

他說的一副好像菈薇妮亞並非因他而死似的。

「我只是不想再惹出更多事而已。」露依絲解釋。

「那好，因為妳已經該死的惹出太多事了！」

露依絲討厭他拔高音量對她說話。

她伸手按住他肩膀。她吻他。

「只要再一陣子就好，」她說，「就——大家和平相處，安靜了事。」

44 譯註：《Diamonds and Rust》為美國女歌手瓊・拜雅與巴布・狄倫分手後所寫的曲子，紀念兩人已逝的戀情。

「所以是怎樣？妳要我假裝我還愛她，就只為了讓那小女生開心？」

「你什麼也不必裝，」她說，「我們兩個別太張揚就好。等我們說服她回家。這樣我就不用跟一個討厭我的人住在一個屋簷下了。」

她等著他開口說不然妳來跟我住，但他沒說。

「那要是珂蒂莉亞跟她說我還在想她，」他還是不說她的名字，就連此時此刻也不說；「那我也該默不作聲嗎？」

她絞盡腦汁想擠出一套說詞，設法讓這件事聽起來沒有想像中那麼糟糕。

「但你沒有啊。」露依絲忍不住說。「你還在想她嗎？」

他翻了翻白眼。

「反正不管怎麼樣都跟她有關，不是嗎？」他悶悶地說。

但他也沒有否認。

菈薇妮亞在路易斯安那州某處的營火前烤棉花糖。

珂蒂莉亞坐在飯廳桌旁，在英國修女「諾李奇的茱莉安」（Julian of Nowich）著作空白處寫筆記。

露依絲又匯了兩百塊美金給雅典娜大閨女。

至於露依絲為何要給她錢，兩人從未把話挑明說開。這次是因為雅典娜有天發了一則訊息給她：

嘿親愛的，不知妳聽說沒，就是我本人現在超窮的哈哈，因為之前替我付房租的那傢伙根本是個混蛋。

或許妳可以幫我問問菈薇妮亞，有哪個地方可以讓女生快速賺到五百塊外快？

她這人實在有夠慷慨。(哈哈)

所以露依絲給了。

雅典娜謝過她，接著又有意無意提及她還想添購新衣。

結果原來是雅典娜在和他們一起去聽歌劇那晚，搭上一個男的。他在中場休息時間開口約她。而她想為他打扮得中規中矩、典雅大方。

雅典娜把她看中的那件禮服連結傳給露依絲。露依絲也替她買了。

⁂

菈薇妮亞的父母開始施壓，想逼她回家過耶誕節。

我們得知珂蒂莉亞突然做了衝動的決定，不回來過節，她的雙親寫道，我們無法不懷疑這是否肇因於妳的不良示範？現在珂蒂莉亞漸漸長大，我們認為妳要為她做好榜樣的責任也越來越重要。妳父親和我都同意，妳目前的生活方式對珂蒂莉亞而言不是非常妥適的效仿對象。

我們認為，妳必須慎重考慮回家，在巴黎過完剩下的假期。屆時我們也可以討論妳接下來回耶魯復學的事。

菈薇妮亞鄭重且誠摯地回覆雙親，解釋她的小說正處於最後完成階段，而她目前正在進行的公路旅行——而且滴酒不沾(她特別補充！)——不論對她的身體或情緒狀態都是最最迫切必須且重要的。

但如果是這樣的話，菈薇妮亞的母親回覆，恕我們無法再繼續支持妳的決心。也許現階段我們已無法改變妳的人生道路，但至少，我們可以在為妳妹妹設定規範這方面，扮演相當程度的重要角色。

請妳務必牢記：在妳回家以前，我們會取消妳的信用卡。請妳在十二月十九日前做決定。
如果妳願意回巴黎過節，那我們會非常樂意幫妳買一張單程機票。
但妳父親和我也一致同意：我們不會再為妳的生活方式提供任何經濟支援。
請把妳的護照資料和選定的班機資料寄給我們。
我希望妳能明白，這是妳在目前這個階段能為妳妹妹做的最有益的一件事。菈薇妮亞的母親在信末加上這一句話。

菈薇妮亞沒有回覆這封信。

露依絲又開始缺錢。

她原本計畫把從菈薇妮亞戶頭領出來的每一分錢都好好存下來。可是露依絲已許久沒工作，而雅典娜的胃口也越來越大，再加上她還想請芮克斯吃點好料（因為這麼做能讓她覺得，她也有能力帶給他快樂），或者有時候他們也會各付各的（因為她不想讓芮克斯覺得她負擔不起他能負擔的生活享受。因為她永遠無法對芮克斯說不）。

菈薇妮亞沒接珂蒂莉亞的電話。

抱歉，親愛的！她說。這裡收訊太差！昨天我們做裸體星光浴，結果差點凍死。但是這裡**超美的！**

每一天，露依絲都在想就是今天。

一切將會在今天畫下句點。

她會開始逃亡。她會拿著菈薇妮亞的護照，或屬於那個來自愛荷華州、名叫伊莉莎白・葛拉斯的紅髮女孩的假證件，帶著她手邊僅存的積蓄，走出那扇門，從這座城市消失不見。但後來蓋文・穆拉尼突然要她為《混時間》雜誌再寫一篇稿，而且還告訴她，如果她這篇新作能讓編輯部其他成員印象深刻的話，他們會考慮把她列入該年「三十新銳作家大賞」的五人名單。然後芮克斯傳了一張中央公園的雪景照給她（雖然最近他們吵得很兇），露依絲依然想著再給我一天就好，我只求這麼多了。再一天就好。可是明天繼續來，她也繼續多要一天。

說到底，其實是露依絲根本無處可去。

十二月二十日是露依絲三十歲生日。

芮克斯知道這天是她生日，因為他在臉書上看到了（不過她跟他說她二十六歲）。

很抱歉最近我們壓力都很大，他說，**我們一起做點特別的事，好嗎？**

露依絲告訴珂蒂莉亞，她要跟網路上認識的男子約會。

「這人搞不好是連續殺人狂。」珂蒂莉亞頭也不抬，埋首作業。

※

露依絲換上她僅有的一件禮服，以免被珂蒂莉亞認出她偷穿菈薇妮亞的衣服。這是她兩年前在「居家工房」花二十塊買的，質料是廉價合成纖維（當時她還覺得這是她擁有過最好的衣服），但是對現在的她而言，尺寸太大。

芮克斯發訊息告訴她時間和地點。

這是驚喜唷！他寫道，後面還加了笑臉。所以露依絲知道他不生她的氣了。至少這天是這樣。

那是一間在威廉斯堡區、只有三張椅子的祕密酒吧。其中一張椅子是給酒保坐的。

他為她正裝出席——今天的休閒西裝外套比平常穿的更深沉穩重，皺褶也比較少。她才走進店裡，他便一步跳向她（雖然她穿著這身過時老氣、醜陋又過大的衣裳），然後他的視線停在她身上。她不禁好奇他這麼看她是因為覺得今晚的她很漂亮，還是他終於想通，當她不再扮演菈薇妮亞同類人的時候，原來她看起來是這副模樣。

「妳看起來很不錯。」他說。一句模糊不清的評論。

那晚出門前，露依絲花了整整一個鐘頭照鏡子。

*我看起來像三十歲，*她心想，而他竟然不知道。露依絲百思不解。

他們不聊菈薇妮亞。他們不聊珂蒂莉亞。他們聊天氣，聊芮克斯的專題報告，聊他不久之後要考的資格考試，聊他對指導教授的想法，聊他明年夏天打算去羅馬進行的那項了不起的「不死拉丁文」的計畫。他們聊哈爾，聊他目前跟印狄雅交往的狀況，以及他已經決定印狄雅就是他要娶的女孩（但他壓根沒問過印狄雅的意思）。他們也聊露依絲為《混時間》寫的幾篇稿子，還有蓋文認為她這次應該十拿九穩，篤定能躋身「三十新銳作家大賞」五人之列——芮克斯似乎相當佩服她。

他們聊天。露依絲覺得他倆就像紐約其他任何一對每週只做愛兩三次的乏味伴侶。

他們聊天，彷彿這是芮克斯第一次跟她這種穿得醜陋至極、或者會在新年大清早裸身站在河邊的女人約會。

他們共享韓式混墨西哥式融合料理。他們品嚐紅酒。芮克斯埋單。

餐後，他邀她一道走走。兩人相偕漫步。

一切都非常甜蜜，也非常普通。他們走在雪幕中，手牽手，沿著布里克街前進再穿越華盛頓廣場公園，然後回到中國城。星子點綴夜空，芮克斯的耳朵好紅——他很冷的時候，或是很緊張或很尷尬的時候，耳朵就會變紅。這個瞬間，露依絲突然非常強烈確定一件事：他們之所以在月光下如此浪漫散步，一切就只因為他不想上她（不想上穿著這身衣服的她。或者再也不想要她）。

兩人走過宰也街，芮克斯輕輕哼起歌兒來。

她抓住的他手，拉他閃進鵝卵石小巷。巷子裡沒有路燈，十分昏暗，過去一度是歹徒殺人作案的好地方（菈薇妮亞告訴她的），因為沒有人看得見誰在這裡。

他大笑，跟著她走。

她推他靠在牆上。她用力吻他，啃咬他的唇。

她吻得如此激烈，他訝異喘息。

她離開他的唇，他不解地望著她。

他有啥好驚訝的？露依絲心想。他應該早就習慣這種事了。菈薇妮亞以前不就是這麼對他的嗎？

她再吻他，這回吻得更賣力，她的手甚至沿著他的大腿往上滑，感覺他的屌（還沒變硬。這是她的問題）。

她抽身退開，瞅著他。

「妳在幹嘛啊？」他笑著問她，但他是認真的。

「少來了，」她說，「反正又不會有人看到。」（有誰會晾著瘋狂求愛的人不上？這才是重點。）

「我要你。」她說。

而他只是一逕地笑，但不是大笑，好像他覺得有點莫名其妙。難道是因為這身衣服？還是因為她三十了？還是因為珂蒂莉亞說誰都忘不了菈薇妮亞而她也說對了？露依絲用力吻他，吻得又深又費勁，她甚至認為她想傷害他；因為如果她沒辦法逼他想要她，至少她可以令他懼怕（只有一點點）；如果她無法變成菈薇妮亞，那麼或許成為娼妓也無妨（妳不是我會娶的那種女人，哈爾曾如此對雅典娜說。他說得如此輕鬆，好像她會為了達珂塔大廈跟他上床似的）。她親他，吻得越來越深，並且在他耳邊低語我要你現在就上我。他終於變硬，而他也在這時候一把抓住她手腕；他的呼吸越來越急促破碎，他絕望地細聲呻吟，彷彿她的力量在他之上。他依隨她，動作越來越狂野，這表示她已成功誘惑他。她突然抽開身子。

他用力抓她回來。

她要他品嚐這樣的她、如此這般地要她，直到永遠。

他將她抵在牆上，推高她裙子、將內褲往旁邊一扯。這會兒露依絲反倒不確定到底是誰先開始的了——究竟是她使計引誘他（現在她可是這方面的高手），又或者情況發展至此純粹只是因為他想要，因為他是男人。他探進她衣裙底下，撫摸她、感覺她（這我以前也做過，露依絲心想，這一切我都經歷過），然後露依絲開始在他耳邊低語，喃喃說出女人在男人一心想操她時會說的話。露依絲不知道這是不是她的真心話，又或者她只是想說給這些男人聽，但不論如何她還是說了，湊在他耳邊說，說她要他、需要他，現在他是她的了，要他好好聽著。耳邊聽著她軟語呢噥，他的動作越來越粗魯，然後她想都沒想就叫他幹她屁眼。

「什麼？」

他說這兩個字的樣子彷彿從後面來並非全天下直男夢寐以求的方式似的。

他拉開身體，盯著她瞧。

「沒事，」露依絲說，「別理我。」

「可是——」

「不要停！」她說。但他們要不是站不穩、就是她凝著他或者他擋住她，兩人的身體始終對不上，於是芮克斯低吼「他媽的！我們去搭計程車！」兩人遂攔車回到芮克斯住處（露依絲付車資），讓芮克斯上她，就像過去每一次他操她那樣。他偎入她肩窩、把臉埋進她的髮瀑中，彷彿在躲避什麼似的，彷彿她的臂彎是他的避風港。她也緊緊攀附他，腦中想著這樣應該夠了吧，而他的動作再次變得粗暴，令她覺得我終於逼瘋他了；她一方面想要他粗野地對她，想證明她也能對另一個人產生如此影響力，但他卻看也不看她一眼——他猛力衝刺，幾乎弄痛她，卻不看她——然後，或許是因為她真心這麼想，又或者是為了刺激他或逼他注意她，露依絲吐出我愛你，我愛你！而他也同時抵達高潮。

他親親她的額頭。

他翻身退開。

「我需要妳。」他低語。他吻她肩膀。

那晚，露依絲照樣一夜無眠。

「妳跟他上床了對吧？」翌日，露依絲一回公寓，珂蒂莉亞立刻追問。「那個連續殺人狂？」時間是早上九點，珂蒂莉亞已穿戴整齊（過時的短裙配高領衫），正在看書。

「這不關妳的事吧。」露依絲說。

「為什麼？」

「我們十六歲就可以自由進出任何地方、不需要大人陪了。」珂蒂莉亞說。「而且，我熬夜等妳欸。」

「因為妳才十七歲。」

「為什麼？」

「我擔心哪。萬一他真的是連續殺人狂、把妳關在某個地下室怎麼辦？」

「妳又知道了？」

「哦，因為這樣妳就不會回來了嘛。」她揚起下巴。「所以妳是第一次跟這人見面？」

「我去沖澡。」露依絲說。

「我無意探人隱私，」珂蒂莉亞說，「我只是好奇。妳真的有辦法跟第一次見面的人上床？」

她跟著露依絲來到浴室門口。

露依絲關門脫衣。

「妳不怕嗎？」隔著門，珂蒂莉亞的聲音有些模糊。

「怕什麼？」

「我不知道。怕傳染病？怕對方傷害妳？」

露依絲站在蓮蓬頭底下。她扭開熱水，讓熱水燙傷她。

珂蒂莉亞一整天都在看書，以及傳簡訊給菈薇妮亞（但她鮮少回覆）。

「妳不用擔心喔，」耶誕節前三天，珂蒂莉亞說，「我是說留我一個人在家也沒關係。我既不喝酒也不嗑藥，我什麼都不會做，真的。所以妳可以回家過節，如果妳想回去的話。我會繼續留在這裡等薇妮。我不去巴黎。」

「為什麼不去？」

客廳裡有塊區域感覺相當空曠——那是古董衣箱過去所在的地方。

「妳為什麼不回家？」

「因為我非常不喜歡我爸媽。」珂蒂莉亞答得簡單明瞭。

「嗯。我也非常不喜歡我爸媽。」露依絲附和。

「為什麼？」

露依絲聳聳肩。「我覺得他們應該也不喜歡我吧。」

她把這事當笑話說。

「妳爸媽為什麼不喜歡妳？」

以前，露依絲接受治療的時候（她為了治療花光積蓄，而她也並非真心相信治療師），她花了很多時間做心理建設，像是：每個人會用不同的方式表達愛，以及關心有時候也會成為批評和指責，還有放手讓孩子走進外面的世界，其實是很困難的過程；但現在回想起來，她覺得這些大概全是屁話。

「可能是我不夠努力吧。」露依絲回答。

「我媽也都這樣講我欸！可是她喜歡我啊。」她兩腿一甩、擱上長沙發，「不過這也是我不喜歡她的原因。比起薇妮，我媽更喜歡我，可是這並不公平。人不該偏心，應該平等關愛每一個人。」她俏皮眨眼，「這才是身為神的子民唯一該做的事。」

「妳真的信神？」

珂蒂莉亞把玩抱枕邊角的流蘇。「剛開始的時候，」她說，「我大概只是想激怒薇妮吧。她沒有宗教信仰。以前她過得很糟糕的時候，我常說我會為她的靈魂禱告。」她低頭想了想，「但現在，我認為我是相信的。」她的手支著臉頰，「我越認真讀經，」珂蒂莉亞說，「就越覺得這對我來說是唯一合理的解釋。如果上帝不存在，那麼這個世界肯定糟得無以復加，無法描述。」

「妳看！」

她把手機秀給露依絲看。

菈薇妮亞在大峽谷。她的剪影與巨石融為一體。

「露露，妳去過大峽谷嗎？」

「沒有。」

「我也沒去過。」珂蒂莉亞挪動手指、放大照片。「我不是非常熱衷冒險這類的事。妳知道嗎，在這個禮拜以前，我甚至從來不曾違逆我爸媽的意見耶。我真是個好女兒，是不是？妳看！好漂亮！」

「嗯。很美。」

「我一天到晚跟薇妮說，太輕浮不是好事。她應該回學校去。要不然等她年紀大了以後，她一定會後悔自己沒回去把書唸完。只是啊，露露，」她深呼吸，「妳覺得開車去大峽谷要多久？」

「五天吧。」露依絲上網查過了。「問這幹嘛？」

「妳不覺得……」

「我不要。」

「我們可以租車！然後我們一起去給她驚喜！或者我們也可以飛過去——坐飛機的話，我們聖誕節就可以到那裡了！」

露依絲緊盯手機螢幕，這樣她就不會看見珂蒂莉亞的表情。

「不行。」露依絲說。

「為什麼不行？薇妮老愛做一些瘋狂衝動的事，那我們為什麼不可以？而且妳看——妳看！那裡是不是很漂亮！」

「因為她跟她的朋友在一起，珂蒂莉亞。」

「所以呢？比起朋友，薇妮更愛我呀——不好意思，露依絲，但這是事實，所以她沒道理不想見到我！她要是看見我們兩個，肯定興奮到不行！」

露依絲閉上眼睛。

「不行。」

「為什麼不行？」

「因為……」

「因為什麼嘛！」

「因為她不要妳在那裡！」

珂蒂莉亞愣住，彷彿露依絲賞了她一巴掌。

珂蒂莉亞不發一語。

她把手放回大腿上。兩手交疊。有那麼一會兒，她非常、非常安靜。

「嘿，露露？」

「幹嘛？」

「妳想不想弄棵聖誕樹？」

維吉爾和露依絲在紐約共度的第一次、也是唯一一次耶誕節，兩人買了一株能放在廚房櫃台上的冷杉盆栽（廚房櫃台是屋裡唯一可稱為「平面」的地方），因為他們沒有多餘空間，無法容納比盆栽更大的植物。但他倆為了誰該照顧盆栽而吵個不停，結果這株冷杉就在誰也沒留心的情況下死掉了（可照理說冷杉應該是「長青」植物不是？）。於是維吉爾說，這件事證明露依絲永遠不該做母親。

珂蒂莉亞和露依絲來到七十九街和第三大道交叉口。

店家漫天喊價——因為就快到聖誕夜了——但總之露依絲還是付了錢，從她僅剩的八百多塊中掏出一百塊錢。

露依絲提議多付一點錢，請店員幫忙送回公寓；但珂蒂莉亞堅持：假如你不曾用自己的雙手把聖誕樹拖回家，那麼你就不算真正擁有過一棵聖誕樹。於是她們倆就這麼一路把樹拖回菈薇妮亞的公寓。

兩人整個下午都在裝飾聖誕樹。由於手邊沒有任何裝飾品，所以她們拿菈薇妮亞隨手亂扔的「垃圾」充數，譬如塔羅牌、水晶、孔雀羽毛、色情小塑像等等。

「我想這應該不算是瀆聖吧？」珂蒂莉亞說。「反正不管怎麼說，聖誕樹本身也算異端習俗。」

珂蒂莉亞把菈薇妮亞的禮物放在樹下。

「我希望等她回來的時候，有這份禮物在等著她。」珂蒂莉亞說。

那晚，待兩人都回房休息了，珂蒂莉亞打給菈薇妮亞。

她打了四、五通電話。露依絲在床上縮成一團，看著螢幕亮起、結束，進入語音信箱。她任由它去，什麼也沒做。

珂蒂莉亞留下好幾通留言。拜託妳接電話拜託妳接電話拜託拜託！

隔著牆壁，露依絲聽見珂蒂莉亞反覆祈訴。

第六通響起，菈薇妮亞接了。

露依絲跨出窗外，來到防火梯，然後一路爬上屋頂。

「怎麼啦？親愛的？什麼事這麼十萬火急？」

露依絲渾身顫抖。儘管這麼長時間以來，她一直在做這件事，但她仍止不住顫抖。

「薇妮！」

珂蒂莉亞的聲音在發抖。

「薇妮！我打電話找妳好幾天了！」

「親愛的，別跟我說妳還在紐約！我很抱歉，珂蒂，妳有理由對我生氣，真的，妳應該生氣，只是奈莉莎堅持要一路玩到大蘇爾，而我真的覺得我們可以——」

「我需要妳！」

即使兩人隔著三段樓梯，露依絲都能聽見珂蒂莉亞的聲音。

「珂蒂，拜託，懂事點——」

「拜託妳回來，回家，好不好？」

「對不起，親愛的，妳知道我很樂意，但是——」

「求求妳！」

「我得掛電話了。」

露依絲切斷通話。

她躡手躡腳、靜靜下樓。她小心翼翼爬進後窗。

她輕手輕腳溜回床上。

她聽見珂蒂莉亞在隔壁房間，靜靜啜泣。

珂蒂莉亞沒跟露依絲提起那通電話。

隔天早上，也就是聖誕節前一天，她完美、無懈可擊地出現在露依絲面前，彷彿她不曾掉過一滴眼淚。她比露依絲早起床，她打掃房子，做早餐。

「我應該很快就要回巴黎了。」珂蒂莉亞宣布。「妳大概也快被我煩死了吧。」

「不會啊。」露依絲說。

她強迫自己嚥下咖啡。

「明天聖誕節耶，我在想我們應該安排個什麼活動吧？妳覺得子夜彌撒怎麼樣？我想去聖約翰座堂——我知道那是基督教堂，不過我真的很想聽聽那裡的音樂……」

「抱歉，」露依絲說，「我有約了。」

她和芮克斯好幾個禮拜前就約好了：亨利．厄普丘奇家的年度聖誕夜派對。他會像往年一樣，在耶魯俱樂部租一間私人套房開趴。她和芮克斯已經好久沒瘋派對，兩人似乎變得越來越木訥無趣了。

「噢。」珂蒂莉亞說。「對，妳怎麼可能有空。妳大概有非常非常多朋友吧。」

然後她聳聳肩，「沒關係，反正我也不是不能自己去。聖誕節是宗教節日，把心思專注在上帝這類事情上是好的。」

「真的很抱歉，」露依絲說，「妳還沒來紐約之前，我就先跟朋友約好了。」

「那有什麼關係，」珂蒂莉亞說，「我是說，妳又不欠我什麼。」她嘸嘸口水，「其實妳幾乎不算認識我，只是因為薇妮——」她倏地停住，低頭看書。這回她讀的是赫德加・馮賓根（Hildegard von Bingen）的著作。

露依絲狠不下心。

「嘿，」她說，「還是妳要跟我一起去？」

「去哪？」

「派對。在耶魯俱樂部。亨利・厄普丘奇的聖誕派對。」

「喔，」珂蒂莉亞說，「我覺得他的書寫得還好。」

露依絲本人倒是不曾費事讀過亨利・厄普丘奇的任何一本著作。

「嗯，別跟哈爾這麼說就好。」

「我也不喜歡哈爾。他這人完全不懂社交禮儀，而且他是芮克斯的朋友。」

「他沒有這麼差啦。」露依絲說。「我是說，他們兩個其實人都不錯。況且派對上還有其他人啊，很多人，我們也不一定會見到他們。」

「要是我跟他們說話，薇妮應該會很氣我吧。」珂蒂莉亞說。「還有，我也沒有能穿去那種場合的衣服。」

「跟菈薇妮亞借不就好了？我敢說她肯定不會介意。」

「她不喜歡我沒事先問就穿她的衣服。」珂蒂莉亞想了想，「那妳要穿什麼？」

露依絲沒有馬上回答。

「不過，如果妳跟我都向她借衣服，她應該不可能氣我們兩個氣太久。」珂蒂莉亞吸了口氣繼續說，「而且，假如她不想把衣服借給我們，那她就應該回來、自己好好穿那些衣服不是嗎？」

「對，」露依絲說，「對極了。」

「算她活該！」珂蒂莉亞笑了。「就連芮克斯大老遠跑到這裡來，她也完全不知道！妳真的守信了對不對？妳沒告訴她！」

「我是沒告訴她。」

「很好！千萬別說。」

珂蒂莉亞走向衣櫥，手指梳過菈薇妮亞的美裳。

「我會對他們兩個非常有禮貌！」她說。

對不起啦，露依絲傳簡訊給芮克斯。**可是我真的沒辦法拋下她一個人。我們還是可以好好玩！只是得謹慎一點，不會有事的啦。**

她還加上蒙古亞馬臉紅的表情圖案。

芮克斯已讀未回。

螢幕上出現一串圓點，表示他正在輸入字串。大概持續五分鐘之久。

好。

最後他只回了這個字。

露依絲幫珂蒂莉亞化妝。

她示範如何拉直髮絲，讓珂蒂莉亞一頭狂野的捲髮變得光滑平順。她教她如何上唇線，好讓唇膏乖乖待在唇片範圍內。她用睫毛膏襯托珂蒂莉亞的眼睛（好藍的眼眸，她心想），最後拿起菈薇妮亞的唇膏為她上唇彩。

她幫珂蒂莉亞選禮服。

珂蒂莉亞扭捏搓揉一件紅色的斜裁絲質禮服。

「這件……妳覺得呢？」然後她否定自己，「不行，我沒辦法穿。」

「為什麼不行？」

「我胸部太小了。而且我穿這件看起來會很好笑。」她頹然坐在床上。「太蠢了。妳別管我了。妳自己去吧。」

「不行！不行，妳一定要來！」

就連露依絲自己都不明白這件事何以如此重要。

「可是我看起來會很蠢！」珂蒂莉亞抗拒。「我甚至——我甚至連該怎麼站都不知道！」

「我會教妳，」露依絲安撫她，「總之——換上吧！」

珂蒂莉亞照做。

禮服鬆垮垮地掛在她身上。

「看起來好像帳篷。」

「妳的站姿不對。」露依絲說。「妳啊，妳得擺姿勢。背稍微往後彎——就這樣，對，很好。」

「我覺得我好像眼鏡蛇。」

「那就表示妳做對了。還有，微笑的時候，把舌尖頂在門牙後面。」

「為什麼？」

「這會讓妳微笑的時候眼睛也會笑。」

珂蒂莉亞露出半信半疑的表情。

「而且也比較上相。」

「那又怎樣？」

「反正，相信我，好嗎？」

珂蒂莉亞眨眨眼。她的睫毛又黑又亮。

「妳可以幫我拍張照片嗎？我——我不是想放上網或什麼的。我只是想……只是想給自己留念。」

露依絲拍了，秀給珂蒂莉亞看。

「我看起來好蠢喔。」珂蒂莉亞說。

說真的，珂蒂莉亞看起來好漂亮。

「傳給我好嗎？」珂蒂莉亞說。

兩人搭計程車前往耶魯俱樂部。露依絲付錢。

目前她的帳戶還剩四百零二塊六十三美分。

車子靠邊停時，哈爾已經等在那兒了。他站在樓梯上抽雪茄，波沃夫和蓋文也在。看見她倆的時候，哈爾多瞧了一眼。

「我聽說妳也在城裡。」他低頭看著珂蒂莉亞。「以前妳真是個麻煩哪，是吧？」

「亨利，好久不見，」珂蒂莉亞說，「很開心再次見到你。」

她和他握手。

「上次見到妳的時候，妳還帶著牙套。」

「上次見到妳的時候，你身材挺好的。」

哈爾咧嘴微笑。

「妳可以來這種地方嗎？」

「只限新罕布夏吧。」

「真可惜。」

「才不呢。」珂蒂莉亞說，嘴唇微微撇了一下，「不盡然啦。」

然後她接著說，「你是那個亨利·厄普丘奇的兒子。」

「罪過，罪過。」

「感覺怎麼樣？」

「看他的書就知道了。」哈爾吸一口雪茄，「妳想知道的一切都寫在書裡。」

「他的書我讀過。」珂蒂莉亞說。「我覺得《愚人列車》很老套，然後《瀕死的秋天》的贖罪過程也太容易了吧？」

露依絲用力咬住上唇，不敢讓哈爾看見她偷笑。

「小女孩，我會讓妳明白，」哈爾說，「亨利．厄普丘奇絕對是美國近五十年來最偉大的作家。」

「別擔心，」哈爾趁珂蒂莉亞寄放外套的空檔對露依絲說，「我站在妳這邊。我會乖乖的。」他遞給她一杯飲料，「如果妳問我，我會說，這實在是他媽的一團亂啊。」

「那我不問了。」露依絲說。

哈爾伸手把芮克斯拉過來。

「嘿，你們倆認識嗎？」哈爾俏皮地把舌頭探出嘴角，「還是要我替你們介紹？」

「哈爾你不——」

露依絲輕捏芮克斯的手肘，心裡十分過意不去。芮克斯微笑——或是痛得齜牙咧嘴。

珂蒂莉亞看著他倆。

她走向三人。足蹬菈薇妮亞高跟鞋的她走得巍巍顫顫。

「哈囉，芮克斯。」她說，聲音低沉。

兩人握手。

「我決定要當個有禮貌的人，」珂蒂莉亞朗聲說，「希望你也禮尚往來。」

哈爾縱聲大笑。

「隨妳。」芮克斯說。

哈爾舉杯。

「敬妳姊。」哈爾說。「是她讓我們聚在一起。」

眾人碰杯致意。

除了珂蒂莉亞，其他三人酒未沾唇。珂蒂莉亞閉上眼睛，一口喝掉香檳，然後小臉皺了一下。

耶魯俱樂部宛如結婚蛋糕——白底、金光閃耀、精緻甜美，窗櫺弧線優美，輕柔的白窗簾若有似無地飄向天際。這裡人好多，有認識亨利·厄普丘奇的人，還有不認識他卻希望別人以為他們認識的人，還有從來沒聽說過亨利·厄普丘奇但想來喝免費飲料的人。

露依絲徐徐啜飲。哈爾、芮克斯也是。珂蒂莉亞跟著喝。

但珂蒂莉亞喝最多。

「好像也沒那麼差嘛。」這是她的第三杯。她打了嗝。

她拍拍芮克斯的肩膀。

「你好像也沒那麼差。」她說。「我決定這麼想。」

芮克斯什麼也沒說。

「你是傻瓜，」她說，「但我原諒你。要不是因為薇妮是我姊，我大概也受不了她吧。」她笑起來。「打起精神來，芮克斯——也許有一天她會回心轉意。但也許她永遠不會回頭。她可是薇妮耶，誰曉得呢？你永遠料不到她下一步想做什麼！」

芮克斯慍慍地一口飲盡。

「是啊，」他說，「妳說的對。誰也不知道。」

「來吧！」哈爾說，他攬住露依絲的腰窩，「來見見我爸。」

※

亨利．厄普丘奇年紀很老。

而且，他很胖。

他看起來像兩顆黏在一起的球（上面那顆小一點），脖子像火雞一樣有肉瓣。然後他因為太老又胖得站不住，只好坐著。還有他不說話。

波沃夫貼在他身邊，他那位眼神迷濛的女友像隻蚊子一樣懸在兩人後方。波沃夫正在發表他對《瀕死的秋天》的高論，露依絲以前就聽過了。他正講到書中著名的場景（主角捲入一場跟「拉丁動詞變化」的近身肉搏戰），他指出，以當今的文學敏感度而言，今日這個世界無人能寫出如此場景、而又能為普通老百姓（他非常小心、不特定指稱哪些人）理解和接受，因為您曉得吧，軍隊總是費盡心思、翻遍每寸土壤想搜出誰是同性戀，壓根兒沒時間討論身為男人——傳統定義的男人——究竟是何意義。

芮克斯跟露依絲站得很近，但不碰她。

雖然這是他們倆事先講好的。但依舊很傷人。

「我敢打賭，」哈爾湊近珂蒂莉亞耳邊說，但露依絲也聽得到；「波沃夫．馬蒙超喜歡看他女友跟黑人搞。」

「什麼？」

「妳聽到啦。」

「你真噁心。」

「我很誠實！」哈爾說。「有些男人就是這樣，小珂蒂莉亞。妳最好還是趁早了解這個世界的運作方式吧。」

「我很了解這個世界的運作方式！」她一字一句回嗆。

哈爾拿出烈酒瓶，往香檳杯裡倒了些威士忌。「亨利·厄普丘奇實在好愛芮克斯，對吧？」

露依絲不確定哈爾這會兒是在招惹芮克斯、還是挑釁珂蒂莉亞，抑或是她。

「但說實話，《瀕死的秋天》是篇好故事。」哈爾又說。「不過芮克斯你沒讀過那篇，是吧？是說咱們芮克斯可是挺厲害的古典文學家唷。有回他來找我喝茶，突然離題大扯一堆希臘動詞什麼的——媽呀，那是幾年前？十年有了吧。他告訴我，『substantia』和『hypostasis』從語源學來說是同一件事，但是就神學而言，意思卻天差地別。」

「是這樣沒錯。」珂蒂莉亞突然正色說道。「『三位一體』的本體substantia只有一個，但位格hypostasis有三，」她打嗝，「還是只有一個hypostasis然後三個ousia？我忘了。」

哈爾不理她。

「都只是名詞而已。」芮克斯嘀咕。

「亨利·厄普丘奇大為讚賞——他幫你們耶魯寫過參考書目，對吧芮克斯？你覺得他是不是很了不起？」

芮克斯低頭看地毯。

「地毯有塊污漬。」他繼續低著頭。

「他老跟我問起你。」哈爾說。「他媽的每一次他跟我媽從阿瑪根塞特過來，總會問我你那位聰明的朋友芮克斯好嗎？他實在聰明，是吧？」

「大家總以為，」芮克斯頭也不抬，「住在這種昂貴地段的人會他媽的好好清理地毯。」

他猛地抬頭。

「我去抽菸。」他說。

這回露依絲沒跟過去。

「我還想再喝一杯。」珂蒂莉亞說。

她優雅告退。

露依絲總算見著亨利．厄普丘奇。

波沃夫一告辭，哈爾立刻領她上前。

「這位是露依絲．威爾森。」哈爾以那種略帶鼻音、教人摸不著其真心程度的聲調引薦她；「她將會是我們這一代最棒的作家之一。」

亨利．厄普丘奇非常吃力地抬頭看她。

「我是露依絲．威爾森。」露依絲說。

她傾身向前。他滿臉疑惑，於是她逕自握住他鬆弛肥胖又不甚穩定的手，堅定地搖兩下。她直視他的眼睛說：「我為《新仇男主義》、《白鷺鷥》和《混時間》寫稿。」

「哦。」亨利．厄普丘奇回答。

他的腦袋微微搖擺。嘴角流出口水。起初，露依絲以為他在點頭，但似乎只是不自主的震顫。

「露依絲正在找經紀代理。」哈爾微笑，彷彿他壓根沒注意到他父親的領帶上已經有一灘口水了。

「哦。」亨利・厄普丘奇說。

他眼神迷茫。他的焦點既不在他，也不在她。

「我打算安排她跟奈爾・蒙哥馬利共進午餐，您說好嗎？」

「哦。」亨利・厄普丘奇說。

口水繼續滑下領帶。

「那只是他的技倆。」哈爾說。「大家都曉得，真正有權有勢的人是不說話的。這讓大夥兒卯足了勁兒想巴結他。奈爾・蒙哥馬利是他的經紀人，與我家是世交。我們明天就去找他，一起吃聖誕午餐。我再向他引薦妳。」

「你為什麼要對我這麼好？」

「因為，」他說，「妳也是笑話的一部分。」

「什麼笑話？」

哈爾咧嘴笑。「那個笑話啊。」他對她擠眉弄眼。「妳知，我知。至於其他所有可憐的兔崽子沒一個知道。至少芮克斯就不知道。可憐的芮克斯。可憐喏。」

「我真的不知道你在說什麼？」露依絲說。

「身為損友，總還是有些好處的。」哈爾說。「妳說是吧？」

這時露依絲注意到珂蒂莉亞。

她在廊道跟波沃夫・馬蒙說話。後者熱切地貼著她，而她則微微扭捏擺動。

兩人頭頂上方剛好掛著槲寄生。

「我什麼也不是，」波沃夫・馬蒙貼近珂蒂莉亞耳際，「只是個傳統的男人。」

然後他湊上去吻她。

珂蒂莉亞反射地舉手抵抗，但為時已晚——又或者波沃夫假裝沒注意到她的抗拒——他扣住她的後頸一把拉近她，充滿自信地一路舔至她喉頭；露依絲一個箭步衝上去、用力拉開他，衝著他大吼她才十七歲！他踉蹌後退。

波沃夫還不錯。他還知道害怕。

珂蒂莉亞站得非常挺，非常安靜。

她不看露依絲。

「妳有面紙嗎？」她問。

露依絲遞給她。

珂蒂莉亞用力擦嘴。

隨手扔下。

「那是——」她一次一句地說，「我的初吻。」

她又打嗝。

「我要吐了。」

珂蒂莉亞沒來得及撐到洗手間。

她吐在會議室走廊上的字紙簍裡。

露依絲扶著她，幫她把頭髮往後撥、輕撫她的背。

「沒事的，」露依絲說，這種狀況她應付過太多次了，「不要急。等妳全部吐完就會舒服多了。」

「我不該喝這麼多的。」

「是我的錯。」露依絲說。「我應該看著妳的。我沒有意識到——」她突然煞住。因為如果空腹喝香檳，鮮少有人不會吐。這不用說也知道。

「我他媽的不需要妳看顧！」珂蒂莉亞說。她吐出更多酸液。

這是露依絲頭一次聽見珂蒂莉亞罵髒話。

「是我的錯。」珂蒂莉亞說，身體劇烈顫抖；露依絲分不清她究竟是因為不舒服而抽搐、還是因為她開始啜泣。「都是我的錯——我背叛她了。」

「妳哪裡背叛她了？」

「我跟芮克斯說話！還有哈爾！我還跟他握手——噢，天哪！天哪！她永遠都不會原諒我了！」

「她會的。」

「我跟他握手！我想把它弄掉！」

珂蒂莉亞在地毯上用力摩擦掌心，彷彿這樣就能燒去她的罪孽。

雖然沒有用，露依絲仍努力安撫她。

「我好糟糕！」珂蒂莉亞放聲大哭。

「妳不糟糕。」

她心碎地趴在露依絲腿上啜泣。

「沒事的，」露依絲說，彷彿她知道該怎麼做，彷彿她知道該怎麼處理這一切。「一切都會沒事的。」

「她會討厭我。」

「她不會。我保證。」彷彿這也是她能確定的事。

「妳怎麼知道？」

「因為，」露依絲說，「她跟哈爾搞過。」她終於說出口。

珂蒂莉亞這才抬頭看她。然後看見芮克斯和哈爾站在她倆身後。

芮克斯連開口確認都免了。

他一拳揍飛哈爾。

兩人像狗一樣瘋狂鬥毆。

他們在地上翻滾。他們抓著對方的臉去撞牆。哈爾擊中芮克斯的嘴，芮克斯踢中哈爾的肚子。他們輪番壓制彼此。芮克斯抓破哈爾頸背的大塊皮膚，哈爾狂扯芮克斯的頭髮。芮克斯一掌打得哈爾直接趴在地上。

蓋文和波沃夫七手八腳想架開兩人。（幫幫忙！亨利！這是你爸的場子欸！）

待兩人終於被架開，哈爾縱聲大笑。

「難怪有人說，」他粗重喘息，「男人都不像男人了。」

露依絲望著芮克斯離開。

她好想隨他而去。有那麼一瞬間，她覺得她就要跨出去了。

可是珂蒂莉亞又在她臂彎裡哭起來，拿露依絲的裙子（其實是莅薇妮亞的裙子）大擤鼻涕，把她的紅色絲質禮服（這也是莅薇妮亞的禮服）沾得到處是化妝品。眼下露依絲唯一能做的只有帶她回家（搭計程車，這又花掉她三十塊錢——她在這世界上僅剩的三百八十塊中的三十塊錢），並且不斷低語沒事的，沒事的，然後再拖著珂蒂莉亞一步步爬上樓梯，幫她脫衣服，再把莅薇妮亞的素面睡衣套過她的頭、送她上床休息。

「我討厭他們。」珂蒂莉亞呢喃。「全部都討厭。」

「我知道。」

「他們都好惡劣。」

「我知道。」

「我討厭她！」

「我知道。」露依絲輕聲安撫。

「我好討厭她！」她打嗝。「我討厭她，我恨她，我恨她！」

「我知道。」

「芮克斯應該讓她跳下去的。」

露依絲一時岔氣。

「不要說這種話。」

「為什麼不可以？是真的啊！不是嗎？」

「我不知道。」露依絲的心臟跳得飛快。「不是！當然不是！」

「除了欺騙所有愛她的人以外，她還做過什麼？」

露依絲無法回答。

兩人一起躺在菈薇妮亞床上。珂蒂莉亞哭得好傷心，身體緊緊蜷成一小球，露依絲束手無策只能緊緊摟著她，緊到她不時隨著珂蒂莉亞顫抖，隨著珂蒂莉亞的啜泣一同承受折磨。

兩人仍靠在一起。最後珂蒂莉亞在露依絲懷中沉沉睡去。

露依絲走向珂蒂莉亞的房間，靜靜在書桌前坐下。她發訊息給芮克斯——今晚她傳了好多訊息給他——說她可以解釋，求他讓她解釋、讓她彌補她搞砸的每一件事，請求他幫助她修復兩人的關係。每一則訊息他都看了，也都沒有回應。

求求你。

現在露依絲開始纏他、緊抓著他不放了。她唾棄自己。

她把手機擺在珂蒂莉亞桌上充電。她瞪著桌上的照片，瞪著珂蒂莉亞的書：諾李奇的茱莉安、托馬斯．梅頓（Thomas Merton）、泰亞爾．德夏爾丹（Teilhard de Chardin）、若望．亨利．紐曼、聖奧古斯汀。她瞪著黑漆漆的室內，呆坐了好一會兒。

她爬上床，合衣而眠。

凌晨一點，手機響了。

床頭櫃上，螢幕發光，她瞥見芮克斯的名字。

我想妳。

我們談一談好嗎？

感謝老天！露依絲心想，謝天謝地。

她甚至能嚐到自己鬆了一口氣的感覺。她整個人太過寬慰，所以直接抄起手機、開心笑出來並且飛快打字：**好，當然好。你現在就打給我。我不在乎現在幾點，只要你想說，我們可以一直談下去**——雖然她自己的手機此刻正在充電，靜靜躺在珂蒂莉亞桌上。

對不起，芮克斯對菈薇妮亞說。

我好恨自己依然愛妳。

9

珂蒂莉亞在隔壁大聲打呼。

露依絲沒了感覺。再也感受不到任何事物。

菈薇妮亞讀了芮克斯的訊息，所以他知道她看了。她已讀不回。

從今以後，他也會清楚明白露依絲的感受。

今天是聖誕節。

露依絲出門散步。她連抽五、六根菸——自從她接替菈薇妮亞上那些健身課以來，她就沒再抽過菸了（菈薇妮亞離開以後，她心想，唯一的好事大概就是大姨媽來的時候沒那麼痛了吧）。

芮克斯仍持續傳訊敲菈薇妮亞。

求妳。

跟我說話。

我很抱歉。

我真的很差勁。

我知道。

我知道我有多自私。

同一時間，菈薇妮亞在IG放了一張洛磯山的照片。只為了傷害他。

睡不著，菈薇妮亞在底下寫道。整個世界美得令人受不了。

芮克斯・艾略特立刻按讚。

⁂

等天色差不多亮了，露依絲打給她在德文郡的爸媽，祝兩人耶誕快樂。他們的對話非常正常。爸媽問她過得好不好，她提到「混時間」和「三十新銳作家大賞」——如果妳只是在網路上發表過幾篇散文，那麼這個獎大概是最有可能讓妳出人頭地的機會了。

「拿到這個獎的，很多人在短時間內就找到經紀人了。」露依絲說，好像找經紀這件事還算數似的；「有個女生在一星期內就拿到合約，寫了一本回憶錄。」

「喔。」露依絲的母親說。

「可是妳還不滿三十啊。」

「十二月也算。」露依絲說，但這並非事實。

「有獎金嗎？假如妳贏了的話。」

「沒有。」露依絲說，「那只是一項榮譽。而且那其實也不是真的『獎』，只是一份名單。」

「噢。」露依絲的母親說。「真可惜。」

「是啊，」露依絲說，「很可惜。」

「對了，」露依絲的母親說，「妳大概永遠猜不到我前幾天在街上遇到誰。」

但露依絲已經猜到了。

「他現在變得好英俊喔！他把頭髮剪了，也沒在書店做事了。他在德文客棧找到一份很不錯的管理職。真棒，對吧？」

「是啊。」露依絲說。

「現在我不會再揣測過去到底發生了什麼事，」露依絲的母親說，「可是他真的是個非常優秀的孩子。妳不要劃地自限，侷限在過去裡了。」

露依絲張口想說她現在已經有男朋友，他很帥、在哥大唸研究所、而且他愛她，但她又把嘴巴閉上。

「反正，」露依絲的母親說，「我知道——我知道妳一定會生我的氣，只是他又開口跟我要妳的手機號碼。哎，我知道妳已經講過很多次，可是妳已經好久沒提到有沒有交往對象了。然後他——他最近真的把自己照顧得很好，而且他又一直問起妳，又這麼關心妳——」

露依絲直接掛電話。

露依絲返回公寓時，珂蒂莉亞已經起床了。她把頭髮編成辮子，妝也都洗掉了。身上還穿著睡衣。她看起來——，露依絲心想，好年輕。

「我一直在等妳，」她說，「我想親手把禮物送給妳！」

她把一只精心包裝的小紙包遞給露依絲。

「這原本是買給薇妮的，」她說，「但我認為妳更懂得欣賞它。」

那是一本袖珍古籍，丁尼生的《尤里西斯》。雖然書背分家，但這書美極了。

「薇妮跟我提過妳們的小冒險，」珂蒂莉亞說，「聽起來好美。」

「是很美。」露依絲說。

「艾克希特的人不會做這種事。」珂蒂莉亞說。

「我想也是。」

「她們只會做那些可以寫在大學申請書上、看起來很優秀的事。」

珂蒂莉亞拿起手機。

「等等有約嗎？」

「沒有。」露依絲說。

「想不想吃中國菜？」

「當然。」

「我已經訂好機票了。」珂蒂莉亞說。「我會在新年夜飛去巴黎。媽很開心。我告訴她，那個亞斯本的朋友因為沒辦法提早進布朗大學，結果崩潰了。所以妳很快就能擺脫我了。妳一定鬆了口氣吧？」

露依絲不覺得鬆了口氣，她也不明白自己何以如此。

「我敢說，她現在一定在太平洋岸做裸體日光浴。」珂蒂莉亞說。

「大概吧。」

「她去死好了。」珂蒂莉亞說。「我想點炒飯。」

※

這一頓也是露依絲出的錢。一共三十二塊美金四十一美分。露依絲甚至還給了小費。

那天晚上，芮克斯終於回覆露依絲的簡訊。因為菈薇妮亞沒回訊息給他。

抱歉，他說。

我需要一點時間。

晚上過來嗎？

兩人坐在芮克斯床上（因為他的公寓太小，放不下沙發），不發一語。

她等著他提分手。但他沒說。

「我很抱歉。」他說。「昨晚我不該拋下妳。」

他的嘴唇有傷口。

然後又說，「妳知道多久了？」

「沒多久。」露依絲說。「在她離開前知道的。」

「是她跟妳說的？」

「我看到她的手機。我應該告訴你的，對不起。但她要我發誓不說出去。」

「沒關係，」他說，「不對。其實妳不需要對不起。」他嘆了嘆，「夾在中間的是妳。」他嘆氣。

「我從一開始就不該介入妳們兩個之間。」他說。

「別說這種話。」

「我害妳處在一個很尷尬的位置。我很抱歉。我根本不該這麼做的。」

「別再說了。」

好像她在求他似的。

「我真的很蠢。」芮克斯說。「我甚至不知道我為什麼要生氣。只是，只是一邊是哈爾，一邊是……」

他連她的名字都說不出口。

「菈薇妮亞。」露依絲靜靜地說。「一邊是菈薇妮亞。」

「對。」

他不時點開手機螢幕檢查來訊。當著她的面。

「珂蒂莉亞要走了。」露依絲說。「她要去巴黎。她終於明白菈薇妮亞不會回來，至少短期之內不回來。」

芮克斯吁了口氣。

「當然，」他說，「挺好的。」

他捏捏她的手。

「這樣每一件事都能恢復正常了。」他說。

那晚蓋文寫電子郵件給她，表示她已入選《混時間》的「三十新銳作家大賞」最佳五人名單。他說，他們會在新年那天公布決選結果，也會舉辦派對。他要她朗誦佯裝德文學苑學生那篇文章。那是今年點閱率第三高的貼文，他說。

露依絲再次染髮。菈薇妮亞的浴缸被染劑弄得處處是污漬。

芮克斯仍繼續傳簡訊給菈薇妮亞。

求求妳，他說，**請妳說說話**。

菈薇妮亞不理他。

耶誕節隔天，哈爾發訊息給露依絲。

我請妳喝一杯吧，他說，**白蒙，八點？**

「我跟奈爾．蒙哥馬利提到妳。」哈爾說，「他喜歡妳寫的東西。我也告訴他妳入選三十新銳的最佳五人。他會去參加頒獎派對。」

他的眼睛又青又腫。這讓他看起來超級醜，而且他從來不曾這麼醜過。

「不過說真的，」哈爾說，「應該是妳請我喝一杯吧。」

露依絲負擔不起，但她還是笑了一下。

「別擔心。」哈爾把卡片放上桌，「亨利．厄普丘奇一向說到做到。況且妳可是『三十新銳』之一呢！現在妳真的出人頭地。」

「我非常感激，」露依絲說，「真的。」

「很好。妳是該感激。」

然後他說，「芮克斯好嗎？」

「他很好。」

「還在生我的氣？」

露依絲聳聳肩，「我不知道。」

「他沒說？」

「我們盡量不提這件事。」

「好女孩。」他說。「可憐的露依絲。」

「怎說？」

「別忘了，我認識芮克斯的時間比任何人都還要久，也比她久。」他舉杯致意。「我是他最要好的朋友。我知道他心裡是怎麼想的——譬如對她。」

「那你為什麼還要做那種事？」

「她很騷又飢渴得不得了哇，而我也想幹她。如此而已。」

「事情才不是這樣。」露依絲說。

他一副受到冒犯的表情，但露依絲早就不在乎了。

「妳想跟我玩遊戲？裝好人？」

「沒有，」露依絲說，「不完全是。」

「那妳要我說什麼？」

「不說什麼。」

「芮克斯配不上她。」哈爾說。「妳想聽這種話？」

「不盡然。」

「但她也差不多。她毫無特別之處，就連在床上也很糟。可是她愛他。而他根本不配那樣被愛。」

哈爾灌了一口酒，「她不像妳。」他說。「她始終沒聽懂那個笑話。」

吧檯下，菈薇妮亞的手機震了兩下。露依絲看都不用看也知道是誰。

「他沒資格抱怨。」哈爾說。「他認識她那麼多年，他收情詩、收情書，一起在海邊漫步、一起聽古典樂。我呢？我又得到什麼？幾個肉慾橫流的週末？再不就是急就章、倉促偷樂子。」他抵著吧檯伸展，「總而言之，後來是她先喊停的。她很怕被妳發現。」

「我又不在乎。」露依絲說。

她憶起菈薇妮亞跌跌撞撞回到家、衣服穿反、嘴角沾血的那一晚。

「噢，妳會的。妳絕不會讓自己被一個喜歡別人幹她屁眼的女人耍得團團轉。」

他拿起酒巾抹臉。

「幹。」他說。「我要離開紐約，我要辭職。我要買一輛氣冷引擎的古董保時捷，一路開到大蘇爾去。也許我會在那裡見到她。也許之後我們會再見面。」

「也許吧。」露依絲說。

「我會成為作家，小露依絲，就像妳一樣。我還有五年可以挑戰『三十新銳』。而且說到這個，我想寫小說，而且開頭五十頁的內容我已經想好了。」

「祝你好運。」露依絲說。

「說不定我會寄給妳看。也許妳會再告訴我，我寫得好不好？」

露依絲看不出來他是不是認真的。

「我相信你一定會寫得很好。哈爾。」

「根本是一堆垃圾好嗎。」哈爾說。「我連寫都還沒寫。而且我永遠不會把工作辭掉。」他請酒保結帳。

「我剛說的那些，小露依絲，」他咧嘴衝著她笑，「是開玩笑的。」

求求妳，芮克斯再次發訊息給菈薇妮亞。

如果妳還需要時間，我能理解。

妳只要告訴我我是不是該等妳就好了。

菈薇妮亞只回他兩個字：不用。

那個禮拜，芮克斯對露依絲超好。他送她聖誕禮物——一只新藝術風格的漂亮胸針（他還特地去哈德遜的古董市場找），露依絲攬鏡端詳時，試著不去懷疑這胸針原本是不是要買給她的。芮克斯瞞著露依絲，做得天衣無縫。他帶她去大都會美術館、去威賽卡咖啡廳，就像他初次吻她那晚一樣；他帶她重回祕密書店，和蓋文還有馬提・洛斯克蘭茲一起慶祝她成為三十新銳作家五人之一（名單尚未正式公佈，但馬提說他等不及目睹波沃丈・馬蒙的表情。馬提也不喜歡他）。

每一次他們做愛，他都用唇舌品嚐她。

罪惡感實在是非常有用的機制，露依絲心想。罪惡感能讓你成為更好的人。

菈薇妮亞終於來抵加州。

她把一號公路沿途的照片逐一放上IG。

她獨自完成這趟朝聖之路的最後階段。

她PO了一張手臂刺青的照片，背景是一片藍色汪洋（可能是太平洋也可能是P出來的）。

詩意人生!!!

直到永遠，菈薇妮亞寫道。

只不過，芮克斯又把她給封鎖了。

新年前一天，珂蒂莉亞動手打包行李。

「晚上有特別活動？」她問道。

露依絲要去麥金泰爾的新年夜派對。她和芮克斯直接約在那邊碰頭。咪咪會先來找她——官方說法是「來她家一起打扮」，實際上是她倆都沒辦法忍受寂寞。

露依絲聳了聳肩。「跟去年一樣。」她說。

「我想我會在飛機上跨年吧。」珂蒂莉亞說。「不曉得哪個才算數？巴黎？還是紐約的凌晨零點？不過這已經不重要了。」

「嗯，」露依絲說，「我也覺得不重要。」

「很抱歉我無法參加妳的朗誦會。」珂蒂莉亞說。

「沒關係，」露依絲說，「反正總會有人聽。」

「妳知道嗎，其實這個聖誕節也沒那麼糟嘛。」珂蒂莉亞說。「我學到好多。連初吻都有了——這可是個里程碑，是吧？」

「呃——也是啦。」

「總比在巴黎過聖誕好吧，至少這點我很確定。」珂蒂莉亞揚起下巴，「妳不用擔心，我不會跟我爸媽說薇妮讓妳住進來。我也不會跟他們說咪咪的事，雖然我根本就不喜歡她。」

「謝謝妳。」露依絲說。「我想我應該謝謝妳。」

「那妳應該也不會跟薇妮說吧？我是說等她回來以後，妳不會告訴她我喝醉了、還說了那些蠢話。」

「不會，」露依絲說，「我發誓我不會跟她說的。」

她離開之後，屋子變得好空、好空。

幾個鐘頭後，咪咪到了。她戴了假睫毛和一頂路薏絲・布魯克斯（Louise Brooks）式假髮。「我的老天爺！」她大喊，「我覺得我好像幾百萬年沒見到妳了！」

她帶來一箱應該可以連喝一整晚的蘇菲亞・柯波拉迷你瓶裝香檳。

兩人開始為麥金泰爾的派對著裝準備。

今年的主題是「威瑪共和時期的柏林」。露依絲打算穿她向芮克斯借來的燕尾服外套，就這樣。因為一想到要再套上菈薇妮亞的任何一件衣服，只會令她噁心想吐。

她把整張臉刷白，畫上中東式眼影。

咪咪正在滑手機，一張張掃過菈薇妮亞PO的照片。

「我好羨慕她喔。」咪咪低語。「真希望我會開車。」她抬眼看露依絲，「說不定我也能把酒戒掉？」她說。

「妳——呃，嗯。這個想法似乎挺不錯的。」

「而且我也可以像她一樣變得超瘦的。天哪，妳有看到她PO的那張腹肌特寫嗎？」

露依絲深感自豪。

「看到啦。」

咪咪往臉頰抹上亮彩霜。

「明天，一月一日開始，」她說，「我的新年新希望是：不要讓我喝酒。噢，等等——」她頓了頓，「我忘了，還有『三十新銳』酒會。那好吧，從明年二月開始，別讓我碰酒。答應我囉？」

「我相信妳。」露依絲說。「如果妳說妳不喝酒，那麼妳就不會喝。」

露依絲用菈薇妮亞的唇膏上唇彩。

她端詳鏡中的自己。

她抹掉唇彩。

她連嚐都不想再嚐到它的味道。

她倆搭計程車前往麥金泰爾。露依絲付錢。我今年要做的第一件事，她心想，是跟芙蘿菈還有邁爾斯聯絡。我要找到更多學生。我要找工作，我要續約「甜蜜訂製」[45]會員資格，跟雅典娜大閨女一樣找個有錢男朋友——不行，她不能讓自己想到雅典娜大閨女。現在不行。她付不出來，當然她也即將大難臨頭。

酒店外大排長龍。天氣很冷。即使外頭冷得快結冰了，卻至少還有一半的人穿小禮服、細高跟鞋或牛仔褲，而不是比較保暖的正式服裝。露依絲不曉得去年是否也是這種情況，或者單純只是這類派對一年辦得比一年糟。

酒店保鑣的態度蠻橫粗魯。大夥兒忙著拍照與自拍，露依絲被人群推得直接撞上牆，另一個女孩踩中咪咪的腳趾。

十點三十分，保鑣終於放人進去。

露依絲看見的景象如下：

紅色天鵝絨，白熾燈，塑膠袋，一頭鹿（標本），破破爛爛的室內裝潢，四散的塔羅牌，有線麥克風（和一堆電線），一名身著露背綢緞禮服的女子正在演唱佩姬・李的《終究枉然》，幾名喝得醉醺醺、頭戴棒球帽的傢伙，水晶吊燈，還有摻水的香檳酒。

這是露依絲看見的景象：

她從沒看過這種景象。

露依絲拿酒喝。

她學菈薇妮亞，一次抓二瓶、直接就著瓶口喝；咪咪覺得她實在誇張，拿起手機替她拍下各種不同角度的照片。

「感覺就像威瑪共和時期的柏林，」咪咪興奮地說個不停，「真的好像！」

她站上桌、跳起舞來。

露依絲開始進攻單杯烈酒。

只要再一杯，她心想，再多喝一杯。

然後就開始好玩了。

咪咪跟陌生人接吻。

45 譯註：Seeking Agreement，美國交友網站。

咪咪拍照——她躺進頂樓瘋人院的浴缸，假裝自殺；她騎上鹿標本；她像貂一樣圍掛在露依絲脖子上；她模仿麗莎．明奈莉（Liza Minnelli）坐在椅子上，張腿擺姿勢。

咪咪過了這輩子最開心盡興的一晚。

如果妳看她的臉書，妳肯定會明白。

露依絲看見芮克斯站在舞廳對面。

他一身正裝。這是他最精心打扮的一次。

他笑著看她走向他。

「瞧瞧你！」她非常努力壓抑情緒，「我們好搭！」

他執起她的手，吻她。他望向群眾，彷彿能在人群中瞥見菈薇妮亞。

燈光閃爍，音樂震耳。露依絲完全聽不見咪咪說什麼。

羅米洛斯神父來了，蓋文．穆拉尼也在，這提醒她明天可是妳的大日子，是吧？妳肯定他媽的超興奮吧。這輩子妳終於出人頭地啦！然後雅典娜大閨女也來了，她穿著露依絲買給她的那件禮服，挽著麥克（在歌劇院搭上的男人）的手臂。《大都會焦點》攝影師蘿絲、出演《倖存者》的那個女孩、幫菈薇妮亞手繪塔羅牌的好色繪圖師勞利、還有菈薇妮亞認識的耶魯埃及學家（但他為了學生拋棄髮妻，後來被系上踢出去）也都來了。

咪咪幫露依絲和芮克斯拍照，兩人手挽著手。照片中的他們看起來真是天殺地開心極了。

燈光亮得刺眼。霓虹燈蒙蔽視線。煙氣燻得露依絲眼淚直流、猛打噴嚏。有個女孩喝醉了，結果把手裡的可樂混萊姆酒直接灑在露依絲借來的外套上，就連鎖骨也弄得黏答答的。

某個不是佩姬・李的女人唱起佩姬・李的歌曲。

「去年她是不是也有來？」

咪咪聳肩，「不是她好不好！」

那女的一首接著一首唱。也許是露依絲去年喝得太醉，又或者是她今年也同樣醉昏頭，總而言之，到頭來那女的根本沒在唱——她只是對嘴，隨著佩姬・李的真實歌聲反覆表演。

如果當真是這樣，我的朋友（結果每個包廂都大聲播出同樣的歌聲），那麼咱們就繼續跳舞吧。

「今年比去年好玩多了！」咪咪笑開。

她抓起露依絲的手，逼她一起跳舞。咪咪也把芮克斯拉過來一起跳。咪咪愛得非常慷慨。她一心只想愛人，不求回報。

露依絲內急。

芮克斯、咪咪、蓋文、雅典娜、羅米洛斯神父、勞利、蘿絲還有《倖存者》女孩都答應會在樓下那個設計得像藝術風講台的吧檯等她。

等露依絲上完廁所出來，大夥兒都不見了。

時間是十一點四十五分。

「時間快到囉！」

哈爾大步走向她。

他穿得像個納粹軍官。沒人想看他一眼。

「妳瞭吧？」他一見她就說，「我這是配合主題呀。」

「我瞭。」

「妳知道嗎，其實這才是真正的Hugo Boss[46]。」

「老天。」

「是說，我嘴上又沒有那方小鬍子什麼的。」

「好險你沒有。」露依絲說。

哈爾眼睛四周的瘀青差不多褪了，現在看起來比較像好幾天沒睡覺的樣子。

「妳知道我送亨利什麼聖誕禮物嗎？」

「不是很想知道。」露依絲說。

「一本《法西斯主義的政治與社會原理》[47]，我也給我媽準備了一本。噢，她的禮物還包括一條愛馬仕圍巾。我可不是什麼怪物好嗎。」

「你有完沒完？」

「我們都完了。世界即將毀滅。革命即將來臨。」

「你來這裡幹什麼，哈爾？」

哈爾不置可否，「因為我的朋友都來了。」

他倚在走道牆上。

「別這樣嘛，露露，」他說，「他媽的像個人好嗎？」

「這話什麼意思？」

「陪我跳支舞！」

貝斯音量超大，連牆壁都在震動。

「我要去找芮克斯。」

「別走。」

「快要十二點了。」

他勾住她的腰。

「哈爾，放手！」

「時間快到了，我跟妳一起去！」

「哈爾！」露依絲求他了。因為現在她最不需要的就是讓芮克斯再多一個討厭她的理由。「放手。」

「拜託嘛！」

燈光閃爍。露依絲今晚頭一次正眼看他。

他在哭。

「請妳不要走。」他說。

46 譯註：德國時尚品牌，曾為納粹組織生產制服及裝備。

47 譯註：The Political and Social Doctrine of Fascism，墨索里尼著。

「我不能不走。」

「我想跟芮克斯說話！」

「你可以明天再找他說。」

「我現在就要跟他說！」

「那就沒辦法了。」

「妳告訴他——」他的喉頭彷彿被什麼東西堵住。像隻瀕死的貓。

離新年只剩五分鐘。

露依絲沒讓他把話說完。

⁂

露依絲奮力擠過人群。到處是疊影。

她看見雅典娜攀著麥克（還是陌生人？），還有波沃夫．馬蒙（或是某個長得像他的人）纏著一名女子（但肯定不是他那眼神迷濛的女友），她還看見蓋文．穆拉尼跟他第二喜歡的女友並肩站在一起，還有咪咪——她一個人跳著舞，沐浴在聚光燈下，這是她頭一次表現出她完全不在乎是否有人共舞的模樣。從天花板垂下、呈現**2016**且裝飾得像水晶吊燈的古典時鐘亦隨著貝斯砰砰跳，害露依絲分不清哪部分是音樂節奏、哪部分是倒數計時。

再過一分鐘就是新年。

而露依絲只想倒頭大睡。

但露依絲此刻所在的世界並不允許她這麼做。

就在這最後一刻，露依絲看見芮克斯。

他孑然一身站在吧檯邊，握著一杯馬丁尼。

露依絲奔向他。

他看起來好開心。開心見到她。

眾人開始倒數。每個人都從六十開始，然後顛顛倒倒亂喊一通。露依絲好落寞，芮克斯卻很開心——似乎很開心見到她——儘管她知道，她知道他一點也不開心，他不可能開心，因為只要菈薇妮亞不在他的視線範圍內他就不可能開心；但是別忘了：露依絲醉了，芮克斯也是，這星期他倆都心碎得無以復加，此時此刻，露依絲最想最想要的是被人擁在懷中。

芮克斯攬她入懷。

他跪下來。

他親吻她的肚腹，彷彿她懷有身孕、又彷彿她是神祇。

他眼眶滿是淚水。

「對不起。」他說，不斷吻她，彷彿他曉得她知道了。他吻她的手，吻她手腕內側，吻她手心。

「我很抱歉，對不起。我太傻了，我好傻。」

她也哭了。她不斷搖頭。

十——九——八——

她飢渴地吻他，再吻他。

七——六——五——

他的淚與她的交織在一起。

「我好想妳，」芮克斯說，「我需要妳——我需要妳。」露依絲猶如臨淵而立，世界消失在她腳下，閃爍旋繞；她開始墜落，直直墜落，再也沒有任何人——任何人——能接得住她。

四—三—二—

「我愛妳。」芮克斯說。

或許他是真的愛她。

他們搭計程車返回菈薇妮亞的公寓，兩人一路吻回家。芮克斯每到路口就說一次我愛妳。芮克斯把手探進露依絲的上衣、撫摸她雙乳，好似計程車司機完全聽不見他們發出的所有吟哦聲響。大雪紛飛，遮蔽漆黑夜空；暴風雪起，車上廣播不斷重複近六十年沒見過這麼狂烈的暴雪；所以也許哈爾說的對，也許這個世界真的快要不行了，但此刻這些都不重要，因為雖然孤單、雖然寂寞，但他們擁有彼此，相互擁有。因為菈薇妮亞永遠不會再回來——這已經算是最接近完美的結局了。

她的妝抹花他的臉。兩人的西裝外套凌亂扔在地上。他倆剝去外衣，急切地撕破衣裳。

我愛妳。我愛你。我愛妳。

大門倏地敞開。

珂蒂莉亞站在門口。

她把行李箱重重放在地上。

他倆動作之迅速——倉促遮掩彼此赤裸的身體，羞赧尷尬；芮克斯順手抓來沙發上的抱枕，露依絲扯過菈薇妮亞的睡袍，兩人結結巴巴解釋說明，表示事情不是妳看到的這樣雖然事情明明就是她看到的那樣。

「外頭在——下雪。」珂蒂莉亞的聲音相當平靜。「颳起暴風雪了。你們聽說了嗎？班機全部停飛。」

她走進客廳，轉進廚房，放上茶壺煮水。芮克斯七手八腳套上褲子、拉上拉鍊。

「真抱歉，」珂蒂莉亞說，她甚至連看都不看他倆，「打擾二位了。」

珂蒂莉亞拿起茶壺。

她轉身往露依絲臉上扔。

「妳該死！」

茶壺落在露依絲身後，破碎一地。

「妳真是天殺地該死！」

碎片劃傷她。微微地。她甚至感覺不出來。

「等等！」芮克斯嘗試介入，十足男子氣慨，同時急著套上襯衫；「我知道這看起來很不像樣——」

「你這個沒用的懦夫！」

「她知道！好嗎？她都知道！」芮克斯激動得喘氣，「然後她也接受了——她從頭到尾都知情！她很好！我發誓！」

珂蒂莉亞整張臉沒了血色。

「你他媽的又知道我姊怎麼想了？她不好！」

「是她親口告訴我的！我對天發誓——我敢對老天發誓——她打過電話給我！她甚至還祝福我！祝福我們兩個！」

珂蒂莉亞衝著他哈哈大笑。

「她才沒有！」

「她有！老天，露依絲，妳告訴她！」

珂蒂莉亞直直瞪著她。

她的眼神清澈，眼眸湛藍。

她看著露依絲，人就站在古董衣箱過去佔據的那個位置上。

「妳要我相信薇妮曉得這件事？」

露依絲只猶豫了一秒。「她知道。」

珂蒂莉亞吐氣。大大一口氣。「不可能，」她說，「她不知道。」

「她知道。」

珂蒂莉亞的視線從門口移至地板上的空位，再從地板上的空位移向露依絲的臉。

「那她在哪裡？」

「我跟妳說過了。她在加州。」

「才怪。她不在那裡。她在哪裡？」

「我知道的跟妳一樣多。」

「她在哪裡？」

「我發誓這是真的。」芮克斯再度插話，但珂蒂莉亞連看都不看他。

「要不然我們打給她。」珂蒂莉亞說，但露依絲立刻說不行——她答得太快，於是珂蒂莉亞放聲大喊：

「她在哪裡？」

「我不——」

珂蒂莉亞結結實實甩她一記耳光。

「我說——她該死的到底在哪裡？」

「珂蒂莉亞！」芮克斯來不及攔她，而她已先一步撲向露依絲、猛扯她頭髮，她甚至想挖出露依絲的眼珠子。

「我知道妳一定知道她在哪裡！」

珂蒂莉亞個頭嬌小，芮克斯比她高大許多，但他依舊費盡全力、好不容易才拉開珂蒂莉亞。

兩個女生跌坐在地上。

露依絲流血了。

珂蒂莉亞起身，晃了一下。她氣喘吁吁，她也在流血。

「你是傻瓜。」這話是說給芮克斯聽的。「天哪——你實在蠢得可以。」

但她的視線始終緊緊黏在露依絲身上。

「老天——你這個大白癡！」

芮克斯扶起露依絲。他胡亂抓起兩人的外套。

「我們該走了。」他說。

珂蒂莉亞還在喘氣，目光湛藍如冰。

「聽我說，我很抱歉。」芮克斯說，好像道歉很重要似的。

「給我出去。」珂蒂莉亞說。

❋

「問題會解決的。」芮克斯只能一再重複這句話。他們下樓來到大廳，一路上了計程車，芮克斯說了又說：「妳聽我說，她很生氣。她只是在生氣。」

露依絲在發抖。

「今天妳先來我家，」他說，因為現在只有他能拯救她，這是他應該做的；「明天早上，我們再回去找她、解釋給她聽。我們可以把事情解釋清楚。」

暴風雪停了。世界凍成冰，堅硬，死寂。就連路樹看起來都像人骨。

「我們不是壞人啊！」芮克斯說。

露依絲放聲大笑，停不下來。

她突然覺得好熱。

非常疼痛、沸騰似地、麻痺似地渾身發燙，她覺得自己好像快死了。

「停車！」她對司機吆喝。

「露依絲，妳在做——」

「要不然載我們去康尼島。」她說。

「露依絲，現在是凌晨兩——」

「我說，」露依絲這輩子不曾如此篤定，「去康尼島。」

司機照辦。

露依絲拿出她身上最後的幾張百元鈔，付了車資。

兩人沉默無語。

「露──」芮克斯想說話，但才說了一個字就被露依絲打斷──她飢渴、狂烈地吻他，不讓他說話。

計程車終於抵達康尼島。外頭好冷、好黑、好空曠。

露依絲推開車門，直直往海邊衝，鬆手把皮包扔在沙灘上。

芮克斯跟著她。

「妳要不要說明一下現在他媽的到底是怎麼一回事？」

露依絲渾身燥熱，熱得受不了。

她飛快前進，一路朝海邊疾走。她跑了起來。

海水好冷。她掬水潑臉。她沾濕頸子，洗洗臉頰和雙手，但依然覺得好熱，覺得她似乎即將燃燒殆盡。

「妳這樣會搞死自己的！」

芮克斯手插口袋，離水邊遠遠的。

露依絲不在乎。

她繼續舀水搓揉肌膚，直到全身起雞皮疙瘩為止。

「妳聽我說，我們乾脆打給菈薇妮亞，」芮克斯說，「這件事沒那麼難，也沒那麼複雜。我們——我們就打給菈薇妮亞，然後請她跟她妹妹他媽的解釋清楚就好——」

「不可能的。」露依絲說。

她站在水裡，水深及膝。但她不懂她為什麼還是這麼熱。熱得要命。

「怎麼不可能？」芮克斯說。「菈薇妮亞不是壞人，她不會在背後搞我們。她會告訴珂蒂莉亞——」

「菈薇妮亞已經死了。」露依絲說。

有意思的來了：芮克斯不相信她。

他只是杵在原地，隔著一段距離，像魚一樣張口、閉口，愣愣看著她。

「少誇張了，」他說，「她怎麼可能死了？」

「相信我，」露依絲一步步往水深處走，「她死了。」

「她在加州。」

「沒有。她不在那裡。」

「我明明跟她通過電話！」

「沒有。你沒有。」

「我們——」

她轉身面對他。褲襪濕透，唇膏的污跡往下巴延伸。

「沒有。」她又說。「你真的、真的沒有跟她說到話。」

*

芮克斯還是沒搞清楚。

露依絲驚嘆——她總是為此驚嘆不已——他怎麼會這麼蠢。

「菈薇妮亞七月就死了。」她說。

「太扯了。」芮克斯一連說了好幾次，彷彿多重複幾次就能變成事實似的。「天哪……露，妳在隱瞞什麼嗎？」

「我們在P.M.起了爭執，我失手殺了她。」

「妳到底嗑了什麼藥？」他好像連聽都沒聽見她說話，「我的老天，露，告訴我妳到底嗑了什麼藥！我——天哪，我幫妳叫救護車，好不好？」

感覺好舒服。海水好冰涼。

「我們起了爭執——把手機放下。」

他迷惑的神情令她大感驚異。

「發生什麼事了？」

「我剛說了。我們起了爭執，她撞到頭。我把她的屍體扔進東河了。」

「沒有。妳沒有。」

「我為什麼沒有？」

他結巴，「一般人不會做這種事。」

這實在可以說是好笑了，露依絲心想，她怎麼會愛上這麼蠢的人？

「事情非常簡單。」露依絲說。「我把她的屍體扔進東河。然後這六個月以來，我每天用她的臉書帳號發文放照片。」她越說、好像就越能輕鬆把事情說出來；「我每個禮拜用提款機從她的帳戶領錢，然後我還在你的語音信箱留言。我能模仿她的聲音。」

「老天！」

芮克斯終於放下手機。

芮克斯終於相信她了。終於。

「天哪。」

「我的媽呀，」露依絲說，「這裡冷斃了。」

⁂

露依絲繼續走，水面深及腿根。

她任由自己放聲啜泣。

她任由自己失控尖叫。

其實，其實——

芮克斯只需要做一件事：理解她。

他只要開口說好，我愛妳。我了解妳為什麼這麼做。妳不是壞人，妳盡力了。重要的是妳盡力了。

我愛妳。這話多容易。他只需要這麼說就好了。以前他也說過的。

「幹。」芮克斯說。他隔了好幾分鐘才吐出這麼一個字。「幹！」他無助地望著她，「我們該怎麼辦？」

露依絲什麼也沒說。

「看在老天的份上，告訴我該怎麼辦！露！」

「不怎麼辦啊，」露依絲說，「沒什麼好辦的。做都做了。」

芮克斯深呼吸，一連數次。

芮克斯說不出話。芮克斯拿不定主意。

「聽……聽好，」他結結巴巴，然後終於擠出完整的句子：「我們去找警察，好不好？我們一起去。我們去警察局，跟他們說那是意外——老天，那真的是意外，是吧？」

「是或不是很重要嗎？」

「所以不是意外？」

露依絲自己也無法確定了。

「老天，露，跟我說那是意外！」

他兩眼暴突，瞪得老大。

露依絲沒開口。

芮克斯急促喘氣。

他甚至不敢看她。

「妳得去自首。」

「這有什麼意義？」露依絲說。「反正也改變不了事實。菈薇妮亞已經死了。」

「這是正確、該做的事！」

「所以呢？」

他看著她。驚駭莫名。

他看著她。好像他終於、真正理解她了。

露依絲凝視地平線，漆黑的海水連向漆黑的夜空。以前她都沒注意到，原來海水會螫人——那幾處被抓傷、刮傷、或者拔下幾撮頭髮的地方，感覺就像活生生遭剝皮一樣。有感覺的感覺真好。

「我很抱歉，」露依絲說，「我知道你愛她。」

露依絲不清楚自己是什麼時候哭的。說不定她從一開始就哭了。

「上來吧，」芮克斯說。

他脫掉外套，取下手錶，扔下手機，一股腦兒全堆在沙灘上。

「你愛她，他媽的非常愛她。」

「拜託妳，」他說，「拜託妳——妳先上來。」

「不是這樣嗎？」

「不是——老天，露！」

「你天殺的不要再騙我了！拜託你，求你，不要再騙我……」

「我愛妳。」芮克斯說。

聽見這句話，他媽的感覺真好。

他走進水裡，海水逐漸向上漫至腰際。他扣住她肩膀。

「我愛妳——所以拜託妳，請妳回岸上來。」

但事實是：他不愛她。

芮克斯很努力——老天，他盡力了——試著拉她上岸，他抓住她的手臂，可能比他意識到的再用力許多（他也該這麼做），但這或許情有可原，因為你必須盡力逮住殺人犯、使其得到應有的懲罰；這麼做或許也是正確的，如果你是英雄、或想扮演英雄、或者為了他媽的某種原因而必須成為英雄，那你就該這麼做。這不是什麼很糟糕或很惡劣的事，就算你自認伸張正義也不為過，所以這也不該成為殺人的理由。

但問題是他太愚蠢——在她痛哭啜泣、狂亂叫喊的情況下，用那種方式抓她，而她一心只求他別再欺騙她。

他用手臂環住她、試著抱起她，但事實是露依絲比他還壯——又或者，至少她待在水裡的時間比他久，過去也有這類受寒受凍的經驗，而她也已經習慣受寒受凍或渾身濕透或是對疼痛失去感覺，所以她比他更耐得住痛、耐得了冷。於是，芮克斯因為寒冷而麻木無力，這反倒讓露依絲有機會環住他的脖子、也讓她的雙腿能順勢圈住他的腰，讓她能把他整個人壓進水裡——冰冷的海水使他倏地一驚，而露依絲不確定（她再也無法確定）摺倒他的究竟是海水、還是低溫。

他沒入水中。

他掙扎躍起。

他喊叫，肺部灌入海水。他猛踢亂踹。露依絲再一次將他壓進水裡，使出令她噁心難受又震驚激動的氣力，深深往下壓。

又一次沒入水中。

又一次掙扎躍起。

他揮動雙臂、雙腳猛踢，他扭動掙扎，他的手肘擊中露依絲的臉（撞斷她的鼻梁）；他狂喊她的名字，搞得露依絲不得不摀住他的嘴，直到他咬她才鬆開。

他沒入水中。

這回沒再上來。

滿月的月光下，只剩露依絲一人站在水中，瑟縮發抖。

10

露依絲知道接下來該怎麼做。這些她全都做過。

芮克斯的手機在她手裡。

曾經，有個女孩在滿月之夜吞了一大把安眠藥，*表示如果這個世界並未呈現它應有的模樣，那我寧願死去*，而芮克斯並未與她共赴黃泉。當時。不是現在。

而現在，有個男人因為酒喝太多，面朝下栽進水裡。這種事經常發生。

露依絲知道怎麼製造不在場證明（她有一整套把戲可玩：在正確時間點出現在正確地點，還要帶點特色，因為「特色」最能誘發反應；如果有人回應，就表示他們認為這人還活著，但妳也得保留一點模糊空間，免得後來還得解釋其中的矛盾差異）。她曉得如何搬運屍體。她知道如何在大半夜發出一封狂熱錯亂的簡訊——從這支手機發給另一支手機——*請不要讓我獨自活在沒有妳的世界裡*。

露依絲會熬過去。她總是有辦法熬過去。

她可以用芮克斯皮夾裡的錢，搭計程車返回麥金泰爾。她知道——她就是*知道*——咪咪肯定還在那裡跳舞。她可以說，她和芮克斯被珂蒂莉亞當場抓包，結果他倆大吵一架，他憤而拋下她走人（又有誰可能找到那位計程車司機？況且她付的是現金——她不是故意要付現。起初是為了保險起見，但後來她連不假扮菈薇妮亞的時候也變得非常習慣支付現金），而他們可能要到好幾天以後才會發現他的屍體。

在葬禮上，每個人都會同情她的遭遇。

芮克斯為了菈薇妮亞而走上絕路（大家會因此更討厭菈薇妮亞），如果菈薇妮亞在大蘇爾某處突然失蹤，說不定每個人都會以為自己知道內情。

露依絲搞不好還可以搬去跟咪咪住。

露依絲獨坐在沙灘上，渾身濕透，冷得無法呼吸；她瞪著芮克斯的屍體在岸邊載浮載沉，心想我辦得到。

我可以的。

她可以再找一份家教工作，兩份也行。然後明天——不對，今天（噢，天哪，是今天）——是「三十新銳作家大賞」的慶祝派對，辦在一處以沉船再生木材重建的工業風空間。奈爾．蒙哥馬利也會去，其他許許多多可能對她作品留下深刻印象的重要人物也將到場參加，聆聽她訴說自己假扮德文學苑學生的故事；那的確是個好故事，但是在這個節骨眼上，搞不好會收到反效果。

或許她可以說服大家，她才是受害者（哈爾欣賞她，咪咪喜歡她，大家都喜歡她）。她可以成為某種烈士、飽經折磨，然後寫出一篇真正感人至深的散文：描述她的男朋友和她最好的朋友雙雙自殺——為彼此殉情——以及總是（兩次都是）身為被留下來的那個人，內心深處如何感受。蓋文．穆拉尼搞不好會把它刊在雜誌上。

眾星如釘，一顆顆緊鎖在夜幕中。

大海漆黑如墨，冰冷無情。

露依絲曾一度赤身露體——趾間滲入沙粒——衝著這片大海高喊我們依然如故，堅定不移，[48]但現在同樣也不是這麼回事了。

妳做得到，露依絲不斷告訴自己，妳可以的。

她也可以向咪咪借錢。她可以幫《混時間》寫稿，線上一篇五百，紙本價碼更高。她也可以想辦法讓雅典娜大閨女把錢吐出來（只要她想得出辦法）。她手上還有芮克斯家的鑰匙（但她再也不想跨進芮克斯的家門一步）。她可以修補、導正每一件事（露依絲總是有辦法彌補）。

除了珂蒂莉亞。那還用說。

她可以捏造珂蒂莉亞瘋了。反正大家早就知道菈薇妮亞瘋了，說不定這是家族遺傳的瘋病。她可以編織瞞天大謊，描述珂蒂莉亞有多可憐，而這個可憐又飽受折磨的珂蒂莉亞如何在自家公寓攻擊芮克斯——假如她真得做到這種程度——她會說這個甜美善良、但稍稍有戀姊傾向的女孩年紀越大就越像自己的姊姊，因為，假如我們當真從希臘神話學到什麼的話，那就是任誰都沒辦法選擇命運。她可以捏造故事，如此一來大家就不會相信珂蒂莉亞的說詞，不論是她姊姊、客廳的古董衣箱、芮克斯、大蘇爾、無數通電話等等通通不信。一般人才不會做這種事。如果妳直接了當坦白自己做過哪些事，更不會有人相信妳。

她沒辦法說服珂蒂莉亞相信她。

反正她也不想。

---

48 譯註：詩句節自《尤里西斯》。

沙灘上，芮克斯的手機螢幕閃了一下。是哈爾。**我得跟你談談。**

拜託。

求你了。

露依絲覺得大家怎麼都這麼可憐。

她對這個世界——整個遼闊世界中的每一個人——心懷憐憫與同情。

露依絲的手機響了兩聲。蓋文。

做好準備，今晚妳將一舉成名！

菈薇妮亞的手機也閃了一下。珂蒂莉亞。二十通未接來電。

這些人真是他媽的吵死了！

露依絲心想，天上的星星搞不好會因為這些噪音而震動鬆脫，墜落一地。

所以，所以，露依絲接下來做了這件事。

她決定去染頭髮。

她把芮克斯的屍體留在沙灘上。咪咪PO了一張芮克斯和露依絲在麥金泰爾擁吻的照片（那肯定是他告訴她他愛她的那一刻拍的，因為他倆罩在五彩碎紙繽紛的紙瀑中）。

她把芮克斯的手機也留在沙灘上（喝得醉醺醺、孤單寂寞的哈爾還在不停叩他）。

她走向地鐵站。（蓋文在臉書放上好多「三十新銳」文宣，提醒大家這可能是你我最接近領受恩膏的一刻——當然，如果你厲害到在《混時間》當編輯那麼你就算瞎扯一堆狗屎也不會有人敢吭一句或在公開場合對你翻白眼；然後他在所有媒體網站上正式公布「三十新銳」的五位得獎者名單，但他對露依絲・威爾森又多著墨幾句、稱她是「最受矚目的明日之星」。）她在康尼島站上了Q線。（波沃夫・馬蒙醉醺醺地大飆氣話，批評有些人拿了「三十新銳」就自以為了不起，但這個獎充其量只是個大雜燴，只是為了安慰少數情緒化、強調陰柔美學卻跟真正文學扯不上邊的傢伙。）

她一路坐到四十二街。（雅典娜大閨女剛才和那位來自歌劇院的麥克訂婚了，與高采烈地向大夥兒展示她的訂婚戒指——她把影片放上網。麥金泰爾的燈光把戒指照得眩目逼人、璀璨閃亮。）

大家都喝醉了，講話也都很大聲。地上滿是嘔吐物和五彩碎紙還有亮片、彩帶、隨手扔棄的2016造型眼鏡以及手舉警世字牌的街頭牧師。（珂蒂莉亞剛剛在臉書發一篇長文，開頭是：各位若是讀到這一篇，可能會以為我精神錯亂了。但我沒有。我姊姊死了。露依絲・威爾森殺了她。）

紐約騎警的座騎一匹接著一匹踏進運輸廂，準備上路。澳洲觀光客齊聲高唱《友誼綿長》（Auld Lang Syne）。

（現在換哈爾傳訊息給露依絲和菈薇妮亞兩個人，告訴她倆珂蒂莉亞也犯了典型的「威廉斯式精神崩潰」，大概也吞了一大把威廉斯媽咪的鎮靜劑。或許這個家族他媽的每一個人都該好好處理自己的毛病，是不是？

如果菈薇妮亞回答「是」，應該能幫露依絲爭取更多時間。）

※

嘿？咪咪連露依絲早就不在她身旁跳舞都沒注意到。**妳跑哪兒去了？妳還在這裡嗎？**

跳舞的鴯鶓（貼圖）

露依絲來到布萊恩特公園附近的全年無休連鎖藥妝店。

除了染髮劑，她還順手拿了衣服——店裡有什麼她就拿什麼——包括黑絲襪、純白T恤、還有幾件不起眼的雜牌服飾。

她身上半毛錢也沒有，所以她用偷的。

反正也不會有人發現。

露依絲直接走進布萊恩特公園的公共廁所。她找了最乾淨的一間，裡頭甚至還擺了幾朵花。她鎖上門。

她脫下濕答答的衣服。

她洗掉身上的鹽粒和血漬。

她在洗手台洗了頭髮。

她打開包裝盒，戴上手套。

紅色液體流過雙手。

有人敲門（當然有人敲門。這可是新年欸，而這裡又是市中心，外頭有一大堆人排隊等著上廁所），她們敲得又重又急，但露依絲充耳不聞。露依絲不理會她們，露依絲繼續專心看鏡子。三十分鐘過去，她仍站在鏡子前面，裸著身子，瞪著鏡中的自己——瞪著假證件上那位二十三歲、名喚伊莉莎白・葛拉斯並且可能打從一開始就不存在的紅髮女子。

紅髮的露依絲看起來完全不一樣。膚色蒼白許多，顴骨甚至更高了。與菈薇妮亞時代的金髮相比，紅髮的她姿色略遜一籌。她不再是那種會讓人停下腳步多看一眼的女孩。你不會特別在意她，或者為她轉身、或者盯著她瞧。你可能會在大街上見到她，卻認不得她。

露依絲理應害怕。或許她確實害怕，因為菈薇妮亞死了，芮克斯也死了。芮克斯的屍體還泡在水裡、菈薇妮亞依然在東河底的古董衣箱裡繼續腐爛，但是世上再無正義得以伸張、導正一切，因此妳唯一能做的就是不再做自己——這是世界上最糟也是最棒的事，也是露依絲長久以來由衷的想望。

今天，露依絲告訴自己，是妳餘生的第一天。

「喂！死人啊妳！只有妳要上廁所啊！」

她用手肘推開眾人。

菈薇妮亞的手機進了垃圾桶。砸了個稀爛。

天亮了。時代廣場依舊擠滿了人。

這會兒露依絲步伐快了些，然後又加快了點。珂蒂莉亞發文表示我沒有精神錯亂，我姊姊死了云云之後，她在艾克希特的同學們全都留言要她冷靜下來，告訴她如果有需要，可以打電話給她們。然後在將來某一刻，待珂蒂莉亞終於拿起手機檢視留言，她會在眾多表達同情關懷的訊息中看見露依絲・威爾森亦赫然在列，但是就在她點開留言的那一瞬間，她會發現露依絲・威爾森早已不復存在。

不管從哪方面來看，露依絲都不可能再把人生搞砸了。因為她已做盡所有糟糕事，而且說不定也不會再有誰願意愛她了；但這樣或許也不錯。是說這把火放都放了，除了玉石俱焚還能怎麼辦？或許他們會找到她，或許永遠找不著，然而露依絲希望，假如最後有誰真能找到她，也要是個夠資格的人才行。

露依絲希望珂蒂莉亞會找到她。

此刻，露依絲身上有一塊四十六美分、一張假證件、一套乾淨衣物以及一頭深紅幾近豔紫的頭髮。她連手機也沒有。

露依絲繼續往時代廣場走去。步伐飛快。她走進人群，這會兒咱們得伸長脖子仔細瞧才不致走眼失去她的蹤影；因為這座城市的人實在太多，其中又有好多好多紅頭髮或紫色頭髮、一百六十五公分高的白種女人，而她們也都十分纖細苗條，走路走得飛快，或者都穿黑色絲襪白T恤，罩著單薄的深色大衣。於是露依絲——又或者是某個不是露依絲的女子——轉個彎、或者過了馬路，然後就看不見了。

致謝

我要向本書的諸多推手致上無限的感激與謝意：謝謝我的經紀人Emma Parry（Janklow）和Rebecca Carter（Nesbit），感謝兩位的信心、耐心與形塑初稿所投入的心力，並且不時提醒我永遠要把「講好故事」擺第一，其他的以後再煩惱。

我也要謝謝我的編輯Margaux Weisman，感謝她的利眼金睛和敏銳的編輯腦，協助我以嶄新的眼光重新審視自己的文稿，讓它變得更好。我還要感謝Penguin Random House和Doubleday所有了不起的編輯、行銷、設計團隊，把這本書做得如此有質感又漂亮，令我愛不釋手。

感謝我的精神導師Simon Worrall，謝謝您早早就引導我走上正確的道路！

還有，我特別要感謝Brian McMahon。謝謝你從十年前就開始讀這本書的初稿（以及無數次的修改稿），長久以來始終包容我的混亂傾向。謝謝你對我的信心和引導，讓我能把渾沌化為可能，把這個故事說出來。我把這本書獻給你——好開心，我終於做到了。

臉譜小說選 FR6557

社交動物

Social Creature

作者	塔拉·伊莎貝拉·伯頓 Tara Isabella Burton
譯者	力耘
書封設計	蕭旭芳
總經理	陳逸瑛
總編輯	劉麗真
業務	陳紫晴、林佩瑜
行銷企畫	陳彩玉、林子晴
責任編輯	林欣璇、廖培穎
發行人	凃玉雲
出版	臉譜出版
發行	英屬蓋曼群島商家庭傳媒股份有限公司城邦分公司 台北市民生東路二段141號2樓 讀者服務專線：02-25007718；02-25007719 服務時間：週一至週五9:30～12:00；13:30～17:30 24小時傳真服務：02-25001990；02-25001991 讀者服務信箱E-mail：service@readingclub.com.tw 劃撥帳號：19863813　書虫股份有限公司 英屬蓋曼群島商家庭傳媒股份有限公司城邦分公司 城邦網址：http://www.cite.com.tw 臉譜推理星空網址：http://www.faces.com.tw
香港發行所	城邦（香港）出版集團 香港灣仔軒尼詩道235號3樓 電話：852-25086231／傳真：852-25789337 email：hkcite@biznetvigator.com
新馬發行所	城邦（馬新）出版集團 Cite (M) Sdn. Bhd. (458372 U) 11, Jalan 30D/146, Desa Tasik, Sungai Besi, 57000 Kuala Lumpur, Malaysia 電話：603-90563833／傳真：603-90562833 email：citekl@cite.com.tw
初版一刷	2019年5月 版權所有，翻印必究（Printed in Taiwan）
ISBN	978-986-235-745-3 定價380元 （本書如有缺頁、破損、倒裝，請寄回本社更換）

城邦讀書花園
www.cite.com.tw

國家圖書館出版品預行編目（CIP）資料

社交動物／塔拉·伊莎貝拉·伯頓（Tara Isabella Burton）著；力耘譯. -- 初版. -- 臺北市：臉譜出版：家庭傳媒城邦分公司發行, 2019.05
面；　公分. --（臉譜小說選；FR6557）
譯自：Social Creature
ISBN 978-986-235-745-3（平裝）

873.57　　108005004